昆仑记

KUNLUN JI
QIXIAN PIAN

许诺晨 著

七弦篇

ARTTIME
时代出版

时代出版传媒股份有限公司

安徽少年儿童出版社

图书在版编目（CIP）数据

昆仑记.七弦篇 / 许诺晨著.——合肥：安徽少年
儿童出版社，2015.3（2024.1 重印）
ISBN 978-7-5397-7722-1

Ⅰ.①昆… Ⅱ.①许… Ⅲ.①长篇小说-中国-当代
Ⅳ.①I247.5

中国版本图书馆 CIP 数据核字（2014）第 286386 号

KUNLUN JI QIXIANPIAN

昆仑记·七弦篇   许诺晨　著

出 版 人:李玲玲　　　　　　责任编辑:何正国　　　　　　责任校对:吴光勤
插图绘制:沈映兮　　　　　　责任印制:郭　玲
出版发行:安徽少年儿童出版社　　E-mail:ahse1984@163.com
　　　　　新浪官方微博:http://weibo.com/ahsecbs
　　　　　(安徽省合肥市翡翠路 1118 号出版传媒广场　　邮政编码:230071)
　　　　　出版部电话:(0551)63533536(办公室)　　63533533(传真)
　　　　　(如发现印装质量问题,影响阅读,请与本社出版部联系调换)
印　　制:阳谷毕升印务有限公司
开　　本:710mm×1000mm　　1/16　　印张:15　　插页:16　　字数:225 千
版　　次:2015 年 3 月第 1 版　　　　2024 年 1 月第 3 次印刷

ISBN 978-7-5397-7722-1　　　　　　　　　　　　　　　　定价:49.80 元

目录

引子 ……………………………… 001

第一章【宫】 ………………… 003

第二章【商】 ………………… 039

第三章【角】 ………………… 073

第四章【徵】 ………………… 108

第五章【羽】 ………………… 140

第六章【文】 ………………… 175

第七章【武】 ………………… 204

引子

『宫、商、角、徵、羽、文、武』是七弦古琴弦的名称。古琴最初只有五根弦，内合金、木、水、火、土五行；外合宫、商、角、徵、羽五音。后由于文王囚于羑里，思念其子伯邑考，加弦一根，是为文弦；武王伐纣，加弦一根，是为武弦，合称七弦琴。

第一章 【宫】

论起昆仑山中诸位男神仙在三界之中受欢迎的程度，头一位，非昆仑之主、掌战之神龙哲莫属。

那排上第二的，便是传说中"渺渺兮若流风之回雪"的这一位，九重天上无人不知无人不晓的风月高手，伤透无数女神仙芳心的花花公子——龙哲上神的徒弟，司乐之神龙音。

可若论起不受欢迎程度的排行榜，龙音的六师弟龙泉，倒是一直独占鳌头。龙泉乃是东海龙王的三太子，多年来在微胖界与肥胖界之间徘徊，说起话来"惊天动地"，看到吃的"欢天喜地"，打起架来"翻天覆地"，肚子饿了"呼天抢地"，因此，当龙哲终于点头将他收入昆仑门下，老龙王敖广禁不住老泪纵横，当真是"谢天谢地"。

正值暮春时节，龙音与龙泉临危受命，一道出了趟公差，腾云来到南海之滨，此时正在桃花村外按下云头。

细雨霏霏如雾，一片粉色桃花在朦胧雨幕中开得灼灼妖妖，直欲烧到天幕尽头。

桃花村外桃花开，草色青青柳色黄。可此时牢牢抓住二人目光的，却并不是云霞般的桃花，而是立在桃花枝头，正在翩翩起舞的一名

白衣姑娘。

龙音与龙泉跟在龙哲身边学艺,在无聊的漫漫仙途中,天上地下的选秀节目、拼盘晚会,也不知瞧过了多少,将一双眼睛养得甚是刁钻,便是传说中"一舞动地府"的歌姬流觞,也只得龙音"尚可"二字的评价。

可如今,南海桃林中的这位白衣姑娘,低低地哼着一支不知名的曲子,只在桃枝间几个辗转腾挪,绰约的风姿便在婀娜的身段间荡漾开,便如水墨丹青中最具神韵的一笔白描,将天地间的灵气尽收其中,亦将整个春天的美好,都藏在了这一支舞当中。

这才端的是当得起"名动天下"的一支舞。

龙音、龙泉沿途饱览美景,正沉浸在审美疲劳中无法自拔,此时却都为那舞姿愣住了。可转眼间,白衣姑娘便消失在桃林中,只余了一地落花,仿佛一切都只是幻境。

龙泉默默伸出小胖手,狠狠地掐了下龙音的大腿,道:"三师兄,我是不是水土不服,白日做梦了?"

龙音吃痛,咬牙道:"你倒掐你自己便是,却来掐我作甚?"

龙泉吸了吸鼻子,道:"我瞧着你神情恍惚,自然以为你也在做梦,就顺便掐你一下。唔,既然不是个梦,方才那跳舞的姑娘呢?怎么我一眨眼就不见了?啧啧,可惜隔得太远,并未看清她的容貌。"

龙音望了望碧草上铺开的重重花瓣,道:"或许只是桃花间的精灵,见有生人便匿了形迹。唔,你可曾听见她哼的那曲子?"

龙泉闭目回想片刻,答道:"那曲子音调极简单,像是上古时期祝天的祷歌,当真好听得很。"

龙音兴致甚高,缓缓走到一株桃树边,一袭碧色锦袍,眉梢眼角

间皆是风流。落日熔金,他自指尖变出一壶薄酒,就着夕阳余晖缓缓洒在树下,笑道:"方入南海境地,便得闻如此妙音,这可是个极好的兆头。想必咱们这一趟南下,定不会空手而归。此处既奉桃树为神,今日咱们便以酒祭树,求树神庇佑,早日寻到《桃花庵歌》。"

原来,龙音与龙泉千里迢迢来到南海之滨,却是为了寻找数万年前伏羲所作的一阕绝世琴谱,唤作《桃花庵歌》。

这么一桩旧事,因为着实年代久远,说来真是有点儿话长。

龙音的真身,原是上古时期伏羲大帝亲手所制的一张七弦古琴,名唤逍遥。这逍遥琴可不是张普通的琴,不但能奏出天下最美的曲调,更是一件有毁天灭地之功能的神器。据说伏羲觉得逍遥琴杀伤力太大,便将开启它的方法封存在一张琴谱之中,寻了处风水宝地将它藏了起来。

伏羲魂归离恨天后,仙、魔二界为争这张逍遥琴,起了无数的战火纷争。当时的天君曾将另一件天地至宝三生石托付与龙哲照管,觉得效果很是不错,让他少了许多麻烦,于是择了个黄道吉日,遣人将逍遥琴送去了龙哲的摇光殿,让他保管。

四海八荒之内,当真还没人敢从龙哲手上抢什么东西,于是逍遥琴便被供在了摇光殿,直到吸够了天地精华,化出人形,便拜了龙哲为师,赐名龙音。

伏羲曾有一段时间沉迷于复杂的手工艺制品,因此做琴的用料十分考究。七根琴弦皆是取五彩神鸟的尾羽拧成一股,挂在伏羲平日用膳的饭桌边,受了他千千万万年的仙气熏陶,方得制成。琴身就更了不得了,乃是南海之滨一株万年桃木的木心所制。

许是正因为这两样材料难得,导致龙音做神仙时落下了两样毛病。

　　一则是对食物极其讲究。因他尚是一团未成形的尾羽时，便每日里跟饭桌打交道，并且还是伏羲大帝的饭桌，可以说只有不敢想没有不敢吃的。天上飞的灵鸟，地上跑的异兽，旁的神仙万年难得一见，在这张饭桌上，却是稀松平常。龙音清楚地记得，伏羲饭桌上有一只东陵玉制的糖罐，十二个时辰保鲜，专门用来装太上老君刚炼出炉的仙丹。那时他便立下志向，总有一日，要与伏羲一般，拿仙丹当糖豆子吃。

　　饭桌后遗症在龙音幼年时期曾令他对职业的选择产生过一丝彷徨。彼时龙音刚刚化出人形，还是个唇红齿白的小神仙。被龙哲收入门下时，龙哲曾问他："你可有何职业规划？且说来听听，为师好安排你日后的课业。"

　　小龙音略一思忖，心中怀念起伏羲屋里的那一张饭桌，诚恳地答道："徒儿想学酒肆管理，做一名文武双全的酒肆老板。"

　　若不是龙哲心思沉稳，便险些要将一口热茶淋漓喷出，饶是如此，还是运气良久方平静下来。

　　龙音见龙哲脸色不对，又认真地补充道："当酒肆老板若是不行，当店小二亦可。有朝一日，徒儿定能成立天地人三界店小二协会，成为天下店小二的总瓢把子！"

　　其实龙音的本意是，每日能和饭桌待在一起便是好的，并未考虑到当上店小二的总瓢把子是不是一桩伟大的目标。可见当时他少不更事，眼界颇有些狭窄。不过还好碰到了龙哲这样不讲民主的师父，将他成为店小二并与饭桌厮守终身的梦想，毫不留情地掐死在了摇篮里。

　　龙哲修长的眉毛抖了抖，深吸一口气，道："我只是随口问问。咱

们昆仑门下的弟子一向有个规矩，便是不能进入服务行业。从明日开始，我便授你丝竹管弦之艺，店小二什么的，你还是忘了吧。"

于是龙音便委委屈屈地走上了成为艺术家的道路。

第二个毛病，便是太容易招惹桃花。南海之滨的那株万年桃木，本就是极具灵性的仙木，招桃花的本事一流，且还与生俱来地有一股温温柔柔的桃花香。龙音不但承了这香气，还长了一双波光潋滟的桃花眼，极受女神仙们和女妖怪们的喜欢。

在他还是个可爱的小神仙时，便常常有神仙姐姐们和妖怪阿姨们向龙哲呈上拜帖，要上昆仑将龙音看上一看。

龙哲最怕这些七大姑八大姨的麻烦，从不接受那些帖子，但这就给龙音的两个师哥——龙文和龙武，开辟了一条发财致富的道路。

龙文、龙武每日里带着小龙音在昆仑四处玩耍，并将龙音明码标价：看一眼，需捉一只善斗的蛐蛐儿来换；捏一下脸蛋，便需拿一件有趣儿的宝贝来换。

那一段时日里，昆仑山上但凡长得像蛐蛐儿的虫子，几乎被抓光了，物种多样性大大减少，龙文、龙武也收集了不少稀奇古怪的宝贝，日子过得甚是逍遥。

龙音成年后，领了司乐之神的位子，更是桃花朵朵向阳开，收到的情书一捆一捆垒起来，简直可以开一间情书博物馆。

人人都说龙音是个花花公子，只因他对每个姑娘都千般温柔万般体贴，但龙音却知道，其实从未有一个人到过他心里。

作为一名艺术家，他准备将毕生的情感都献给艺术，如此高尚的情操，简直是高处不胜寒，普通的神仙自然是难以领略的。

前些时日，昆仑山飞花点翠，草长莺飞，正是烟花三月最适合踏

青的时节,可龙音立于点犀池畔的十里梅林中,望着满目春色,却颇有些忧虑。

他忧虑的是,万年一度的仙、魔两界斗琴盛典已近在眼前。

魔界除了尚武,便是重丝竹管弦之艺,因此每一任的魔君皆善音律。上古时期,仙、魔两界为争天下,动不动就打得头破血流,后来双方实在打不动了,才终于达成一致,划天边一道碧落泉为界,隔泉而治。

此后,为了促进碧落泉两岸友好交流,推动双边经济社会发展,逐渐形成了规模空前的斗琴文化。所谓斗琴盛典,每万年一届,仙、魔双方各出代表比试,胜的一方便获得碧落泉一万年的所有权。

从前仙界的代表,不用说便是龙哲,且自有这一项比试以来,龙哲便从未输过。而魔族倒也是刚烈的一族,屡战屡败,却坚持屡败屡战,十分顽强,近些年来,反倒令龙哲胜得颇有些不好意思。

如今龙哲的琴艺有了传人,便终于可以退居二线,将斗琴重任交予了龙音。

说起龙音的琴艺,当真是冠绝天下,已隐隐有青出于蓝而胜于蓝之势。且不提他可以正弹、反弹、闭着眼睛弹,也不提他可在一曲之间变幻二十七种指法,只需参看龙文所撰《昆仑山野外生存手册》中的一段记载:

龙音头一次离家出走,因缺乏野外生存经验,没带干粮,且他对"吃"这一项又极是挑剔,不愿以山中野果充饥,便不免饿得前胸贴后背,甚是凄凉。凄凉着凄凉着,他忍不住发挥出艺术家本色,祭出真身逍遥琴,奏了一曲《百鸟朝凤》,准备结束这次离家出走,回摇光殿去跟龙哲认错。

　　彼时正是仲夏时分，山中树木葱茏，芳草萋萋，正吹起一阵飘着香的晚风。龙音端坐在一片水光山色之畔，化饥饿为力量，双手如蝴蝶般翩跹在琴弦间，将一曲《百鸟朝凤》奏得荡气回肠。

　　奏着奏着，铮铮琴音便将附近的飞鸟皆吸引了过来，有的傻鸟想必从未听过如此好听的曲子，竟幸福得晕了过去，导致天上下起一阵"鸟雨"。一曲终了，满地皆是晕乎乎的傻鸟。

　　龙音心想真是天无绝人之路，遂捡了两只体形肥硕的，生堆火烤了，暴饮暴食了一顿。结果因食物中毒，上吐下泻，好不狼狈。但龙音琴艺之高超，由此可见一斑。

　　龙哲曾评价龙音道："龙音抚逍遥琴，技法已臻化境，但，还是略略缺了神韵。"

　　龙音的闲暇时光，除了研究娱乐圈的八卦，便是在琢磨何为"神韵"。偏偏神韵讲究的是一个"悟"字，而"悟"是一项投入和产出极不成正比的工程，如同便秘一般，不是使劲就可以解决的。龙音平日里不甚着急，只因以他目前的水平，在娱乐圈站稳乐坛小天王的位子，当是不费吹灰之力。

　　只是，听闻如今魔界的这一位魔君，是艺术界一位不世出的天才，身世十分曲折，琴艺十分了得。龙音心中惴惴不安，丢人事小，碧落泉的所有权可是事关领土和主权的大事，万一在自己手上出了岔子，日后可真没脸在娱乐圈混下去了。

　　为了集思广益，给师兄弟们提供参政议政的机会，龙音在摇光殿内点犀池畔组织了一场茶话会，主题便是"论龙音与魔君斗琴之我见"。龙哲门下的九个徒弟均列席了会议。

　　龙哲唯一的女徒弟语默，是除了龙音之外的八卦界第一人。天上

地下,但凡稍有些名头的新闻,她皆了如指掌。语默一边啃鸡腿,一边得意地说道:"说起如今这一任的魔君,啧啧,当真是来头不小。"

老六龙泉性子最急,抢着道:"我早听说这魔君的厉害,却不知怎么个厉害法,小师妹快别卖关子了,给咱们说说。"

语默故作神秘,道:"如今的魔君,名讳唤作蚩猛。"

老大龙文道:"蚩猛?莫不是上古时期,兵神蚩尤的后人?"

语默点头笑道:"还是大师兄见多识广,蚩猛正是蚩尤一族留下的唯一血脉。那蚩尤本是上古时期九黎族的族长,生得四目六耳,人身牛蹄,极是善战。彼时天下未分,三界各族每日里皆在发动地盘争夺战,蚩尤一脉便是于极盛之时被黄帝所灭,在涿鹿之战中全军覆没,从此九黎族便日渐衰落,罕有消息。直到近百年间,魔界突然出了个蚩猛,闯下了天大的名头。"

龙音沉吟道:"魔界向来不讲究礼仪伦常,魔君的位子,皆是能者占之。可据我所知,须得经三灾九难,受千刀万剐,方可承魔君之位。魔界从前最风光的一位魔君,也花了千余年的工夫,方得入主大乾坤宫,可这蚩猛自扬名至今,也不过短短数百年。"

老五龙医插嘴道:"可见此人抗击打能力着实了得。"

龙音道:"旁的我倒不担心,只是听闻蚩猛登基后一改从前的外交政策,大量屯兵屯粮,蠢蠢欲动,怕是三界又要不太平了。"

老四龙毒道:"魔界向来是历届魔君亲自与咱们师父比试,今次咱们龙音若能再大胜他一场,哈哈,便当真大快人心。依我看,此次斗琴盛典,便是个灭蚩猛威风的绝佳机会。"

语默摇头道:"从前蚩尤被尊为兵神,便是因他善制五金之器,尤以兵器为首。这蚩猛所使的兵器,便是蚩尤传下的一把'自在筝',据

说神妙之处绝不在逍遥琴之下。况且，逍遥琴自来摇光殿之时，便缺了一根琴弦，这一场比试，咱们在乐器上，着实占不着什么便宜。"

月色朦胧，龙音灌了几口醉清风，叹道："我的琴艺与师父相比，还略逊一筹，且文武七弦中的武弦，也不是当年的原装货，是我自己用比翼鸟羽做的水货。所以与那魔君蚩猛比试，我当真没什么把握。"

老八龙时略一思索，道："我倒有个法子，定能令蚩猛铩羽而归。"龙时前一世曾是龙哲的师弟，自小与龙哲一道在伏羲身边长大，叱咤风云许久，对远古时期的诸多传说也略有耳闻，此时，便忆起了一则不为人知的旧事。

晚风阵阵，醉清风的香气也随风弥漫开来，大家纷纷竖起耳朵，等待龙时的高见。

龙时笑道："当年伏羲大帝担心逍遥琴力量太过强大，若落入恶人之手，便不免生出许多麻烦，因此将用琴的诀窍封入了一段曲谱之中。大家都传说，这段曲谱乃是伏羲穷尽毕生心血，专为此琴所做的一段绝世之乐，且不说杀伤力如何，若只是寻常听来，也是婉转动人，可令闻者忘忧。三师兄此番与蚩猛斗琴，咱们在乐器、技法上，都占不了什么便宜，便只能在曲目上做些文章。"

龙音将手中折扇摇了一摇，叹道："我也听过这一桩往事，只是数万年过去那曲谱早已不知流落何处，又怎么能找得到？"

龙时道："这首曲子，唤作《桃花庵歌》。数百年前，南海之滨，便在那株万年桃木的附近，出现了一座桃花庵。我暗自揣测，这两者之间定有牵连。距斗琴盛典还有些时日，咱们可以去南海查探一番，或许会有线索。若能找到那曲谱，仙界便可借斗琴盛典，好好挫一挫蚩猛的气焰，令他不敢轻举妄动。"

大家纷纷觉得龙时所言十分在理，于是茶话会立刻转变为对龙音的欢送会。

就这样，龙音带着龙泉，辞别了龙哲及诸位同门，千里迢迢来到南海之滨。

南海是四海之中最富庶祥和之处，四季如春，称得上是一方风水宝地。南海之滨的这一处凡世的渔村，便是百余年前自中原迁徙至此处。村子依海而建，因村中遍植桃花，便取了个名字，唤作桃花村。村民们将从前伏羲制作逍遥琴的那株万年桃木当作神木，并建了一座桃花庵，以供奉神木。

桃花村村民原本靠打鱼为生，以劳动密集型产业为主，比如，把鱼从海里捞出来，又如，把鱼晒干做成鱼干片和鱼罐头。后来因为传说里说，在桃花庵许愿十分灵验，加之村中风景古朴秀丽，便渐渐出了名，吸引诸多旅游爱好者前来，形成了远近闻名的五星级风景区。

桃花村村治为了彰显桃花村特色，左思右想，成立了一个叫作"统计堂"的部门，职能是专门为媒体提供数据。诸如咱们村这个月村民的平均收入提高了百分之二百五十啊，桃花村的房价三天翻一番飙升迅猛适合短线投资啊，打隔壁村运过来的大白菜半年之内不会涨价不用大量囤货啊，等等。

桃花村村治对这个部门相当重视，"统计堂"堂主一直由村长兼任。但该部门的特色是数据总是根据需要瞎掰而来，只能糊弄糊弄外地游客，村里的村民们一般来说不把它当一回事。因此是否订阅"统计堂"出版的《数数更健康》，一度成为分辨本地人和外地人的标准。

龙音与龙泉二人在村外祭罢桃树，穿过桃林，到了桃花村时，已是掌灯时分。

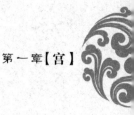

桃花村近些年发展旅游业颇有成效,至少基础设施已比较完善。过了村口的牌坊群,迎面就是鳞次栉比的大中小型客栈和酒楼,半人高的红灯笼挂了一排又一排。街边已摆起了夜市,人头攒动,热闹非凡。

龙泉一闻到饭菜香,便已经走不动,拉着龙音飞速冲向一家香味最浓、装修最豪华的酒楼。楼上挂着块金光闪闪的牌匾:楼外楼。

意外便在此时发生。

龙音刚一进门,酒楼里便冲出几个又高又壮的黑衣打手,杀气腾腾地将他二人团团围住。

为首的一个满脸横肉,一身鸡飞狗跳的纹身,典型的犯罪分子外形。此人长相已十分欠扁,却用更欠扁的语气恶狠狠道:"小贼竟还有胆回来?"瞧了瞧龙泉,又道,"嗬,还带了帮手?吃了霸王餐不给钱就跑,老子正要带人去寻你,你倒自己送上门来了!你也不打听打听,楼外楼的朱大投,可是你惹得起的?"

龙音与龙泉面面相觑,完全搞不清楚状况,不由得怀疑楼外楼是家黑店,同时感慨朱大投的名字起得当真名副其实。最不妙的是,这位朱大投仁兄着实面目可憎,态度恶劣,已将龙泉惹得有些手痒。

龙音心想恐怕对方是认错人了,况且总不能刚到这里就打架,日后被人知道了,倒显得昆仑门下不懂礼数。正待解释一番,朱大投却不识相地哈哈大笑,抬起一条长满黑毛的腿,向红木条凳上一踏,双手叉腰道:"小贼们既肯回来认错,老子也不是不讲道理之人。今日,若从老子胯下爬过去,老子便饶了你们。"

龙音最不喜欢带毛的东西,礼数不礼数的也顾不得了,轻轻后退一步,皱眉唤道:"龙泉。"

　　龙泉得了师兄的令,立刻进入战斗状态,一脸欢快地向朱大投及其手下扑了过去。

　　语默曾在昆仑山中采访过两个因不小心开罪了龙泉而被揍得亲妈都认不得的小妖,问他们挨打时究竟是何滋味。那两只小妖刚刚养好身体,回忆起往事,皆忍不住抖若筛糠,总结出八个字:生亦何欢,死亦何苦。

　　龙音在龙泉大展拳脚的当口,施施然摇着折扇,出了门,打算另寻一处填饱肚子。可刚迈出门槛,便发现门口已被群众围住,一张张脸上皆是欲言又止并且忍无可忍的表情。

　　龙音心思敏锐,用扇子撑住前额,无奈道:"我可是也吃了你们的东西,没给钱?"

　　人群中有一半人伸长了脖子拼命点头,可余光瞄见龙音身后正在猛揍朱大投的龙泉,又纷纷将脖子缩了回去。

　　龙音向大家问道:"那诸位这是……"

　　人群中传出弱弱的声音道:"你拿了我店里的翡翠茶壶""抢了我的南珠项链""砸了我门上的金漆牌匾"……

　　龙音心中着实恼火,没想到刚入桃花村,就遇上这等烦心的事。如此光景,想必定是有人扮作自己,在这村中招摇撞骗了一番。可他从未来过此地,平日里又极少结仇,会是何人有意陷害他呢?

　　如今敌在暗处,我在明处,唯有等对方找上门来。

　　龙音从腰间解下绣着红梅傲雪的荷包,向众受害者拱手道:"在下本是峨眉山中修仙之人,此番云游,路过贵地,实未想到会引起如此误会。你们见到的那个人,一定不是在下。可既然咱们今日有此一面之缘,我便将损失赔给各位,好叫各位不要因此破财。"龙音发扬

昆仑门下一贯的作风,丢人的事总要打上别处的名号,免得丢了师父的人。

大家见有钱可拿,又纷纷恢复了活力,抢了银子后便一哄而散。

此时龙泉刚好将楼外楼的一帮人收拾停当,龙音回转身,瞧了瞧朱大投,道:"你们可服了?"

朱大投与他手下众人横七竖八趴在地上,个个鼻青脸肿,纷纷哀号道:"大王,祖宗,太爷爷,咱们服了,服了!"

龙音道:"如此甚好。唔,给我备下两间上房,奉上最好的酒菜。龙泉,让这个猪头过来,我有话问他。"

既然有人暗中算计,倒不妨以不变应万变。这楼外楼在桃花村中似乎颇负盛名,不如便在此安顿下来,静候对头上门。

这楼外楼原来是天字一号官府专用套房。

龙泉趴在桌上风卷残云,龙音端着杯大红袍,吹了吹飘着的几片新芽,隔着蒸腾的水汽,向哆哆嗦嗦候在一旁的朱大投道:"我等自峨眉山而来,到这桃花村中,只为寻一件东西。现下我问一句,你答一句,若答得好,爷自然有赏,若答得不好,正巧我这书童也吃饱了,不介意再动动手。"

朱大投腿一软,跪倒在地,道:"二位大王请问,请问!小的知无不言,言无不尽!"

龙音满意地点点头,道:"我来此处,乃是要寻一段琴谱。在桃花村中,可有关于《桃花庵歌》的传说?"

朱大投被揍得鼻青脸肿,更是像一颗猪头。此时这猪头竟咧嘴一笑,道:"《桃花庵歌》是咱们桃花村的村歌呀,咱们村为了树立五星级旅游景区的形象,专门请中原一位大才子作的词,好听得很。村里

人人都会唱，街边卖纪念品的小摊上便能买到曲谱，两文钱一张，买一送二。却不知二位大王找这曲谱作甚？"

龙音抿着一口大红袍，愣了一下，没想到稀世珍宝《桃花庵歌》在此处竟是地摊货，当真"不是我不明白，是世界变化快"，忙道："你且将你们这村歌，唱来与我听听。"

朱大投面露难色，道："小人、小人自小五音不全，怕是要吓到二位大王。"

龙音急切道："无妨，你只管唱便是。"

朱大投畏惧龙泉的拳头，憋了半天，只好捏起嗓子，咿咿呀呀唱道：

> 桃花坞里桃花庵，桃花庵下桃花仙。
> 桃花仙人种桃树，又摘桃花卖酒钱。
> 酒醒只在花前坐，酒醉还来花下眠。
> 半醉半醒日复日，花落花开年复年。
> 但愿老死花酒间，不愿鞠躬车马前。
> 车尘马足富者趣，酒盏花枝贫者缘。
> 若将富贵比贫贱，一在平地一在天。
> 若将花酒比车马，他得驱驰我得闲。
> 别人笑我忒疯癫，我笑他人看不穿。
> 不见五陵豪杰墓，无花无酒锄作田。

这世上很少有什么能令龙泉没有胃口，可在朱大投的歌声中，龙泉趴在红木雕花的圆桌上，盯着一盆热气腾腾的酱肘子，愣是有些反胃。

朱大投将一首歌唱得甚是忐忑，又不敢不唱，颇有些被逼上梁山的悲壮，此时唱完，终于长吁了一口气。龙音与龙泉亦长吁了一口气。

龙音自随龙哲学艺以来，将一双耳朵养得刁钻至极，同时又对《桃花庵歌》抱着极大的希望，此时便不免在心理与生理上受到双重的打击。

龙泉一拍桌子，向朱大投斥道："你唱的果真便是《桃花庵歌》？"

朱大投缩起脖子，哀哀切切道："大王饶命，大王饶命，便是借小的一百个豹子胆，小的也不敢哄骗二位大王！"

龙音轻轻摆手，道："算了，谅他也不敢。他唱的这曲子也太难听了，简直要人命，肯定不是咱们要找的那首。只是这唱词，却秀逸清俊，颇合伏羲大帝年轻时的性子。"

龙音正自琢磨，有人在叩门。

龙泉上前开了门，客栈中的栎木长廊上，竟排了一列帽子上插了花枝、穿着衙门制服的衙役。

朱大投原本委顿在地，此时突然原地满血复活，扑向门口，连哭带喊，深情呼唤道："小舅舅！"

一个帽子上花枝比旁人略粗长些的中年人站了出来，瞪了朱大投一眼，堆起一脸的笑，向龙音与龙泉拱手道："在下桃花村村长兼统计堂堂主，桃跑。听闻楼外楼入住了两位自峨眉云游而来的贵客，特来拜访。"桃花村的村长是世袭制，同样世袭的还有浓密的一字眉和红艳的香肠嘴。这桃跑此时咧嘴一笑，当真丑冠群芳、吓倒众生。

难怪朱大投恨不得走路横着走，原来有个当村长的小舅舅，后台过硬，上面有人。原本龙音见到朱大投，已觉得他丑得很是过分，可

与他这位小舅舅桃跑比起来，却还是略逊了一筹，看来只能总结为这家人基因不好。幸好这位桃跑村长大小算是个领导，不然长成这样，恐怕真没哪个姑娘有勇气嫁给他，只能默默打上一辈子光棍。

桃跑一挥手，身后便有人呈上一只红漆锦盒，看起来颇有些分量。桃跑挤出一个颇为谄媚的笑，向龙音道："桃花村最出名的便是桃花酿，此酒入口淡雅，过喉留香，最适合款待客人。"

龙泉想得比较少，对收受贿赂一事向来毫不客气，此时闻到阵阵酒香，立刻觉得桃跑的丑脸看起来还算顺眼，向龙音拼命挤了挤眼睛，表示千万莫要拒绝别人的好意，一定要把酒收下。

龙音却深知，四海八荒之内，决计不会有天上掉馅饼的好事，即便有，也绝不会掉到自己身上，于是起身向桃跑回了礼，清了清嗓子，瞎掰道："峨眉山普贤菩萨座下弟子，向来无功不受禄，桃村长的一番好意，在下心领了。"

桃跑一听龙音说是菩萨门中弟子，便更显惶恐，又见龙音不收他的东西，一字眉恨不得拧成大麻花，急道："一点儿小小心意，二位高人切莫推辞。而且，而且桃某此来，确有一事相求。"

龙音心中奇怪，心想我们刚到此处，凳子都还没坐热，怎的便有人找上门来，口中却客气地答道："桃兄请讲。"

桃跑将了将帽子上的花枝，向众随从使了个眼色，便有人将朱大投抬了出去，恭恭敬敬关了门，一间厢房内便只剩下龙音、龙泉及他三人。

桃跑垂头丧气地说道："我听闻二位是峨眉山中修仙之人，当真是天降救星于我桃花村。哎，说来惭愧，桃花村百余年来风调雨顺，从未出过妖邪之事，可前些时日，南海之中却出现一只食人的妖怪！"

龙音与龙泉齐声问道:"哦?"

桃跑点了点头,接着道:"那妖怪十分厉害,形似猛虎,却又生有双翼,每月十五月圆之夜,便浮出南海,进入村中择人而食。如今已不知有多少村民死在他利爪之下。我寻了许多方士能人,银票倒是被骗了不少,却无人能制伏它……"

龙音心想原来是求我们捉妖怪,那还真是找对人了,龙泉便是捉妖这一行当的佼佼者。且若真有妖怪,咱们顺手捉了,也是行善积德之事。方待答应,忽而想起这桃花村村长想必对《桃花庵歌》的始末有所了解,便道:"捉妖之事,桃兄大可放心,不管南海藏了多少妖怪,我这书童一人便可解决。却不知,唔,却不知请我们捉妖,可有何好处?"

桃跑原来琢磨着修仙之人怕是不怎么喜欢钱,所以才备了酒来,龙音这么一问,明摆着是索贿嘛,心想神仙也不过如此,笑道:"桃花村虽小,地方财政却还宽裕,定让二位高人满意。"

龙音却道:"钱财什么的,便算了,在下只想向桃村长请教一事。咱们此番来南海,只为寻一张名为《桃花庵歌》的琴谱,不知桃兄可知有关这琴谱的传闻?"

桃跑脸上表情一变,讶然道:"你们也是来寻琴谱的?"

龙音奇道:"莫非还有旁人来寻《桃花庵歌》?"

桃跑眼珠骨碌碌一转,连连摆手道:"未曾未曾,《桃花庵歌》原是我们村的村歌,已流传了许多年,其中确有些不为人知的秘密。只是,这秘密事关桃花村百年基业,请恕在下暂时不便透露。但若二位高人能助桃花村击退那海中的凶兽,在下定当将秘密和盘托出,绝不敢私藏。"

俗话说伸手不打笑脸人,桃跑一直以礼相待,即使龙泉这么不讲道理的暴力分子,也善良指数飙升,实在不好意思像对朱大投一般,将他狂扁一顿。

龙音斟酌一番,觉得这买卖不算吃亏,欣然道:"明日便是十五月圆之夜,我们主仆二人便去会会那凶兽,待事成之后,还请桃兄莫要食言。"

龙音曾在大师兄龙文写的一本《四海八荒凶兽考》中,见过一只唤作穷奇的凶兽,与桃跑所描述的情状甚是相符,形似老虎,还长着翅膀,不晓得是先天基因变异还是后天整容失败。穷奇排得进上古凶兽中的前几位,可早在数万年前便被魔族收入麾下,成为大乾坤宫的吉祥物,据说已经被驯养得十分服帖,每到逢年过节便被请出来舞上一段"祥兽献瑞",却不知如何会出现在南海之滨。

翌日,月圆。

南海之中碧波万顷,映着月色星光,倒是一番颇为别致的景色。龙音与龙泉蹲在一株桃树下,已嗑了半个时辰的瓜子儿,只等着穷奇从海里出来,便一棍子将它敲晕,打包带走。

在龙泉已经略略有些犯困的当口,南海之上突然风云涌动,落下数声惊雷,传说中的凶兽穷奇,终于破浪而出。

龙音抬头望了一望,浓云滚滚已将月色尽敛,而那穷奇与所有的凶兽一般,正投入地引颈长啸,作足了出场的气派。龙音再次确认大师兄龙文乃是一名不靠谱的小说家,而不是动物学家,因他在《四海八荒凶兽考》中,将这穷奇画得太过温顺可爱,简直与真身相差十万八千里。

南海之滨飞沙走石,穷奇每向岸上迈出一步,整个大地便随之一

晃,仿佛开启了振动模式。好在他呆头呆脑,身躯肥硕,四肢粗短,行动速度比较缓慢,龙音目测一下,他这么晃去桃花村,起码还需一炷香的时间,足够将剩下的瓜子嗑完。

二人正抓紧时间嗑瓜子的当口,在穷奇与桃花村之间的一片沙滩之上,竟现出一个红衣人影。穷奇卷起的风沙导致附近能见度不足三米,仅能看清面前纷飞的瓜子壳儿,若非龙音、龙泉仙法卓绝,便一定瞧不出这风沙里竟裹了一个人。

龙泉瞧瞧龙音,道:"师父常教导咱们助人为乐,你看咱们要不要去助一下?"

龙音随手抖了抖袍子上的瓜子壳儿,道:"遇到咱们,也算是此人命不该绝,你且把剩下的瓜子儿装好,顺便拖住穷奇,我去救人。"

漫天黄沙之中,龙泉飞身而出,祭出金光闪闪的龙尾鞭,迎头便向穷奇砸去。龙音则隔空向那人影抛了一道仙障,护住她免被穷奇所伤,接着才穿过滚滚黄沙,施施然飘了过去。

仙障在风沙中闪着蓝莹莹的微光,远远望去,里面应是个姑娘。

龙音风度翩翩地越过仙障,秉承他一贯的君子作风,向姑娘微微颔首,笑道:"姑娘莫怕,这妖怪就是看起来生猛,其实并不经打,在下与师弟定会竭力护姑娘周全。"

红衣姑娘原本正侧着脑袋向穷奇那边张望,此时回眸一笑,龙音方瞧清楚她的样貌,不禁呆住了。

这姑娘眉目浓丽至极,一个珊瑚额环圈住额前碎发,露出饱满的额头,一身红衣衬得她如夏日蔷薇,倾国名花。但这并不是重点,最最要命的是,这姑娘面容竟同龙音自己有七八分相似,若是穿上男装,怕是连龙泉都要错认了。

龙音心中一时转过无数念头。从前老八龙时遇到个与他一般模样的姬苍,只因他二人前世本是一人。可自己原是得了灵气的神物,又怎会与一个姑娘长了如此相似的一张脸呢?又想起昨日方到桃花村中,便被群众集体误会为强盗,会不会与这姑娘有关?

龙泉与穷奇正斗得火热,那穷奇皮糙肉厚,着实算是个经打的,被龙尾鞭抽了许久,也不见出血。仙障之外已斗得不可开交,仙障隔出的这一方天地中,却祥和安静,浮着淡淡的桃花香。

红衣姑娘倒仿佛并不怎么害怕,向龙音微微一笑,道:"原来是你?"

龙音奇道:"姑娘识得在下?"

红衣姑娘眼珠一转,娇笑道:"你请我喝过酒,我自然识得你。"

龙音心中更觉奇怪,桃跑送来的桃花酿还被龙泉藏在楼外楼的枕头底下,他几时又请过这姑娘喝酒?实在不知是这姑娘认错了人,还是自己失了忆?

红衣姑娘又回头望了望与穷奇搏斗的龙泉,轻咬嘴唇,眸子里的狡黠一闪而过,俏脸上却忽然露出害怕的表情,一头栽向龙音怀里,软绵绵道:"哎哟,这妖怪好可怕,我恐怕要晕了。"这姑娘的预言可比南天门气象台的天气预报准得多,说晕就晕,龙音低头唤了半天,也不见她醒过来。

说来也怪,就在这姑娘晕过去之时,风沙渐收,一阵雷声隆隆滚过,那庞然大物穷奇便仿佛从未出现过一般,竟凭空消失了,沙滩上只留下一行巨大的脚印。

龙泉正挥出龙尾鞭使出一招伏虎降龙,对象却不见了,那一鞭子抽在桃林之上,哗啦啦劈倒了一片桃树,溅起漫天粉红花瓣,仿佛落了一场桃花雨。

落花摇曳，海风缠绵。红衣姑娘悠悠醒转，仍靠在龙音肩膀上做虚弱状，眼中却有得意的笑，问道："咦？妖怪怎么不见了？"

龙音为了扶住那姑娘，一直背对着穷奇，并不知身后发生了什么。原以为龙泉打架水平又升级了，把那么大一只凶兽揍得连灰都没剩下，此时回头瞧瞧龙泉，龙泉却耸耸肩膀，表示他也很迷茫。

红衣姑娘此时精神饱满，一点儿也看不出来刚刚才晕过，蹦起来整了整头发，向龙音施了一礼，笑道："多谢公子救命之恩，唔，只是昨日你请我喝的酒略差了些。"红衣姑娘抬头望了望天边的新月，又道，"我还有事儿，先走一步，咱们后会有期。"说罢，略略歪着头，冲龙音微微一笑，便转身进了桃林。

龙泉瞧着那火红的背影，纳闷道："这个是不是你失散多年的表妹？怎么会与你长得这般相似？"

龙音皱眉道："我方才也怀疑我有没有表妹来着，可事实是伏羲只造了一张逍遥琴。"

龙泉显然还是对打怪兽更感兴趣，很快便忘了那个姑娘的事，垂首自语道："我方才使了一招'肥龙千斤坠'，接着那凶兽便不见了，是不是我这招太厉害了？三师兄你过来让我试试，看能不能把你变没……"

龙音收起扇子在龙泉脑袋上敲了一记，道："无论那穷奇去了哪儿，倒总算是没让他再进村伤人。办正事要紧，咱们现在便去向桃跑要《桃花庵歌》，他若依旧故弄玄虚，你再用他来试招不迟。"

二人回到楼外楼，一路上皆在盘算，对桃跑该如何严刑逼供。龙泉已在心中将"昆仑山十大酷刑"试了一番。谁知桃跑早已备下酒席，远远迎了出来，向龙音龙泉深深一揖，声情并茂道："二位高

人救桃花村于水火，桃某实在无以为报，唯有略备薄酒，为二位高人洗尘。"

龙泉和龙音都是吃软不吃硬的家伙，偏偏桃跑玩得转的就是绵里藏针、笑里藏刀，拿出这一套来忽悠龙泉与龙音，便刚好掐中软肋。

二人乖乖入了席，埋头吃了许久，待龙泉打出第一个悠长的饱嗝，龙音方清了清嗓子，道："在下有幸不负桃兄所托，已将那妖怪制伏，还请桃兄履行承诺。"

桃跑仿佛已有所准备，容色一整，击掌三声，几个脑袋上花枝招展的手下便自觉地退了出去。

桃跑拿捏出一副开会时的严肃表情，将一字眉与香肠嘴在脸上摆放整齐，深吸一口气道："数百年前，桃花村中确有一张名为《桃花庵歌》的琴谱，只是……"

龙泉急切地问道："只是如何？"

桃跑叹息道："只是那琴谱早已被毁，再无踪迹可循。村中有个传说，数百年前，九重天上的尊神太上老君路过此地，见了这琴谱，发觉谱中所载仙乐太过美妙，且具无上神力，正弹可活死人、肉白骨，反弹可灭三界、毁天地。于是太上老君一把火将琴谱烧成了灰，供在桃花庵中。那桃花庵，其实嘛，便是琴谱的灵冢。"

龙音总觉得桃跑的神色有些闪烁，凭他自己在龙哲面前撒谎数万次、每次皆被龙哲识破的失败经验来推测，桃跑的话，想必是七分真掺了三分假，不可尽信，却不晓得他究竟隐瞒了什么。

龙泉愤愤道："太上老君这个老家伙，不好好在天上炼丹，却跑来烧什么曲谱，难怪最近天上的仙丹总有股子烧烤味儿。"

桃跑用手指沾了点口水，顺了顺一字眉，接着道："咱们村的《桃

花庵歌》，原先用的便是那琴谱中的曲子，只是那曲子早已失传。老君临走时，倒是传下一句话，'大音希声，大象无形'。当时大家参悟了许久，觉得应该理解为，吃了大象这种动物的肉，就可以听到稀奇古怪的声音，唔，可惜大象好像是热带动物，在桃花村想寻到个大象，委实有些困难……"

龙音骤闻"大音希声，大象无形"八个字，心中便如猫抓一般，灵感铺天盖地而来，却又摸不着边际，不禁觉得艺术家真是一种高危职业，因为随时濒临精神崩溃。

桃跑又道："二位于我桃花村有恩，今日桃某为表谢意，便为二位吟唱一曲《桃花庵歌》。"

龙音与龙泉因先前欣赏过朱大投版的《桃花庵歌》，在心中留下了一片黑漆漆的阴影，此时只能硬着头皮，等待桃跑的表演。谁知桃跑的这支歌，虽词句与朱大投所唱一般无二，曲调却完全不同。

桃跑捏着兰花指一曲唱罢，龙音心中一动，问道："莫非《桃花庵歌》根本没有固定的曲调？"

桃跑眼中神色莫测，道："你已离答案很近，可离答案越近，就越容易找不到答案。桃花村中最近怪事颇多，二位高人既已听过《桃花庵歌》，不如随意游玩两日，便收拾行装回峨眉去吧。"

龙音瞧着桃跑长得惨不忍睹的脸，突然觉得这个人并不是表面上那么简单，顿了一顿，笑道："不急，我这书童一直想娶个媳妇儿，既然来了这桃花村，就得去一趟桃花庵，求一求桃花，方不虚此行。"

桃跑一字眉几乎竖起来，劝道："统计堂公布的最新数据显示，桃花庵最近时运不济，犯了太岁的冲，去过桃花庵的游客九成九找不到对象，成为剩男剩女剩斗士，二位高人，还是不去为妙！"

可桃跑越是劝,龙音便越有把握认为这桃花庵中定是藏了什么玄机,且与《桃花庵歌》有关。龙泉终于忍不住,伸手捏住了桃跑的两片香肠嘴,嘻嘻一笑,道:"我听说你们统计堂公布的数据多属杜撰,可当真如此?"

桃跑好不容易将嘴唇从龙泉手中挣脱开来,涨红了脸,伸出两根手指,比画道:"我、我送你三个字:一派胡言!"

龙音与龙泉忍不住抚掌而笑,原来兼任统计堂堂主的桃村长是个不识数的,难怪总是公布一些离谱得没边儿的数据。

桃跑发觉自己暴露了弱点,一时有些羞愤难当,便拎起酒壶独自灌了一壶桃花酿,总结道:"二位若执意要去桃花庵,桃某也不便劝阻,不过桃某还是提醒二位一句,桃花庵中有一位脾气古怪的高人,唔,怕是比二位高人还要高些。这位高人有个爱好,便是好饮活人之血,二位此去,好自为之。"

月上枝头,星落荷塘。龙音与龙泉出了楼外楼,便循路夜探桃花庵。

桃花庵在桃花村外三十里,从楼外楼到桃花村口,需得取道村里最繁华的一条商业街。

龙音轻摇着十三骨的折扇,衣袂飘飘,走在前面,身后跟着肉嘟嘟的龙泉。一路上的姑娘小姐们纷纷做娇羞状,红着脸将龙音望了又望,龙音亦回以招牌式微笑,所过之处无不引起阵阵尖叫。

桃花村中有一方人工开凿的大湖,是处颇为秀丽的景点。皓月碧水,湖上静静泊着数只画舫。湖边围了一圈卖旅游纪念品的小摊,生意很是兴隆。

二人行至湖畔,湖中一艘镂金缎玉的画舫中,忽然传出一阵悠扬

的琴音。龙音对音律极为敏感，立时记起，这便是他与龙泉方至桃花村之时，桃林间那位白衣姑娘所哼的曲子。

艺术家的本能被勾起，龙音向龙泉道："你先去桃花庵等我一时，我去去便回。"足尖微动，便已轻飘飘落在画舫之上。

琴音骤歇，画舫内红烛高燃。

隔着一扇绘着凤求凰的屏风，隐约可见一个窈窕的女子身影，想必便是抚琴之人。龙音将扇子斜斜插入腰间锦带，拱手道："在下峨眉龙音，冒昧打扰姑娘，不胜惶恐。"

女子抬手一拨琴弦，奏出一段美妙乐音，仿佛心情甚好，咯咯笑道："原来你叫龙音？"

话音未落，屏风后环佩叮咚，转出一个红衣身影。龙音愣了一愣，眼前之人，竟是先前他们大战穷奇时，救下的那个姑娘。

红衣姑娘微微歪着头，瞧着龙音，眸子里盈满月色星光，抚着怀里一团毛茸茸的宠物，轻笑道："这么快便又见面了，看来今夜咱们当真有缘。"顿了顿，又道，"我叫慕薇。慕雨潇潇，悠悠采薇。"

那只不知是什么品种的宠物似乎对龙音很有意见，龇着牙咕噜了几声。慕薇弯腰将它放到地上，哄道："赤豆糊，自己玩儿去。"

龙音对这位神出鬼没的姑娘一直心存好奇，此时再见，着实憋了一肚子问题想问，便做好了打持久战的准备，在船头一方枫木茶几边坐了，从袖子里摸出一只紫玉酒壶，斟了两杯醉清风，向慕薇道："良辰美景，花好月圆，慕姑娘与在下既有缘相见，不若对月同饮几杯，便算是……为了这两面之缘，如何？"

慕薇大大方方在龙音身边坐了，将右手撑在茶几上，托着一张粉雕玉琢的俏脸，道："公子记性可真差，算上这一次，咱们已有三面之缘。"

龙音疑道："哦？"

慕薇道："昨日公子与那小胖子在桃花村外以酒祭树，可不就是请我喝酒了吗？"

龙音道："莫非、莫非你便是……？"

慕薇纤手举起酒盏，笑得半真半假，道："我本是花间的精灵，昨儿早起吃多了，又趁着晨风和煦、春花烂漫，便随意跳了支舞，顺便减肥。"

龙音对昨日白衣姑娘的舞姿极为倾慕，此时见到了慕薇，考虑到歌舞不分家，大家都是搞艺术的，不禁觉得分外亲切，由衷地赞道："姑娘舞姿曼妙，世间无双。方才那首曲子，也是动听至极，却不知源自何处？"

慕薇抿了口醉清风，面若桃花，似已有些微醺，轻轻道："只是我家乡的一段民谣罢了。"忽然想起什么似的，将脸庞靠近龙音，问道，"喂，你是不是个挺厉害的神仙？"

不待龙音回答，又接着道："你不好好在天上待着，跑到桃花村来做什么？"

龙音正想道明来意，忽然想起先前有人假冒自己招摇撞骗之事，不免留了个心眼，道："姑娘来桃花村又是做甚？"

慕薇抬头将画舫上朱漆鎏金的雀檐望了一望，抱怨道："别提了，我是替我哥哥来寻我未过门的嫂嫂。我那嫂嫂十分难缠，哎，可算是折腾得我够呛。唔，昨日我差点儿便成功了，却又被你搅了好事……"慕薇嘻嘻一笑，起身道，"我瞧着你与我相貌竟有些相似，心中奇怪，加上看你颇不顺眼，便扮作你的样子，在村子里胡吃海喝了一番……"

龙音本对此事耿耿于怀，此时方知竟是这精灵古怪的小姑娘所为。

不过，世上怎会有莫名其妙长得如此相似的两张脸，须知一棵树上长出的鸭梨都千姿百态各有千秋，何况是两个大活人？龙音曾推测这叫慕薇的姑娘是不是自己三代以内直系血亲，但很快被否定。又曾推测她是不是照着自己的样子整过容，但又着实难以找到动机。诸多推测无果，只好放弃推测，想点儿别的，便向慕薇道："我昨日方至此处，如何便搅了你的好事？"

慕薇小嘴一噘，嗔道："你别总是顾左右而言他，快说，你来桃花村，到底所为何事？"

龙音觉得这姑娘虽脾气有些古怪，但是天真烂漫，想必不是坏人，便道："我来此处，是想寻一张唤作《桃花庵歌》的曲谱……"

慕薇手中本握着一只紫玉酒盏，正欲一饮而尽，此时忽地定住，望向龙音，眸子中竟有恼意，良久方道："怎么都要寻那曲谱？我倒不明白，《桃花庵歌》究竟有什么好？"

这句话信息量极为丰富，龙音思索一番，简单总结出以下两点：第一，寻这曲谱的不止他一人；第二，这姑娘对《桃花庵歌》并不怎么待见。

平湖之上万籁俱寂。慕薇走到龙音身前，居高临下地瞧着他，珊瑚额环映着一双剪水明眸，亮过满天繁星。良久，方问道："你找那曲谱，却是为什么？"

龙音在天上承了个花花公子的名号，靠的便是一句至理名言：千万不要得罪女人。此时他考虑了一番后果，谨慎地答道："你看，我是个音乐爱好者，又比较具有好奇心，总是被神秘事物所吸引……"

慕薇若有所思地点点头，又坐了回去，隔着一方小小的茶几，向龙音道："《桃花庵歌》并没什么稀罕的，况且早已是有主之物，你不

用白费力气去找了。"

龙音疑道:"姑娘此话怎讲?"

慕薇不耐烦道:"能不能别总问我那破曲谱的事儿!"眼珠一转,又道,"我见这河边有许多专门给游客画小像的画师,手艺很是不错,一直想试试来着。你若能陪我去画一幅合影,我便将《桃花庵歌》的下落告诉你,如何?"

龙音已被慕薇跳跃性的说话方式搞得有点儿犯迷糊,心中掂量一番,觉得这桩买卖并不怎么吃亏,便点了点头。

慕薇终于又高兴起来,嘻嘻一笑,唤了一声"赤豆糊",那只奇怪的宠物便不知从哪个角落"嗷"的一声扑进她怀里,撒娇地蹭了蹭,还瞪了龙音一眼。

画舫晃晃悠悠靠在了岸边。

湖畔杨柳依依,夜风款款。慕薇抱着赤豆糊,在鳞次栉比的小摊上东走西逛,终于在一株老柳树下寻到个满脸络腮胡子、颇有艺术家气质的画师,询问道:"喂,画一幅画多少钱?"

那画师嘴里叼了根狗尾巴草,斜靠在柳树上,抬眼瞧了瞧慕薇,又瞧了瞧慕薇身后的龙音,道:"画的不像不要钱。画的像嘛,就贵一点儿。"

慕薇兴致极高,道:"你开个价。"

那画师眯起眼睛道:"画一个人你给我五两银子,画两个人我给你五两银子,唔,还赠送一幅宠物图。"

慕薇有点儿不相信,挠了挠赤豆糊的毛,尽量礼貌地问画师道:"请问你有没有吃错药?为何多画一人反倒还要贴钱?"

画师正色道:"一人入画,只是个物件罢了,两人入画,画便有了

情调,属于形而上学的艺术范畴。"

慕薇摇摇头表示没有听懂。画师解释道:"简单点儿说,我看二位长得风神俊秀,很适合做广告,不如免费为二位作一幅画,希望二位能成为我的作品代言人……"

慕薇了然地"哦"了一声,从腰间解下一枚明珠,在画师眼前晃了晃,道:"我哥哥管得严,不允许我参加商业活动。这样,你将我与这位公子画在一起,唔,还得将我画得苗条些,这珠子便归你了。"

画师瞧见珠子,立刻闭了嘴,又低声嘟囔了几句,大意是说搞艺术的也得吃饭嘛,气节什么的并不重要,云云。接着便指挥慕薇与龙音在大柳树下并排坐好,就地铺开一张熟宣,点亮一盏风灯,又道:"坐近点儿坐近点,离得远了纸上画不下。"

慕薇很自觉地将小板凳向龙音挪了一挪,拉近了两人的距离。画师略一思索,便落笔如风,画了起来。

湖畔夜市正是热闹的时候,来来往往皆是人声,头顶柳枝间传出阵阵蝉鸣。龙音正襟危坐在小板凳上,鼻端缭绕着慕薇发间的淡香。月色婵娟,湖光潋滟,当时只道是寻常。

赤豆糊仿佛知道自己将要入画,奋力在慕薇膝头折腾了半天,摆出个美人横卧的姿势。但它长得四肢粗短,长宽高皆是一样,因此无论如何横卧,都只是一个毛球。

画师画了许久,忙得满头大汗,终于完工。慕薇是个急性子,已经憋了许久,此时终于得到解放,急忙抢过画师手中的画卷。

越过慕薇的肩膀,就着风灯晕黄的光,龙音瞧见画中的两个人,立刻对这位街头卖艺的画师肃然起敬。所谓后现代解构主义抽象派,约莫也不过如此。他们二人本老老实实坐在柳树下,画中却见远

山重重，细雨霏霏，开了半山的扶桑花前，龙音撑着一把十三骨的油纸伞，伞下是一身红衣的慕薇。而美人横卧状的赤豆糊，却不知去哪儿了。

龙音沉默良久，指着画卷道："那个，画得不太像啊。她的赤豆糊也不见了。"

赤豆糊也发现自己并不在画中，暴跳如雷，向画师露出两颗尖牙，以示威胁。画师往后躲了躲，一面注意着赤豆糊的动静，一面指了指画中一团花丛，解释道："喏，它在这花丛里小憩，挡住了，看不见。"

慕薇一直怔怔瞧着这幅画，此刻方回过神来，长长出了一口气，将掌中明珠交与画师，轻笑道："画得真好，倒不枉了我这颗珠子。"又向龙音道："这画尚未及落款，总觉得缺了点什么。不若公子给它个圆满？"

龙音点点头，从画师的犀角笔洗中挑了支竹柄的狼毫，在画中空白处落笔道：《龙音慕薇山中寻赤豆糊图》。

谁知圆满不是你想满就能满的。"图"字最后一笔堪堪写完，一道耀眼白光闪过，龙音手中的画，连同画下的一方木桌，竟被生生劈成了两半。

龙音心知遇上了强敌，四下环顾，只见数十名黑衣人已将老柳树团团围住，为首的一个手握一柄寒光闪闪的长刀，正是方才毁了龙音手中画卷的罪魁祸首。

游客们纷纷惊恐四散，不远处一个声音喊道："摊管来啦！"只一眨眼的工夫，湖畔小摊便撤得干干净净，只留下一棵大白菜，在原地打着转。大胡子画师也不知何时逃离了现场。

龙音从小跟在稳坐"被暗杀排行榜"第一位的龙哲身边，早已见

惯了这种被包围的场面，且一般敢包围龙哲的家伙，最后都付出了惨痛的代价。但考虑到慕薇一个姑娘家，恐怕会受到惊吓，又考虑到慕薇没什么好被包围的，想必这些黑衣人多半是冲自己而来，因此龙音心中颇有些内疚。

但龙音观察了一番慕薇的神色，发觉她十分从容淡定，完全不关心他俩被包围的事，而是不知从哪里弄来一小瓶糨糊，蹲在地上专心致志地修复破损的画卷。泰山崩于前而色不改，无论她是缺心眼儿还是胆子大，都令龙音很是佩服。

接下来便要和黑衣人首领进行沟通，被大规模包围一场，好歹得知道人家是什么目的。龙音不动声色走到慕薇身侧，身姿翩然地将她护在身后，方待撂两句狠话，低着头做修补画卷的慕薇却冷冷道："此番倒是来得快，桃跑老儿总算有些长进。"

《龙音慕薇山中寻赤豆糊图》被一分为二，破损得厉害，怕是很难修复好。慕薇一张俏脸冷冽如霜，黑发如浸墨绢丝，被晚风吹起。她缓缓起身，向众黑衣人道："桃跑老儿几次三番坏我好事，半月之内已送出七批杀手共四百三十一人次。我本着良善之心，从未要过你们的性命，可今次……"她扬了扬手中残破画卷，咬牙道，"毁我画卷者，虽远必诛。"

红绕肉不知何时跳到了慕薇肩头，发出"咕噜噜"的怒吼声，乍起一身灰扑扑的毛，周身竟也弥漫出杀气，成为一只凶猛的毛球，可它的杀气却及不上慕薇此时之万分之一。

慕薇扬手祭出兵器，却是一把七弦古琴。

只见她左手执琴，右手在琴弦间寥寥拨动数下，摆出风惊鹤舞之势，竟奏的是龙音先前听过的那支曲子。一袭红衣鼓起了风，飒飒作

响,在黑衣白刃之间辗转腾挪,仿若一只嗜血的红蝶。

四海八荒之内,敢用琴做兵器的神仙,少之又少。本是娱乐消遣之物,要用它来杀人,要么是本事大得没边,不怕事,要么是胆子大得没边,不怕死。此时龙音见了慕薇使琴作武器,心中无端生出一种亲切感。

黑衣人群起而攻,慕薇手中琴音不断,夭夭袅袅,伤人于无形。只片刻工夫,黑衣人便被收拾得七零八落,纷纷委顿在地。

此刻龙音终于发觉,自己的两样担忧,都着实是多余的。首先慕薇并没有被吓到,其次这些黑衣人也并不是冲自己而来。本以为是英雄救美人的戏码,那美人却自己动手展开了一场精彩纷呈的自救,并且成功秒杀对手。

龙音作为一个怀才不遇的英雄,心中不禁有些失落,失落之余更多的却是疑惑。

慕薇口中的桃跑,想必便是那个不识数的村长,可他好端端为何要暗杀一个姑娘?慕薇以琴音伤人,仙法精纯深厚,亦绝不是一介普通的花中精灵可为。

慕薇,这个与自己七分相似的神秘姑娘,她,究竟是谁?

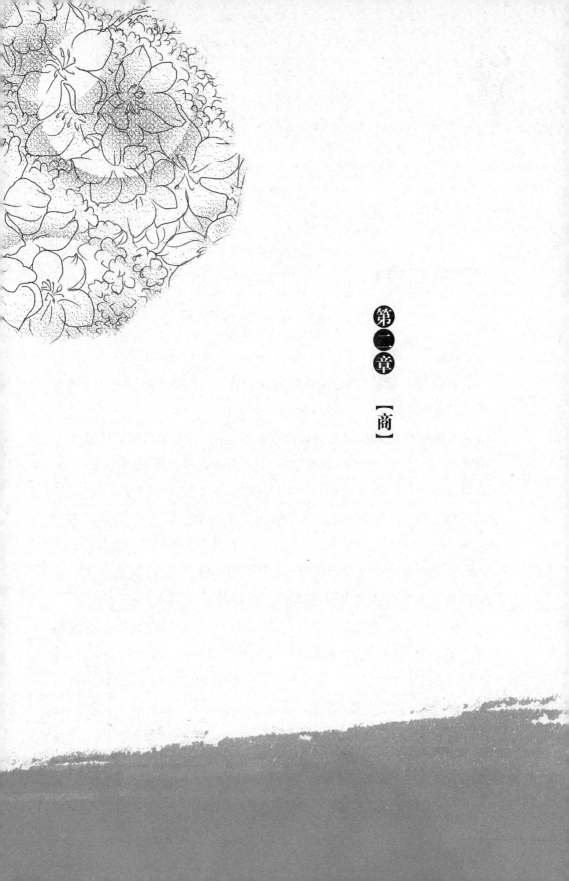

第二章

【商】

第二章 【商】

　　慕薇与人动手期间，龙音敏锐地觉察到，这姑娘有个与他师弟龙毒一般的毛病——刀子嘴豆腐心。

　　龙毒号称四海八荒之内最擅使毒的毒王，百事风云榜所评最恐怖毒药的前三甲："含笑半步颠""一日丧命散""死去活来丹"，皆是出自他之手。但一般被龙毒毒死的人，都是死不了几天就又活过来，并且活蹦乱跳、精神矍铄，唯一的负面影响是令旁观者饱受诈尸事件惊吓。

　　慕薇此番嘴上说要取人性命，手下却仍留了三分，因此躺了一地的黑衣人虽然卧床半年生活不能自理是肯定的，却还不至于送命。

　　慕薇打了一架，似乎出完了气，脸色好了许多，向瘫软在地的黑衣人首领道："回去告诉你们主子，莫要再白费心机。本姑娘一日带不回嫂嫂，桃花村便一日难得安宁。我好心劝诫你们一句，我哥哥不日便到此处，他的脾气，桃跑老儿想必心中有数。若不想你们祖上百年基业毁于一旦，便乖乖配合，免得再有一场生灵涂炭。"

　　话毕，从袖中取出一方绣着春莺出谷的锦帕，珍而重之地将《龙音慕薇山中寻赤豆糊图》的残片包了起来，妥帖收好，方揉了揉鼻

子,转头向龙音道:"喂,我刚才发脾气,没有吓到你吧?"

龙音心想女人真的是神奇的生物,翻脸比翻书还快,只好配合地点头道:"确实吓到了。唔,好可怕……"

慕薇穿过地上横七竖八的黑衣人,走到龙音身前,微微抬起头瞧着他,难得认真地说道:"许多人都怕我,也怕我的哥哥,所以我没有什么朋友。可我心里晓得,你不怕我,我、我很喜欢。"

湖面上微光粼粼,烟波渺渺。龙音本揣了一肚子的问题要问,此时瞧着慕薇一双寒潭秋水般澄澈的眼睛,便只能全都和着口水吞了回去,良久方道:"慕姑娘将在下当作朋友,是在下的福分。"

慕薇心中高兴,又恢复了古灵精怪的状态,扯住龙音的衣袖,道:"我知道你有许多疑惑,不过我暂时还不能同你说得太多。我只悄悄告诉你,《桃花庵歌》虽已尘封十余万年,却很快将要重现人世,届时,你自可一饱耳福。"

龙音道:"姑娘对《桃花庵歌》似乎所知甚多?"

慕薇几不可闻地叹了口气,道:"我倒是希望什么都不知道。"

天边泛起微亮,晨曦初露。慕薇将手搭在额头上,抬头瞧了瞧天色,向龙音道:"时候不早了,我要走了。"仿佛想起什么要紧的事,将珊瑚额环上的一颗明珠摘了下来,放在龙音掌心,说道,"这珠子天下只有一颗,送给你留个纪念。你可要收好了,很值钱的!"

龙音忙道:"姑娘这便要走?日后在下若想寻姑娘赏月品酒,却不知该去何处?"

慕薇抱起已经开始打瞌睡的赤豆糊,转身便隐入了天边嫣红的云霞中,风中远远飘来银铃般的笑语:"有缘自会相见。"

晓风悠悠,残月如钩。

　　龙音立在老柳树下,仔细回忆了一番慕薇的言行,越想越觉得这姑娘定是个有故事的人,而且这故事确然与《桃花庵歌》有关。龙音是个遇到想不明白的事非得想明白不可的性子,好处是总能发现许多线索,坏处是因线索着实太多,很难推断出一个合理的结果。

　　琢磨了半天也没有什么逻辑上的突破,龙音只好决定改天再想,先与龙泉会合,办正事要紧。或许去桃花庵走上一遭,许多疑团便能迎刃而解,柳暗花明。

　　桃花庵倚着万年桃木的根脉而建,青瓦白墙,掩映在重重叠叠的粉色桃花之中。此处香火鼎盛,游人如织,是桃花村的重点创收项目。桃花村村政府专门成立了一支装备精良的管治小分队,维持桃花庵的治安。

　　龙音老远便瞧见一幕壮观景象,这支小分队的队员皆被绳子捆了起来,连成一串,挂在了万年桃木的枝丫上,个个哇哇大叫。从他们鼻青脸肿的程度判断,龙泉这一晚想必过得很是精彩。

　　龙音在一棵树荫比较浓密的桃树下,找到了睡得正香的龙泉,拎着他的耳朵问道:"怎的我一会子不在,你就把人家打成这样,还挂在树上,不知道的倒以为是在晒蘑菇。啧啧,须知士可杀,不可辱,这样伤害他们的自尊若是留下心理阴影,可如何是好?话说回来,你没有暴露咱们昆仑的名号吧?"

　　龙泉从美梦中惊醒,龇牙咧嘴道:"别看他们都穿着衙门的工作服,行迹却着实可疑,昨夜他们一直在尾随一个白衣姑娘。我路见不平,加上一时手痒,就……"他扭捏一笑,接着道,"对了,他们跟踪的那个姑娘我瞧着甚为眼熟,像是在哪里见过……"

　　龙音松了手,道:"你统共也没见过几个姑娘,怎么就会眼熟?我

看该是眼花吧？"

龙泉一拍脑袋，弹起来道："一觉睡醒突然有了灵感，绝对不是眼花，我虽未曾看清她的容貌，但她体态轻盈，行走间如流风回雪，断然便是我们初到此处之时，在花间起舞的白衣姑娘！"

龙音一愣，沉吟道："不可能，那姑娘唤作慕薇，且她昨夜一直同我在一起。你可记得咱们在凶兽穷奇爪下救出的红衣姑娘？昨夜在湖上抚琴之人，便正是她。"

龙泉胖脸一嘟，道："这倒是怪了。这样的姑娘全天下能找出一个已是不易，怎的你我竟各遇见一个？我敢用我的体重跟你打赌，我当真没有认错人！"

龙音见龙泉说得认真，心中亦不免生出些许疑虑。

远处是碧海蓝天，十里桃林，慕薇歪着头浅笑吟吟的样子浮现在眼前。龙音微微蹙眉，内心实在难以接受慕薇对他说了谎的事实，因此从逻辑学角度便只能判断是龙泉的脑袋进了水。

龙泉为了证明自己的智商，十分积极地发挥主观能动性，从挂在树上的管治队员中扒拉了一个下来，恶狠狠地威胁道："大爷们有话问你，若敢有所隐瞒，哼哼……"

管治队员早已见识过龙泉的厉害，此时非常配合地认怂道："大爷饶命，大爷饶命，我说，我全说！"

龙泉满意地问道："昨夜，你们可是在跟踪一个白衣姑娘？"

管治队员忙不迭地点头道："是是是是是！"却又慌忙改成摇头，道，"哦不，不是不是不是！"紧张中脖子不受控制，一颗脑袋东摇西晃，产生令人眼花缭乱的视觉效果。

龙泉怒道："什么情况？到底是还是不是？"

管治队员双手抱头,委屈地答道:"是'跟着',不是'跟踪'。"

龙泉咬牙道:"哟嗬,还敢跟大爷咬文嚼字,皮痒痒了是吧?"

管治队员见龙泉撸起袖子眼看就要动手,吓得够呛,说话倒利索起来,一口气道:"我们是奉桃村长之命,在暗中贴身保护桃姑娘!"

龙泉与龙音对视一眼,桃跑死乞白赖拦着他们来桃花庵,莫非便是因为这个姑娘?

龙音问道:"那位桃姑娘是何人?桃跑为何让你们保护她?"

管治队员哆哆嗦嗦地答道:"我们也不知桃姑娘是什么来路,只晓得她好像这里有点毛病。"边说边指了指脑袋,接着道,"小的私下揣测,桃姑娘可能是个摔坏了脑袋的神仙。她白日里神出鬼没,常有人瞧见她在桃花枝头起舞或是抚琴,天黑之后却总会回到桃花庵中。桃村长令我们每日在她房中备下一碗生血,供她饮用,且在夜晚定要照看好她,像是怕她一不小心将自己弄死了。"

龙音越听越觉得奇怪,且"一不小心将自己弄死"确然是一项技术含量颇高的本事。桃跑一面暗杀慕薇,一面拼命保护这神秘的白衣姑娘,他们三人之间究竟有何牵连?正常情况下,二女一男的纠葛推理到此处,便应沾染上些许风月,好在桃跑的长相实在太过安全,便无形中扼杀了这种可能。

龙泉问完话,又捏了个诀,将哇哇乱叫的管治队员又挂回了树上,向龙音道:"这个家伙描述的姑娘简直太神秘,完全符合悬疑故事女主角的形象,我觉得我们应该赶紧去看一看。"

龙音教育他道:"你看你如此耐不住性子,真是难成大器。"一面撩起袍子一脸严肃地踩上云头,飞在了前面。

桃花庵主殿之中,供奉着万年桃木的神位,平日里闲杂人员比较

多。而主殿之后,有一间小小的耳房,虽只一墙之隔,却清净寡淡得多。据龙音推测,此处便是那白衣姑娘的闺房。

闺房之中陈设已不能用"简单"二字来形容,唯一的家具便是一张青石窄床、一方桃木妆台。妆台之上并无姑娘家惯常使用的胭脂水粉,却有只釉色匀净的白瓷空碗,碗中有干了的斑驳血迹。所有一切看起来都像是凶案现场,而不像姑娘家闺房。

春风和煦,窗外有十里桃林。龙音、龙泉在行动路线上产生分歧,龙泉认为在闺房中守株待兔比较靠谱,而龙音认为主动出击去桃林中寻人比较高效,最终确定的方案是龙泉在桃花庵中留守,龙音去桃花林中溜达。

繁花似锦,密密绵绵。龙音在花树间逛了许久,已经快要产生审美疲劳,正打算寻处清净的所在解决掉身上的半斤玫瑰瓜子,眼前却拂过一幅月白衣袖,接着便是一个白衣身影卷着花香扑面而来,不偏不倚砸在他身上。

龙音一向不相信天上掉馅饼之类的传说,可如今天上竟掉下个活生生的姑娘,真是让人感叹世事无常。好在龙音是个修为尚可的神仙,姿势还算潇洒地接住了这个姑娘,总算完成了一次英雄救美的过程。

芳草郁郁,落英缤纷。白衣姑娘的容颜美丽得惊人,却无丝毫血色,一头青丝如断崖悬瀑,在绿叶红花间铺陈开来。她星眸微动,瞧见了龙音,神色间却毫无情绪,只轻轻"咦"了一声,便张口咬住了龙音的脖子。

龙音只觉颈间一痛,一股温热缓缓流出,却是那白衣姑娘搂住他脖子,挂在他颈项间,一口一口吸着他的血。

这种别开生面的见面方式着实血腥诡异，龙音心中一时转过无数念头，百味杂陈。好的念头是，这姑娘想必便是桃花庵中秘密的核心所在，折腾这么多天总算是逮着她了，当真是踏破铁鞋无觅处，得来全不费工夫。不好的念头是，她如此不客气，将自己当作免费午餐，张口便喝，又不好意思推开她，不知会不会被喝死。若是一个神仙被喝死了，怕是至少要被笑话上万儿八千年，当真是大大地丢了师父的人。

好在龙音还没纠结完，那姑娘便舔了舔嘴唇，放开了他的脖子，苍白的脸颊上略染上些嫣红，杏子般的眼睛睁得圆圆的，将他瞧了一瞧。若说慕薇美得张扬浓烈，如满月下一坛醉人的美酒，这姑娘便是白雪初冬一盏浅碧清茶，玲珑剔透，温软熨帖。

龙音心中揣测，想必是因龙泉绑了桃跑派来伺候这姑娘的管治小分队，断了她每日一碗的生血，又碰巧自己送上门来，便成了现成的饮料。现下她莫名其妙喝了自己许多的血，估计很不好意思，大略是该道歉一番。龙音体贴地准备好了一番客气而又不失体面的说辞，譬如"姑娘喝在下的血，且喝了许多，说明在下的血味道尚可，是对在下身体素质的肯定"，云云。

谁知那姑娘只懒懒地靠在一株桃树上，轻轻打了个饱嗝，面无表情地觑了龙音一眼，道："你是谁？来这里做什么？"仿佛完全忘记方才发生的一切。

龙音酝酿许久的一番话憋在了肚子里，良久，方答道："在下来此处，好像便是为了找寻姑娘。"

白衣姑娘容颜清丽脱俗，不在慕薇之下，着实是个绝代佳人。此时只见她微微蹙眉，困惑地问道："找我？你找我是要做什么？"

　　龙音听说这姑娘脑袋有问题，一直难以相信，此刻见她言谈之间懵懵懂懂，不通人情世故，仿佛确与常人有异，便试探地问道："敢问姑娘芳名？"

　　白衣姑娘眨了眨眼睛，饶有兴致地问道："你是想知道我的名字吗？"顿了一顿，"我忘记我的名字了，他们有的唤我桃姑娘，有的唤我歌儿，这两个是不是我的名字？"

　　龙音见她神色如常，并不像是在说笑，反倒愣了一愣。这白衣姑娘身上仙气浩然，当是个品阶不低的神仙。凡人食五谷杂粮，浊气甚重，出现一些心智不足譬如朱大投之流，当属正常。可他活了十余万年，倒是没见过脑袋有毛病的神仙。

　　白衣姑娘见龙音不说话，上前两步，月白长纱拂过满地花瓣，仰头道："我许久没说过话了，你陪我说话可好？"见龙音不答话，自顾自又道，"你若陪我说话，我便答允你一个条件。"

　　这姑娘言语之间天真烂漫，想必不是智商有问题，只是心智未开。可心智未开又怎能成仙？她又为何每日要饮一碗生血？龙音心中疑窦重重，又不忍拂了她的兴致，点头道，"我陪姑娘说话便是，条件什么的倒是不必了。"

　　白衣姑娘十分高兴，漂亮的眉眼弯起来，眸子中有星光璀璨，轻笑道："那可不行，我说答允你，便一定要答允你，不然我便不与你说话。"

　　如此不讲道理的强盗逻辑，龙音委实招架不住，心中突然一动，道："在下确有个条件。"

　　白衣姑娘感兴趣地凑过来，道："什么条件？你快说，我定能满足你。"

龙音觉得欺负这样一个无知少女多少有失身份，但好在无人知晓，只需脸皮厚上一厚，便可以装作并没有丢人，于是说道："在下久闻《桃花庵歌》盛名，不知姑娘可否为在下奏一曲《桃花庵歌》？"

白衣姑娘拍手笑道："这便是你的条件吗？也太简单了。"说话间已变出一张七弦古琴，身子一晃，在一株桃树前盘膝坐下。花缀绿枝，碧草如茵，白衣姑娘素手轻抚琴弦，奏出一段天籁般的乐音。

龙音自己本就是个抚琴的行家，世间能出其右者，不足三人。若说昨日平湖之上慕薇抚琴之技，与他在伯仲之间，已经是个奇迹，那今日这白衣姑娘的一曲，便是奇迹中的奇迹。龙音自领了司乐之职，碍于身份，平日里总是将情绪藏得很好，甚少失态，此时在白衣姑娘的琴声中，竟踉跄了数步，以手撑住桃树的枝丫，方稳住身子。

这一曲《桃花庵歌》，便是她在桃林间起舞之时浅唱的调子，昨日慕薇指尖的一曲，已经曼妙无比，而自这白衣姑娘琴弦间逸出，竟似裹在万丈红尘中一段悲欢离合的人生，令人深陷其中。泠泠琴音中，龙音心头竟无端涌起自己为仙以来的种种过往，喜怒哀乐皆如流水行云，在眼前掠过。

落花如雨，白衣姑娘一面抚琴，一面低声吟唱，声音渺远如流风回雪："酒醒只在花前坐，酒醉还来花下眠。半醒半醉日复日，花落花开年复年。人人都在寻《桃花庵歌》，却不知《桃花庵歌》唱的只是人心，人人心中皆有自己的《桃花庵歌》。"

龙音愣怔了片刻，想起先前种种，突然茅塞顿开。难怪朱大投与桃跑所唱的桃花庵歌完全是两个曲调，原来《桃花庵歌》便是人心写照。心灵越是美好纯净之人，奏出的曲调便越是动听。不知这白衣姑娘究竟是何人，或许正因她心智未开，心地单纯，方可奏出如此美到

极致的曲子。

寻了这么久，终于寻到了这传说中的旷世一曲，龙音觉得，这一刻甚是圆满。

可惜事实再次证明，圆满这种东西果真是小概率事件。远处桃林缓缓升起白茫茫的雾障，半空中突然传出一声极轻的笑声；琴音骤歇，白衣姑娘受了惊，飘到龙音身侧，七弦古琴不知隐到了何处，只听她轻声道："喂，你听见了吗？那边有人。"

龙音不但听见了，而且看见了。

桃林之中不知何时已整整齐齐布下三千重兵铁甲，人人手持降龙铁戟，戟上寒光映得桃林绯色愈艳，却有股肃杀之气。

数声马嘶响起，两骑骏马从天际驰来，三千铁甲"轰"的一声跪了满地，未有分毫凌乱，可见着实是一支训练有素的军队，想必是召之即来，来之即打，打之必赢。龙音心中好奇，这南海之滨最近怎的如此热闹，竟能引来如此高规格的重兵，莫非也是为着《桃花庵歌》而来？

白衣姑娘像是很不喜欢人多，噘起嘴向龙音道："怎么来了这许多人？咱们走吧，上别处去说话。"

龙音心中苦笑。摆了这么大阵仗，光一日的盒饭钱、劳务费、兵器养护费，怕都要万金之资，便是他们想走，这花钱的主儿也不会让他们走。

蹄音嘚嘚，声声清脆，两骑骏马一白一黑，驻足在龙音与白衣姑娘五步开外。黑马上的骑士戴了张面具，看不清样貌。骑白马的青年着一身紫金铠甲，面容俊美，竟是个不输龙音的美男子。青年神色冷峻，不怒而威，只在目光扫过白衣姑娘之时，眸子中微微一亮，哑声

道："桃歌，一别百年，你果真还活着。甚好，甚好。"

原来竟是故人。

龙音此时方知，这白衣姑娘的闺名，原是唤作桃歌。

白衣姑娘轻轻一跃，足尖已踏上马头，微微倾身，将马上青年上下打量了一番，转头望向龙音，困惑地问道："我认识他吗？"

龙音担心她安危，摇着扇子故作轻松地说道："他认错人了。姑娘你站得太高，风太大，莫要染了风寒，快下来吧。"

白衣姑娘果真飘下马头，落在龙音身旁，扯着他绣着金丝祥云的衣袖，问龙音道："方才我弹的曲子可好听？"神情专注，旁若无人，竟完全没将五步开外全副武装的兵士放在眼里。

龙音尚未及答话，那匹黑马忽地一声长嘶，立了起来，马上骑士低声斥道："臭豆腐，老实点儿！"

声音十分耳熟，却一时想不起是谁。不过如此高大威猛的一匹神驹，竟然取了个名字叫臭豆腐，想必它的主人文化程度在私塾一年以下，且多半语文课业是蹴鞠先生所授。

骑白马的青年微微蹙眉，道："臭豆腐对花粉过敏，咱们办完了事便回去，没什么大碍。"又望了望桃歌，道，"姑娘忘了孤，并没什么关系，再认识一次无妨。孤的名讳，唤作蚩猛，三百年前蒙姑娘搭救，那时，孤只是九黎族的族长，如今，孤已是魔界的王。"声音喑哑，有一丝压抑的情绪。

龙音心中一凛，这俊美青年竟然便是魔界风头无二的新君蚩猛。斗琴盛典在即，用膝盖想都知道，这三千重甲，定是为了《桃花庵歌》而来。当真是冤家路窄，今日既在此处遇上，一场血战恐怕在所难免。

蚩猛顿了顿，又道："自孤身登大宝之日，后位上便刻下了你的名字。桃歌，随孤回大乾坤宫，碧落泉西万里江山，便都是你的。"

桃歌柳眉微蹙，似乎已有些不耐烦。

龙音心中一叹，这蚩猛真是不通人情世故，万里江山什么的，并不是每个人都想要的，更何况如今桃歌心智未开，心中无欲无求。

蚩猛见桃歌并不答话，向身侧戴面具的骑士道："薇儿，传令下去，恭迎你嫂嫂回大乾坤宫。"

面具骑士道了声"是"，变出一方五色令旗，右手轻挥，令旗迎风展开，三千重甲齐声唱和："恭迎娘娘回大乾坤宫！恭迎娘娘回大乾坤宫！"声震霄汉，龙音却恍若未闻，只定定瞧着那面具骑士。

一直觉得那声音十分熟悉，此时方记起，南海之滨的风卷黄沙之中，平湖之上的月色垂柳之下，皆是这婉转中带了倔强的声音。面具骑士一身古银铠甲，却在方才挥动令旗之时，露出了一片火红的衣襟，那样绚丽的红，许多年来龙音只见过一回。

慕薇。她有只叫作赤豆糊的宠物，又养了匹叫做臭豆腐的马，这种起名字的品位，当可称得上独树一帜、空前绝后。她说来到桃花村中，只为寻她家中一位难缠的嫂嫂；她说有缘日后自能相会。龙音如今方才知晓，她口中的哥哥，便是蚩猛。更没料到，此番再见，或许是兵戎相见。

《桃花庵歌》事关仙、魔两界斗琴盛典胜负成败，他若不知便罢了，如今既已寻到了桃歌，断不能让蚩猛带她回去。念及此处，龙音"呼啦"一声收了折扇，向蚩猛拱手道："在下昆仑龙音，久仰魔君威名，今日一见，果真名不虚传。只是，这位桃姑娘，欠了在下一些东西，尚未偿还，今日怕是不便离去。"

　　蚩猛终于舍得将目光从桃歌身上挪开,将龙音上下打量一番,又侧目瞧了瞧身边的慕薇,想必发觉二人面貌相似,心中也疑惑。身为兄长,却有另外一个男人与自家妹妹长得如此相像,不得不令人怀疑是不是基因产生突变,或者上一代之间有什么狗血的爱恨纠葛。

　　慕薇戴着面具,看不清她脸上的表情。蚩猛策马向前数步,走到龙音身前,倨傲地说道:"九重天上司乐的上神,龙音。孤听说过你的名字。"眯起眼睛瞧了瞧桃歌,又道,"你说孤的夫人,她欠了你什么东西,大乾坤宫今日十倍偿还,定不叫你吃亏。"

　　龙音在昆仑门下,一向以善言辞闻名。善言辞表现在两个方面,一则是善于逗姑娘们开心,二则便是吵架无敌。龙音自认为是个有涵养的神仙,一般不与人吵架,今日却不知为何,看蚩猛十分不顺眼,冷冷应道:"桃姑娘好像并不识得君上,君上如此一口一个夫人,只怕传出去污了桃姑娘与君上的名节。没见识的还以为君上犯了单相思的毛病,进而强抢仙女。如此土匪行径,恐怕不是大乾坤宫迎回娘娘,而是大乾坤寨收了压寨夫人了。"顿了顿,又道,"桃姑娘欠在下的东西,便是她一条性命,不知大乾坤宫,可当真赔得起?"

　　桃歌凑过去,低声问道:"喂,你为何说我欠你一条性命?"

　　龙音抖开扇子略遮住脸,冲桃歌挤了挤眼睛,又指了指自己脖子上的牙印。桃歌扑哧一笑,若有所思地点头道:"啊,原来这样我便欠了你一条命。"

　　臭豆腐突然又发起脾气,打着响鼻,在原地转了几圈,却被慕薇摁住。

　　蚩猛见龙音与桃歌旁若无人地谈笑风生,又见龙音脖子上一圈小小的齿痕,目中突显杀机,咬牙向龙音道:"你竟让她吸了你的血?"

龙音悠悠道："桃姑娘饿了，我出于人道主义精神，总不能让个姑娘家饿肚子。"

半空中突然炸响一串惊雷，朗朗晴空转瞬之间浓云密布，桃林之中一片死寂。蚩猛眸中如结三尺寒冰，扬手祭出一张戾气汹涌的六弦古筝，拨了串森冷和弦，向龙音道："孤本不想在她面前犯杀戒，可今日自在筝已出，你，非死不可。"

慕薇不知蚩猛为何突然之间翻脸，并且似乎是玩真的，终于忍不住出声，急忙劝阻道："哥哥，你不是说过两国交兵，不斩来使。你若杀了他，他日斗琴盛典之时，该如何交代？"

蚩猛冷冷道："四海八荒之内，没有孤不能杀的人。"

龙音却浑若无事，月白长袍泛出一片冷光，淡然道："多谢慕姑娘好意，龙音虽非以善战扬名，于打架一事却也从未输过，不劳姑娘忧心。"

慕薇愣怔片刻，抬手摘下面具，现出一张浓丽如夏日蔷薇的俏脸，颤声道："你、你早已认出我了？"

龙音心中叹了口气，心想真是个莽撞的姑娘，既然戴了面具，就永远不该摘下来，否则便失去了戴面具的意义。

蚩猛眯起眼睛，向慕薇道："你们认识？"

慕薇倔强地咬着嘴唇，默然不语，终于点了点头。

蚩猛拨转马头，白马走到臭豆腐身侧，在臭豆腐脖子上蹭了蹭。蚩猛瞧着慕薇的眼睛，似要探寻些什么。许久，方向身后一抬手，一字一顿道："不用留全尸。"

三千重甲轰然而动，狂风拔地而起，将十里桃林卷入黑色旋涡。龙音将桃歌护在身后，祭出了真身逍遥琴。

很少有人看过龙音打架，因龙音一向认为暴力并不能解决问题，高端人士均信奉不战而屈人之兵。但他拜了个天上地下打架本事第一流的战神师父，又不慎结交了一群把惹是生非当作爱好的师兄弟，常常需要在战场上给大家擦汗、端茶或搞后勤，导致不得不锻炼出一身打架的功夫。但龙音有他作为一个音乐人的底线和原则，觉得普通兵器太过俗气，并且有失艺术家身份，便在如何将逍遥琴当作兵器这个问题上下了许多功夫，并完成了一篇名为《浅析逍遥琴的战斗价值》的相关论文。

想必是受了蚩猛手中自在筝的影响，逍遥琴在龙音手中颇有些躁动。同为天下最著名的乐器，虽则一正一邪，它们的共同点便在于专业与工作完全不对口，明明是搞艺术的，却天天过着刀口舔血的日子，可谓同是天涯沦落琴。

龙音见过慕薇使琴伤人，招式刁钻冷厉，想必便是蚩猛一手调教出来的。今日能与自在筝的主人一决高低，龙音不得不承认，他心底亦有些莫名的兴奋。

三千重甲已携风雷之势而来，龙音抛出一道仙障，将桃歌护在一株桃树下，逍遥琴铮铮两声奏出一段祈雨的调子，天上一时风起云涌，落下的却不是雨，而是无数柄冰刃，所过之处穿透一幅幅血肉之躯，带出淋淋漓漓满地血痕，浸红了遍地粉色桃花。

魔界这三千重甲也不是吃素的，竟能破了雨阵，近得身来，将手中降龙铁戟直直向龙音身上招呼，招招皆是致命。龙音手中琴音未停，七根琴弦如软鞭伸缩，卷住脑袋绞下脑袋，缠上胳膊卸了胳膊，片刻间桃花林已成修罗场，他一袭白衣却未曾沾染上分毫血色。

桃歌瞧着热闹，索性在仙障中坐了，拍手笑道："打得真好看，有

趣,有趣。"

不过盏茶时分,三千重甲便已死伤殆尽,唯余数员猛将,仍苦苦支撑。龙音已从容收了雨阵,眸中似有寒潭沉星,淡淡向一旁观战的蚩猛道:"昆仑龙音,敬候君上赐招。"

蚩猛脸色铁青,低声向慕薇说了句什么,慕薇眸子中闪过一丝惊诧,竟晕出一层朦胧水雾。良久,方咬着唇,略点了下头。

蚩猛嘴角扯出一抹冷笑,喝了一声"退下",屏退了已近力竭的几名士兵,轻抚自在筝,加入战斗。

这一战,端的是好听好看,唱作俱佳。

逍遥琴灵动高亢,自在筝雄健低沉,一时琴音袅袅占尽上风,一时筝声泠泠抢尽先机。二人皆奏的是行兵布阵追逐厮杀的曲子,听来像是一曲琴筝合奏,却不知其中危机四伏,已不知在生生死死间走过了几个回合。

二人手下不停,以琴作兵器,招招狠辣,自桃林打到空中,又自空中打回桃林,翻翻滚滚,难分胜负。忽地又是一声惊雷,闪电在浓云中撕开一道裂口,龙音清清楚楚瞧见蚩猛胸前露出一处破绽。

高手对决之时,一处小小的破绽便可致命,更何况蚩猛这破绽实在太明显,就好比考试时发了一张标准答案,脑瓜正常的人都会毫不客气地抄一抄。龙音自然属于脑瓜正常的范畴,并且反应还比旁人快些,电光火石之间便以琴为剑全力攻了过去。

眼见琴至胸前,蚩猛面上却现欣喜之色,龙音心中暗道不妙,却已经收势不及。只见蚩猛略一侧身,险险避过了龙音的一击,却自他身后现出一柄薄如蝉翼的匕首,直刺龙音左胸。

这是一个避无可避的刁钻角度,龙音只来得及看见匕首上泛着流

光的一颗血色宝石，及握着匕首的一只素手，十指纤纤。

匕首穿过血肉，凉凉地钝痛，鲜血汩汩流出，在白衣上缓缓生长开一朵殷红的牡丹。

十里桃林寂寂，时间仿佛已静止。

龙音难以置信地抬头，眸子里映出慕薇苍白如纸的脸。

原来那破绽只是诱敌深入的陷阱，慕薇才是真正让人送命的狠招。这么一出戏码，兄妹俩想必已排练过不知多少回，默契程度直逼五颗星，便是龙哲在此，怕是也难全身而退。

桃歌本坐在树下专心看热闹，此时见龙音受伤，心中惶急，扑向他身前。龙音踉跄后退数步，被桃歌扶住，靠在一株碧桃树上。

蛊猛见慕薇得手，长笑数声，得意道："薇儿，功夫又长进了！"

慕薇手中匕首"当啷"一声落在地上，似乎欲言又止，眼中噙了泪，颤声向龙音道："对不起，我……"

桃歌怒道："他已经快要死了，你道歉又有何用？"

龙音数万年来头一次在客场打架，若死了便算了，《神仙志》中最多记他个战死沙场，可若是死了一半，要死不死，变成植物仙什么的，那便委实丢人丢到了姥姥家，再也不能在娱乐圈混下去。他自修成人身以来，从未吃过如此大亏，此时伤势甚重，加上心中不甘，"哇"地呕出一口鲜血，勉力向慕薇道："你、你为何、为何要如此？"

慕薇尚未及答话，蛊猛便道："薇儿，退下，孤亲自迎你嫂嫂回宫。"话毕，便伸手想拉住桃歌。谁知桃歌轻轻一转身，便自蛊猛手边滑开，道："他是好人，你们都是坏人！我不和坏人说话！"

龙音此时已是用内力强打起精神，才勉强未晕过去，挣扎着向桃歌道："在下今日恐难护姑娘周全，姑娘若有办法，便自行离开此处，

切莫、切莫随他们入大乾坤宫！"

桃歌却好奇地问道："这桃林是我的地盘,这许许多多桃树皆是我一株一株种下的,为何要我离开？难道不应是他们离开吗？"

龙音心中苦笑,桃歌的字典里想必还没有"害怕"二字。一想不对,她的字典里估计完全没有字。还是不对,她应当根本没有字典。桃歌如此单纯,太容易被利用,若被蚩猛得了《桃花庵歌》的秘密,三界之内便免不了一场腥风血雨。龙音心中焦急,忍不住又呕出一口鲜血。

蚩猛见桃歌护着龙音,心中气恼至极,上前便要将龙音毙于掌下。这一掌使出了八分力道,有开山裂石之威,慕薇惊呼道一声："不要！"飞身上前想要挡在龙音身前。

语声未落,却只听叮咚一串极熟悉的琴音,蚩猛与慕薇竟被双双震出三丈开外。桃歌斜斜抱着逍遥琴,天真地向龙音说道："你莫要害怕,我本领很大的。这桃林是我的,我将他们赶走,咱们便能好好说话了。"

慕薇只微微擦破了皮,蚩猛却显然是受了内伤,嘴角渗出鲜红血丝,神色迷茫,喃喃道："这便是伏羲大帝的《桃花庵歌》？当真、当真是天意如此？"顿了顿,又恢复了年轻君王冷峻的神情,咬牙道："孤自来不信天命,我命在我不在天！便是桃歌向着你又当如何？龙音,今日孤便留你一条性命,他日再见,休怪孤手下无情！"又深深望了桃歌一眼,转身拂袖跨上白马,绝尘而去。

慕薇欲言又止,走到龙音身前,嘴角勉强扯出一道弧线,略歪着头,道："哥哥与我自幼习武,都只为了杀人。可有一招,是我偷偷练的,哥哥并不晓得。"顿了顿,"方才那匕首将将偏过心脏三分,绝不

致命。我晓得总有一天,我会有不想杀的人。对不起,我、我有我的难处。"

落花无声,龙音静静瞧着她,眸中似有万水千山独行的孤寂。

慕薇又道:"我知道你会恨我,我不怪你。"说着,从怀中摸出一幅装裱精致的画卷,塞进龙音手中,"这是《龙音慕薇山中寻赤豆糊图》,我花了整晚的时间,终于拼好了,留给你做个纪念吧。下次若再相见,你我便是仇人了。我只念你莫要恨他,我哥哥他、他也是个可怜人……"

一滴泪落在龙音手背上,温热。

慕薇转身骑上臭豆腐,缓缓远去,消失在桃林深处。

桃林里终于清静下来,桃歌仿佛高兴了许多,手忙脚乱地撕下自己的裙摆,想给龙音包扎伤口。可她着实不适合做护士这个行当,屡屡将龙音弄得倒吸冷气。一番折腾后,龙音整个上半身皆被白布裹住,动弹不得。

在被包裹的这段时间里,龙音吞下一颗龙医亲手烧制的九转大还丹,并终于得空,静静地思考了一番人生。方才桃歌用逍遥琴奏《桃花庵歌》,只寥寥数个音符,便将蛊猛震了开去,杀伤力委实惊人,看来向来不怎么靠谱的传说,终于靠谱了一次。却不知桃歌究竟是何人,又与那蛊猛有过如何一段过往。想着想着发现连桃歌自己都不知道这个答案,不禁一阵唏嘘。

落日熔金,倦鸟归巢。桃歌扶着有且仅有两条腿尚能移动的龙音,回到桃花庵后她的小屋。

推开栎木门扉,龙音与桃歌一齐愣住。今日怕是这小屋自建成以来人口密度最大的一日,屋里黑压压挤满了帽子上插着花枝的衙役,龙音奋力观察,方在众多人脸中辨认出两个熟人——龙泉与桃跑。

　　桃跑见到桃歌，情绪瞬间激动，不由热泪盈眶，抖着嗓子喊道："姑奶奶，大小姐，你，你可算是回来了！"

　　桃歌皱了皱眉，面无表情道："我不喜欢人多。"

　　桃跑赶紧挥了挥袖子，一屋子衙役"呼啦"一声撤了下去，龙泉终于有地方下脚，踱到龙音身边，围着他绕了几圈，诚恳道："三师兄，这是什么新奇的造型？你们娱乐圈最近流行僵尸风吗？"

　　龙音轻咳了两声，道："这是我刚刚研发出的局部减肥法，想瘦哪里裹哪里。唔，十分有效。对了，这是桃歌姑娘，咱们初到桃花村，便已见过的。"

　　龙泉与桃歌行了礼，斜眼瞧了瞧桃跑，道："桃跑老儿，你在这儿守了一天，便是要等这位桃姑娘吗？"

　　桃跑心中想必是有什么为难之事，表情万分纠结，欲言又止，浓密的一字眉恨不得拧作一团，可谓丑到极致。

　　龙音靠在屋里唯一的一张石凳上坐了，深深吸了口气，向桃跑道："今日，蛊猛来过了。"

　　龙泉与桃跑同时一怔。龙音接着道："蛊猛本想带走桃姑娘，我与他周旋了一阵，好歹未让他得逞。不过以他的性子，想必不会善罢甘休。桃村长，《桃花庵歌》的秘密，凭你全村之力，恐怕也守不了多久，说与不说，此时皆在于你。"

　　桃歌静静地坐在妆台前，对镜理着流云似的秀发，眸子浓黑，纯净得堪比二十七层净化的银河水。

　　桃跑支吾了半晌，终于下定决心似的，撩起袍子，向桃歌拜了三拜，方起身向龙音道："桃氏先祖承了桃姑娘的恩情，守护桃花庵数百年，世世代代皆效忠于桃姑娘。每一任族长继任之初，便立下血

誓,不得泄露《桃花庵歌》的秘密。可如今,对头已找上门来,桃姑娘神智未复,恐怕、恐怕不是对手。今日,桃某便将一段不为人知的过往告知二位高人,还望二位高人施以援手。"

龙音微微颔首,在石桌之上点亮一支蜡烛,静静地听起那个尘封了数百年的故事。

原来桃歌的真身,便是被伏羲封印了的《桃花庵歌》的曲谱,她在南海之滨尽得天地灵气,修成了仙法卓然的一位神仙。而桃氏的祖上,本冠陶姓。数百年前,陶氏一位在朝为官的先祖犯了重罪,全族百余人皆被流放至南海之滨,也就是桃歌的地盘。陶氏族人一路至此,已无米粮,个个饿得奄奄一息。桃歌用桃子喂饱他们,又帮着他们建成桃花村,安顿了下来。陶氏一族为报她的恩情,便随了桃歌的姓,并修了座桃花庵,将她供奉起来。

百余年后,在桃歌的照拂下,桃花村成为远近闻名的旅游业示范村,年年风调雨顺,五谷丰登,唯一需要防范的便是迷路过来的大型食肉野生动物。

直到有一日,一个少年逃亡至此,满身是血地晕倒在桃花庵门前。

桃歌脑袋清醒时,是个极善良又爱管闲事的神仙,免不得将少年带回庵中照料,捡回了他一条小命。少年在桃花庵中,每日与桃歌花前月下,对弈品茶,一住便是月余。二人皆俊美无匹,轻易便将日子演成一部风月无边的偶像剧。谁知少年身子将将见好,仇人便已杀到了桃花村口,并将排场摆得铺天盖地。五色王旗迎风展开,竟是大乾坤宫的魔君御驾亲征。

不用说,这悲催的少年便是蚩猛。

时值仲夏,桃花庵外夏木菱菱,蝉鸣阵阵。蚩猛不愿连累桃歌,

自然要求将自己交出去,以保桃花村太平。可桃歌正处在青春期最叛逆的时候,救人只救一半是她的理念所不能容忍的,于是便问蚩猛:"你可会抚琴?"

蚩猛表示恰好会,并且恰好琴技不错。这两样"恰好",就此改变了许多人的人生。桃歌悠闲地折了枝瘦梅,插在石桌上一只净瓷烧制的美人耸肩瓶里,留给蚩猛一个白衣胜雪、青丝曳地的背影,缓缓道:"我授你一段曲子,唤作《桃花庵歌》,你且上那魔君阵前去弹了。"

年轻的蚩猛竟丝毫没觉得意外,眼中却有按捺不住的狂喜,当然这一点是桃歌没有看出来的。可见数百年前,蚩猛便扮演了一个颇有心机的反面角色。

那一日,《桃花庵歌》第一次被用来杀人。蚩猛手中的自在筝上沾满了魔族将士的鲜血,桃歌远远地瞧着,皱了皱眉,隐隐觉得不妥。

这一战自日暮直至天明,那魔君也不是个善茬儿,与蚩猛斗了许久,却毕竟敌不过伏羲的这支神曲,气力将竭之时,竟拼尽全身修为,要与蚩猛同归于尽。

或许是桃歌命中有此一劫,脑袋一热,竟冲出去生生替蚩猛受了魔君这搏命一击,身子像断了线的风筝飞出去老远,落地时溅起一地粉红花瓣,又被蚩猛狠狠搂在怀里。

那时蚩猛以为桃歌快要死了,悲恸莫名,红着眼眶喃喃向桃歌诉说起自己的身世:"我自八岁时起,便开始学习如何杀人。父亲将族中的孩子关在一间水牢里,一人赐一柄开了血刃的长刀,要么杀了自己,要么杀了别人。只有心够狠,才能活着出去。最后,我踩着一层层尸体,爬出了水牢,成为九黎族最冷血的杀手。父亲离世时,将九

黎族与自在筝托付与我，令我立下重誓，定要找到《桃花庵歌》，并篡魔君之位，复我九黎声威……"

桃歌何等聪明，听到此处已经明白，一切只是蚩猛设的一个局，自己不过是一枚称职又敬业的棋子。由此可见，天上掉下的帅哥不可轻易相信，至少需先调查清楚他的家庭状况、成长环境、有无房马、有无仇家。不幸的是，桃歌付出了半条性命一腔热血，方才看清这个残酷的现实。万幸的是，她终于看清了这个残酷的现实。

桃歌受伤虽重，却尚不致死，但她心灰意冷，昏昏沉沉躺了三天三夜，蚩猛衣不解带地在她床榻边候着，直至第四日上，蚩猛花重金请来了号称医术很是超然的太上老君。

彼时太上老君因代言的几种洗发水陷入质量门，被《南天门日报》整版报道，标题是"秀发去无踪，头屑纷纷来"，人气日渐低迷，正急于挽回正面形象。此时又恰逢南海之滨魔君意外薨了，成为新闻焦点，他便忙不迭地赶了过来。

太上老君为桃歌诊脉之时，蚩猛已被四海八荒各主流媒体的记者包围，因此并不在侧。太上老君将自己与桃歌关在桃花庵后小小的一方石屋中，灌药、推拿、针灸、拔罐，无所不用其极，好歹弄醒了桃歌。

桃歌醒来，眼神一片空茫，怔怔望着毫无雕饰的房梁。在这屋子里，有她与蚩猛共度的一月时光，只可惜时光太短，遗忘太长。她其实情窦未开，并不晓得自己是种什么心态，也并不晓得是什么令自己非要替蚩猛挡了那致命的一击，只晓得有种说不出的难受，一阵阵揪心。

桃歌交代了太上老君三件事。一则，蚩猛所得《桃花庵歌》并非完整版，虽然打起架来已经很厉害，但是就好比只得了武功招数，而

未得精髓，成不了什么大气候，暂时于三界平安无忧。二则，便是请老君封了自己七魄中的灵慧一魄，断了七情六欲，也好让她忘记些不该记起的事情。最后一则，便是赐她一丸假死药，对外宣称《桃花庵歌》曲谱已毁，骗过蛊猛，好让他速速离去，安心入主大乾坤宫，做他的新任魔君。

桃歌静静说完这一番嘱托，声音毫无起伏，仿佛在说一件与她毫不相干的事情。故事的发展也与她所料一般，蛊猛在她衣冠冢前洒了几滴清泪，便匆匆回到魔界，办理一系列新君登基的手续。唯一的差错在于，太上老君许多年未曾操练的医术出了岔子，在封印她灵慧魄的时候，酿成了一起不大不小的医疗事故，不但整个儿将她灵慧魄毁了，顺带还伤了她的仙元。

三年之后，桃歌再次醒过来，便彻底忘却了前尘，脑袋也常常不灵光，且每日需以一碗生血养着仙元，否则便性命堪虞。

桃跑说到此处，给自己倒了杯凉茶，咕嘟咕嘟灌了几口，方接着道：“桃姑娘的秘密，只有桃氏族长方知，代代相传。前些时日，桃花村来了许多探子，四处打听《桃花庵歌》的下落，其中便有蛊猛的手下。桃姑娘从前一直担心蛊猛狼子野心，利用她在三界兴风作浪。桃氏族人虽有心护着姑娘，可我等肉身凡胎，着实力不从心……”

龙泉听到此处，不禁唏嘘一番，感叹桃歌的人生真是一场多姿多彩的情殇。许多谜团终于解开，譬如桃跑为何屡次派杀手要取慕薇性命，譬如桃歌为何有每日饮血的奇怪习惯，譬如为何桃歌随意一抚逍遥琴，便将蛊猛震退。

桃歌是《桃花庵歌》的化身，是伏羲专为逍遥琴谱的一支曲子。这就好比穿衣服，量身定做方显合适，尺码不对的衣服即便再好看，

穿起来也像是非法窃取物，令人联想起某些比较猥琐的行业。如今《桃花庵歌》这支曲子，蛊猛奏起来，虽也有力破千军之势，但毕竟与正主儿相差甚远。龙音没想到，经历了千千万万年的造化，昔日的一阕曲谱竟也得道成仙，又与自在筝的传人蛊猛有了如此一段过往。

龙泉伸个懒腰，道："咱们既然寻到了桃姑娘，斗琴盛典便已立于不败之地。三师兄你看，这一路公差搞得我水土不服，面有菜色，现在急需回趟昆仑，好生休养一下。"

龙音斥道："你个没良心的，桃姑娘现在算是个残疾人，咱们怎能置之不理？"

龙泉挠了挠肚子上的肥肉，道："你是说，要帮桃姑娘治病？这病根在她身上绵延已久，极难痊愈。而且，你怎么能保证，她好了以后，就不会站在蛊猛那一边？"

石屋中烛光摇曳，将桃歌浅淡白衣晕出暖色。龙音瞧着她澄澈如水的眼睛，缓缓道："每个人都有好好活着的权利。她能为蛊猛不明不白地死了一次，可见是个极善良的好姑娘。我相信，过了这三百年的一场梦，她会有自己的选择。"顿了顿，又道，"桃姑娘如今神智未开，若我们就这样将她带上昆仑，着实不够光明磊落。不管最后结果如何，我希望让她清醒地选择一次，也不枉伏羲当年谱这一曲《桃花庵歌》。"

龙泉叹口气，道："桃歌姑娘病得甚是严重，太上老君那厮，下手也忒狠了点儿。"又向桃跑道，"你可知桃姑娘这病，当如何医治？"

桃跑"扑通"一声跪到了地上，膝行至龙音身前，拽住他身上飘飞的一束绷带，哽咽道："神仙祖宗，高人大王，若能治好桃姑娘这病，我桃氏阖族愿做牛做马……"

龙泉不耐烦道："说重点！"

桃跑用衣袖抹了一抹鼻涕，方道："太上老君曾提起，需得让桃姑娘服下一枚'结魄丹'，方可重塑灵慧魄，令她恢复如常。"

龙音道："结魄丹？这玩意儿是长在树上还是生在水里，怎的没有听说过？"

桃跑擦了擦汗，道："这结魄丹，据说自开天辟地以来，便只有一颗，上古时期便被魔族得了去，奉为圣物，供在大乾坤宫内。后来，后来在蚩猛统治下，被赐给了一位屡立战功的将军。"

龙泉一拍大腿，道："知道在哪儿便好说，咱们去抢来便是。"

桃跑又擦了把汗，道："这恐怕、恐怕有些困难……"

龙音道："哦？"

桃跑偷偷瞄了眼龙音的神色，道："这位将军与高人，唔，怕是有些渊源。此人封号长安，从前的长安郡主，如今的长安将军，便是蚩猛嫡亲的表妹。她的名讳，上慕下薇。"

龙音心口的刀伤猛地一痛。

慕薇，竟然，又是慕薇。

龙泉道："啧啧，这可如何是好？师父教导咱们，死都不能跟女人打架，否则便要逐出师门。三师兄，我看你这桩麻烦惹得着实棘手。"

龙音略一思索，从怀中取出从前慕薇赠他的那枚明珠，与《龙音慕薇山中寻赤豆糊图》一起，用贴身的一方锦帕包了，缓缓道："既然晓得了结魄丹的所在，大乾坤宫这一遭，咱们便非去不可。正巧慕姑娘还有些东西落在我这儿，一并还给她。"

数日后，暖风和煦，十里桃花开得妍妍致致。桃跑携朱大投等村民在桃花村口摆开一场锣鼓喧天的欢送会。可约定的时辰已到，桃

歌蹲在地上数了许久的蚂蚁，龙泉却还未出现。龙音极目远眺，只见一枚白色不明物体慢悠悠晃了过来，一身绷带飘飘，形似话本子中常常出现的僵尸。

那僵尸行动笨拙，整张脸上只勉强露出一对眼睛，也好在有这对眼睛，龙音才没祭出逍遥琴揍他丫的，但还是忍不住怒斥道："龙泉，你这又是玩的什么行为艺术？"

僵尸龙泉扭捏一番，道："吃，我所欲也，瘦，亦我所欲也。二者不可兼得，我勒个去也！昨儿你不也用绷带裹着，还说是局部减肥法来着，我想减肥很久了，而且我每个局部都要减，便只能化零为整，裹个严实……我花了一晚上才将自己包成这样，我容易吗？"

龙音一甩手将龙泉扔到了云彩里，免得他继续丢人现眼，咬牙道："你的脸已经不多了，省着点儿丢吧！"说完，挽起桃歌也踩上云头，向桃跑挥手道别，在一片唢呐声中，腾云飞向碧落泉西。

魔族的都城唤作雀都。起了这么个名字，并不是因这城中鸟类保护协会势力如何庞大，而是因城中百姓酷爱打麻将，因此民间亲切地给赌城起了个外号——雀都。

龙音、龙泉与桃歌一路风尘仆仆赶到雀都，身上已无盘缠。聊以安慰的是，魔界与仙界的关系一向比较紧张，因此货币并不能流通，有没有盘缠也没什么区别。

魔界的经济来源七成靠赌坊的收入贡献，赌坊的七成又集中在王都雀城，因此雀都之中十楼九赌，赌坊林立，聚集了四海八荒的好赌人士，夜夜骰子声声到天明。其中名头最响的一家赌坊，唤作"疼迅坊"，以博彩花样繁多著称，号称"疼，一切皆有可能"。据业内权威人士透露，"疼"字取"心疼"之意，非常直白地表述了赌客输钱的心情，

很是嚣张,很是合称。

疼迅坊每日客满为患,为了区分赌客和工作人员,所有员工都在手腕系上粉色丝带,久而久之,便被赌客称为"粉丝"。各地赌客皆以贴身服务的粉丝数量多为荣,导致一批有钱人花钱买粉,拥粉自重,形成赌场一条潜规则。同时员工级别越高,系的丝带便越多,据说赌坊老板本人因双臂长年被丝带缠绕,练就了一门绝活,唤作"天蚕神功"。总之,无论赌客还是陪客,"粉丝"多少一时成为身份象征。

三人在雀都逛了一逛,苦于囊中羞涩,购买力无限趋近于零,不免觉得扫兴。龙泉拆了绷带,发觉腰围瘦了一圈,也不知是局部减肥法的奇效,还是活生生饿的。不过饿一饿尚不打紧,倒是得先找家客栈落脚,总不能让桃歌一个姑娘家夜夜睡在树上。

这一路行来,龙音发现雀都城内除了赌坊之外,产业规模排上第二的,便是当铺。输光了赌资,出门即可典当,一条龙服务安排得极为人性化,当真温暖人心。为了顾全大局,确保可持续发展,龙音摸出了慕薇赠与他的明珠,犹豫良久,转进了一间当铺。

老板热情地迎出来,翘了翘两撇八字胡,赔了个含糖量严重超标的假笑,道:"三位客官,当些什么?"

龙音取出珠子,在老板眼前晃了晃,道:"这个值多少钱?"

老板凑过来,吸了吸鼻子,皱眉道:"这珠子像是东海中的避水珠,做工倒很新巧,却是个赝品。怪了,仿这么一颗珠子的工艺,倒比真的避水珠还稀罕得多。"

龙泉急道:"老儿休要胡说,这颗珠子来历非凡,绝无可能是赝品!"

桃歌一路上与龙泉混得已很熟络,加之他俩都属于缺根筋的,只不过一个先天一个后天,因此格外有共同语言。此时见龙泉着恼,桃

歌便帮腔道:"这颗珠子值钱得很,你若再敢胡说,我便打你!"

龙音心中默默决定,再不能让桃歌与龙泉一处,否则时间久了便要培养出一个女土匪。他将珠子又用锦帕包好,向那老板道:"您可瞧仔细了,我这珠子,能换多少银票?"

老板见三人举止不凡,也不敢造次,思索良久,方道:"我家祖上三代皆在雀都开当铺,见过无数奇珍异宝,无论什么宝贝,只要我这鼻子一闻,便知晓来历好坏。可客官这颗珠子,我是当真闻不出是什么路数。"顿了一顿,又道,"三位进我这留宝斋一遭,便是缘分。今日我出二百两银票收了这珠子,五分利,算是交个朋友。半月之内不来赎回,我便自行处理,如何?"

龙音思索片刻,拍板道:"成交。半月之内,我等定来赎回。"

老板乐呵呵地拨弄起一方铁算盘,道:"珠子的编号是贵重零零柒,密码是客官的生辰八字。唔,本来典当贵重物品需得画下三位的容貌,方便日后赎回,可今日全城的画师都参加天灯盛会去了,三位只能按手印了。"

桃歌好奇地问道:"天灯盛会是什么?有趣吗?"

老板一边点着银票一边道:"三位身上仙气浩然,想必不是魔界中人,自然不晓得这儿的风俗。碧落泉西每年皆有一次天灯盛会,放天灯,许心愿,保平安。届时,雀都有执照的画师齐聚于城南胭脂山下,为相互思慕的青年男女画像。"

龙泉不解道:"思慕便思慕罢了,为何还要画像?"

老板将一叠银票拍到龙音手中,又小心翼翼接过珠子,方漫不经心道:"咱们魔界民风旷达,不讲究媒妁之言,若有思慕之意,只需寻个画师绘一幅二人一同的小像,便似在人间定了终身。唔,那胭脂山

上有座月老庙,据说灵验得很,若将合影的拓本挂在庙里的佛铃花树上,便可求得姻缘美满,百年好合。现下天灯盛典正热闹着,倒是令我留宝斋生意冷淡了不少……"

龙音一怔,鼻端仿佛缭绕起当时月下慕薇的发香,忽地握住老板手腕,厉声道:"魔界之中,当真有如此风俗?"

老板手上吃痛,又受了惊吓,龇牙咧嘴道:"我骗你作甚,你去胭脂山一瞧便知。"

龙音劈手夺过珠子,将银票拍在一张八仙桌上,转身道:"这珠子不当了。龙泉,桃歌,随我去胭脂山。"

第二章

【角】

第三章　【角】

　　胭脂山位于雀都之南,山中遍植佛铃花树,此时正值花期,一簇簇花盏参差向天,映着月光,当真是一处蕴风藏月的妙境。

　　远远地,便可见漆黑天幕之中,盏盏天灯拥着烛光,载着沉沉的愿想,晃悠悠乘风而起,扶摇直上。

　　桃歌拨开一丛极密的花枝,只见胭脂山下置了百余处青木案台,供着用萤火拢出的各色灯盏,恍若白昼。画师们挥毫泼墨,将流光映照下的一对对鸳鸯,留在这独一无二的瞬间。

　　人生的每一时每一刻,都是唯一,过了便再难重来,因此,更须好好珍惜。

　　三人穿过人群,行至月老庙中,不大的院落里除了塞满了人,还立着两株古木。一株仿佛是桃树,另一株仿佛也是桃树。

　　桃树枝头挂满了许愿的符咒与画像的拓本,树下立着个总角小童,吆喝道:"许愿符三两一个五两一双,多买多送上不封顶嘞。"

　　龙泉抬头"一二三四五"数了一会儿,由衷感叹道:"这当真是一项低投入高回报的暴利行业!"

　　龙音却只定定望着树梢掩映间的一幅幅小像,心中涌起一丝酸涩。

慕薇一身红衣,在漫天黄沙中略歪着头,唇边浮着半是真心半是假意的微笑,向他道:"原来是你?"平湖月下,她与他一同入画,浅笑道:"这画尚未及落款,总觉得缺了点儿什么。不若公子给它个圆满?"十里桃林,她摘下面具,脸色发白,叹息道:"你早已认出我了?"与蚩猛生死相搏,她一柄匕首,当胸而入,从此将二人立场划得分明。

人与人之间的距离便是如此,以为是天涯,却近在咫尺,以为是咫尺,却又远在天涯。龙音不解慕薇缘何要与自己画那一幅小像,却清楚他与慕薇恐怕再无逆转的余地。

龙泉憋了许久,终于忍不住向龙音道:"我看你有幅画卷,与那珠子收在一起的,该不会是……你该不会想不开,与魔界的哪位姑娘私定终身了吧?该不会是那个慕薇吧?"

龙音轻轻叹了口气,抬手拂落桃歌鬓边的一片落花,黯然道:"所有的该不会都是不会,只是你眼花了而已。"

兜售许愿符咒的小童抬头望见桃歌,拽住她的衣裙,央求道:"漂亮姐姐,买个天灯吧!"

桃歌笑道:"好,我喜欢这个。"说着便从小童的背篓里捏起一盏绘着彩云弄月的纸灯,把玩起来。桃歌对货币这种东西完全没有概念,倒是将那小童弄得目瞪口呆,眨巴眨巴眼,包了一包委屈的泪。

龙音心中叹了口气,随手顺下龙泉腰间一枚玉佩,递给小童,道:"喏,这个算给你的灯钱,可要收好了。"

龙泉捂住腰间佩带,怒道:"龙音,你个败家子儿,那是我东海龙宫祖传的宝贝!"

龙音摇着扇子,安抚他道:"桃歌懵懂无知,身世可怜,能让她高兴片刻也是好的,你不要那么小气嘛。待回到昆仑,我给你捉两只顶

大个头的蛐蛐儿,向你谢罪。"

三人在山中逛了一时,挑了山下一处风景雅致的所在,桃歌亲手用火折子点燃了天灯里的蜡烛。烛火瞳瞳,天灯鼓起了风,稳稳飞上碧蓝天幕,混入漫天繁星之间。

桃歌静静立在风中,仿若一个行将飘散的影子,良久,方满足地叹了口气,道:"可惜我想了半天,仿佛也没什么愿望。"

龙音叹道:"我倒是有许多的愿望,可愿望皆是贪念,有了贪念便再不会有如此简单的快乐。"

龙泉道:"大晚上的别在这儿讨论人生,当务之急,便是赶紧回去当了那珠子,也好找家客栈落脚吃饭。"

桃歌却凑到龙音身前,抬头望着他,认真地说道:"那珠子好看得很,莫要给了别人,行吗?"

龙音瞧着她黑若点漆的一双眸子,柔声道:"你喜欢?"

桃歌用力点头,表示龙音猜得对。

龙音略一犹豫,从怀里摸出珠子,放到桃歌手心,道:"你喜欢,便送给你。"

桃歌雀跃不已,龙泉却哭丧着脸,道:"败家子,败家子,珠子送人了咱们吃什么?"

龙音摇了摇扇子,道:"我自有办法。"

龙音的办法,便是在客流量最多的"疼迅坊"大门口,摆起了杂耍摊,变化出十八般武器,勒令龙泉卖艺赚钱。

三人手忙脚乱,刚刚将兵器摆好,眼前忽然飘过一抹粉色身影,龙音抬头一看,只见面前赫然堆着一个全身系满粉色丝带的胖子。

这个人胖的程度,可令龙泉转瞬之间重拾自信。胖子默默地堆在

那儿，一脸极热情的笑意，将龙音瞧了一瞧，开口道："这位公子，虽然你占了小店大门口这块风水宝地，还影响了整条市容示范街的形象，但是，这并不要紧。公子身上仙气浩然，想必不是本地人，在下生性喜好广结各路朋友，公子若不嫌弃，可否赏光，让在下略尽地主之谊？"

龙音听他口气，又见他一身"粉丝"，想必便是传说中疼迅坊的老板。尚未及答话，龙泉便抢先一步道："唔，我看你这人性子豪迈，很投我的脾气，便给你一个请客的机会！桃歌，咱们走！"

龙泉如今学得乖觉，凡事拿桃歌当幌子，龙音便难以推辞，只得摇头苦笑，捏个诀收了卖艺的摊子，随着二人进了疼迅坊朱漆描金的大门。

似乎没人留意到，夜幕中一只黑羽白喙的信鸦，扑棱着翅膀，不知飞向了何方。

胖子老板在前面引路。他虽胖得惊人，但行动起来却绝无半分慵怠，完美诠释了什么是灵活的胖子。疼迅坊内院落错杂，除了里外三进的大小二十七间赌场，还有面积可观的后花园和客房。胖子七拐八绕，嘴上不停地说道："在下名唤萧球，是疼迅坊的主人。因我祖上自双色地区移民至此，道上的兄弟给起了个外号，叫作'双色球'。"

桃歌"扑哧"笑了出声，称赞道："好名字！"

萧球胖脸上的肥肉荡漾开来，挤出一个笑，道："姑娘谬赞。"

龙音心中一直对萧球有所顾忌。能在雀都开这么大的赌坊，背后定有当权者撑腰，而他们的对头蛊猛，便是当权者的老大。龙泉与桃歌胸无城府，又哪里会想到这些。为今之计，只有既来之，则安之。好在凭他们三人打架的本事，倒还不至于吃亏。

萧球将三人引至一处幽静院落，此处离前厅赌坊已远，只隐约可

闻赌场内嬉笑怒骂之声。

皓月当空，映出院子中几株红樱树影婆娑，隐隐飘出幽香。那香气极是特别，龙音忍不住多闻了一闻，龙泉与桃歌更是大吸鼻子，连连赞道："好香，好香！"

红樱下置了一方古朴石桌，早已布下精致酒菜，萧球笑道："三位不必客气，慢慢享用。"

不必客气是肯定的，慢慢享用却是高难度要求。龙泉早已扑向石桌风卷残云，像是长在桌边的一棵草，任他风吹雨打也不肯挪动半分。龙音仔细瞧过桌上的酒菜，断定应当没动什么手脚，便让桃歌也入了席。

待龙泉终于打出一个响亮的饱嗝，心满意足地拍拍肚皮，一直坐在桌边陪吃的萧球，忽地收了笑意，起身向西屈膝而跪，竟是行了魔界中觐见王室成员的礼数，道："恭迎大小姐。大小姐令属下寻的贵客已到，听候大小姐吩咐。"

龙音微微皱眉，向龙泉使了个眼色。情况不明，二人一左一右将桃歌护在了中间。

一阵极熟悉的轻笑和着凉风一同飘来，搅得龙音胸口的刀伤又是一阵钝痛。那样鲜艳夺目的红，与龙音七八分相似的脸庞，萧球口中的大小姐，竟是慕薇。

桃花村一别数日，慕薇似略见清瘦，唇边仍是半真半假的笑意，怀里抱着赤豆糊，踏着悠悠浮云落在红樱树下，娇笑着向龙音道："我就猜到你会来寻我。哥哥正暗中探访你与桃姑娘的下落，你胆子倒也真大，竟这么送上门来。你的伤……可好些了？"

龙音心中一软，却仍是冷冷道："不劳平安郡主费心。在下命大得

很,没个万儿八千年的,怕是还死不了。"

慕薇一愣,轻轻咬了下嘴唇,随手顺了顺赤豆糊的毛,道:"我晓得你会怪我,怨不得你。你此行来雀都,可是想替桃歌讨那枚结魄丹?"

龙音点头道:"正是。"

慕薇几不可闻地叹了口气,道:"如今距斗琴盛典只余三月之期,哥哥他知晓桃歌随了你去,夜夜难得安寝,已布下天罗地网要捉她回大乾坤宫。老萧是我慕家的家臣,从小看着我长大,只听从我的吩咐,我令他替我寻一位与我长得相似的公子,好歹算是抢在了哥哥前面……"只见她目光流转,定定望着桃歌胸前挂着的明珠,语声微颤道,"你已将我赠与你的珠子,给了桃歌?"

龙音心知这珠子是贵重物品,随随便便送人确实不妥,却又无从解释,只得点点头,道:"她说她喜欢。"

一阵晚风拂过,火红的樱花缓缓飘落枝头,落在慕薇发间,她眸中却敛起一汪水色,沉默良久,方哑声道:"结魄珠虽是旷世奇珍,千古难得,于我却没什么作用。你将那珠子破开,用温水让桃歌服下,不消片刻,便可令她魂魄重塑,恢复如常。"

龙音与龙泉愣怔片刻,龙泉一拍脑门,兴奋地说道:"难怪那留宝斋的掌柜闻不出这珠子的路数,试问四海八荒之内,又有几个当铺老板闻过结魄珠的味道?慕薇姑娘,你虽刺了我师兄一刀,但我看当真刺得甚是得体,你真是个大大的好人!"

龙音心中却莫名地一紧,嗓音沉沉道:"你虽将珠子给了我,却着实没必要再告诉我这些。慕姑娘,为什么要帮我?"

慕薇避开龙音目光,只望着天边淡星疏月,道:"我不是帮你,而

是帮我哥哥，亦是帮九黎族并魔界万千子民。我虽是哥哥养在身边的一把刀，却也不愿见战火纷飞，生灵涂炭。哥哥得了魔君之位后，并未满足。他想要得到的太多了，我怕他终有一日会害了自己。"顿了顿，又道，"更何况，桃歌清醒以后究竟会站在哪一边，尚未可知……"

话音未落，院中红樱树后忽地传出一阵爽朗笑声，竟是锦袍玉冠的年轻君王缓步而来。

慕薇容色一变，道："哥哥，你……"

萧球胖脸上挂着歉意，向慕薇道："大小姐，对不住。属下一家老小皆困在大乾坤宫内，属下、属下不得不听从君上的旨意。"

蛊猛周身披了一层冷月银辉，更显面容清俊。他目光扫过龙音等人，嘴角浮起一丝冷笑，道："薇儿，你的心软了，已做不了最好的杀手。不过今次，你还是为孤立下了大功。"他扬手让一片飘落的红樱顿在指尖，接着道，"这院子，叫作留仙居，这树也有个名讳，唤作醉仙樱。孤寻了张失传已久的方子，以七七四十九种天下难觅的珍稀药材，灌溉了近三百年，才养出这样别致的香气。对妖魔凡人皆是无害，独独能封神仙的法力。诸位有幸是孤这院子的头一拨客人。"

龙音心中一凛，这满园红樱的香气确实异乎寻常，手指拢在袖中捏了个诀，想祭出逍遥琴，却发觉半分仙法也使不出。龙泉早已破口大骂："蛊猛小贼，有本事真刀真枪同老子打一架，怎么尽玩这些下三烂的招数？卑鄙！"

桃歌虽懵懂无知，跟龙音、龙泉混了这些日子，总算长了些江湖见识，惶惑道："我怎的突然没了力气，这便是中毒的感觉吗？"

蛊猛更不多话，向身后略一抬手，便有十余名黑衣死士从暗处现

身，将龙音、龙泉、桃歌三人团团围住。

龙音、龙泉空有一身本事，奈何被醉仙樱所制，已与凡人无异，脆弱程度堪比鸡蛋壳。二人自出道以来，从未遇过如此被动境地。

慕薇抱着赤豆糊，脸色发白，劝道："哥哥，你如此行事，恐有失魔界新君风范，只怕、只怕要招人闲话……"

蛊猛眼角一挑，道："成者王败者寇，成大事者，何须拘守这些小节。薇儿，我一向信任你，可你因为这个龙音，已瞒着我做了多少事，竟还将结魄珠也赠了他。你与他长得如此相似，究竟是何关系？"

慕薇眸中水光一闪，知晓蛊猛疑心太重，自桃花村归来，便明里暗里收回三军兵权，想必已对自己起了防范之心。或许正因他得到这一切太不容易，方才如此偏执地怀疑一切。可殊不知许多事物便似大漠流沙，握得越紧，便丢得越快。

风拂落樱，如赤雪纷飞。

慕薇倔强一笑，向蛊猛道："哥哥何须问我，你派去九黎故址的十三批暗探，尚未回雀都复命吗？你我一同长大，数百年刀枪剑雨中替你打下半壁江山，我与旁人有何关系，你会不知？"

蛊猛自知失言，眯起眼睛，凉薄的唇抿成一线，终是淡然道："四海八荒之中，孤可信之人，便只有你。莫要让我失望。"

龙音被黑衣人围住，心中千回百转，苦思脱身之计，忽地灵光一现，低声向桃歌道："桃姑娘，快将我给你的珠子服下，快！"

桃歌一脸茫然，但因对龙音全心信任，便果真取下挂在脖子上的结魄丹，掩面服下，低声向龙音道："原来这玩意儿是吃的呀？"

龙音却是打好了算盘，想到结魄珠乃是上古灵药，解毒自然不在话下。出此险招，待桃歌恢复了神智，至少可以自保，不至于被蛊猛

胁迫或利用,届时他与龙泉两个,便也容易脱身。

　　慕薇见桃歌吞了珠子,便已明白龙音心思,不禁暗暗叫好。蚩猛却毫无顾忌,冷然下令道:"将桃姑娘带回大乾坤宫,好生伺候。剩下的两个,押去镇仙塔,听候发落。"

　　按照经书典籍中的记载,桃歌此时早应该药力发作,元神复位,金光闪闪地完成一次华丽转身。可留仙居内风平浪静,只笼着朦胧月色,一派安详。

　　莫非结魄珠有假?龙音念头急转,抬头瞧着慕薇。慕薇亦不禁动容,猛然抬头望向蚩猛,冷冷道:"哥哥登基之日,封我平安大将军之位,赐我魔界圣物结魄珠,以示无上尊荣。我于这些俗世纷扰从不挂怀,却珍惜哥哥的情义,将这珠子看得好生重要,却没料到,竟是赝品……"抬手轻抚珊瑚额环间原本嵌着珠子的地方,一字一顿道,"你始终未曾信任过我。"

　　蚩猛迎上慕薇的目光,道:"薇儿,莫要怪我。这世间,你与桃歌,已是我仅有的亲人。待我将桃歌带回大乾坤宫,得了《桃花庵歌》的真谛,一统三界众生,我的江山,便有一半是你的。"

　　慕薇苦笑一声,道:"江山对你竟如此重要?先族长只希望咱们复兴九黎一族,咱们已经做得足够好,你何苦还要如此执着?"

　　蚩猛眸色深若寒潭,道:"你我皆是从死人堆里爬出来的杀手,九黎族那些孩子的鲜血,换来如今的这些,还远远不够。我要整个天下都知晓我九黎一族,我才是天命所归的王!"他衣袖轻拂,沉声道:"动手。"

　　就在黑衣人雪亮的冰刃刺向龙音、龙泉时,电光火石之间,却只听一声震耳欲聋的怒吼,平地里掀起一道狂风,轻易将众黑衣人卷

退。龙音心中诧异,脱口道:"穷奇!"

只见虎身双翼的庞然巨兽一屁股压死了满院红樱及若干躲闪不及的黑衣人,又仰首向着月亮吼了一嗓子,如此讲究做派的凶兽,非穷奇莫属。

龙泉亦讶然道:"这东西我在南海之滨打过他,却怎么也跟到了此处,莫不是来报仇的?"

慕薇飞身而起,火红身影在月光中艳丽得惊人,向穷奇轻叱道:"赤豆糊,拖住我哥哥。"

龙泉嘴巴张得老大,抬手指着穷奇巨大的脑袋,向龙音道:"她、她、她养的那只莫名其妙的宠物,竟然便是凶兽穷奇?"龙音亦觉得慕薇这宠物养得着实非同一般,回想起在南海之滨,穷奇突然不见踪影,恐怕也是慕薇暗中使了手脚。

留仙居内情势急转直下。慕薇不愧是蚩猛身边最快的一把刀,数个起落间便将有幸没被赤豆糊压死的黑衣人全数解决,随手拈起一片落花,啜在唇边吹了个口哨,便只闻蹄音嘚嘚,神骏黑马臭豆腐闪电般自天际驰来。穷奇皮糙肉厚,十分经打,正与蚩猛和萧球缠斗不休。慕薇右手拎起龙音、龙泉,左手拉起桃歌,跨上马背便准备撤退。

如此精彩的一场自卫反击战即将获得最后的胜利,可前进的道路总是曲折的,凶残的敌人总是狡诈的,蚩猛眼见桃歌便要逃脱,竟祭出自在筝,奏起《桃花庵歌》。

这旷世一曲,三百年前,助蚩猛夺了魔君之位,三百年后奏来,仍是凌厉狠辣,迫使穷奇庞大的身躯轰然而退,琴音不休,直逼慕薇后心。慕薇下意识一躲,却刚巧被击中左胸,闷哼一声,吐出一大口鲜血,左手无力一松,桃歌便滚下马去。龙音、龙泉伸手欲拉住桃歌,奈

何醉仙樱毒性霸道,二人皆是有心无力。

情况危急,眼看蚩猛便要收了穷奇,将众人一网打尽,慕薇咬咬牙,双腿一夹,道:"赤豆糊、臭豆腐,咱们走!"

臭豆腐晓得主人心思,立马狂奔。这神驹乃是慕薇从小养大,魔界赌马大赛常胜将军,从内而外都是一等一的顶配,此时全力奔驰,当真疾若流星,转眼便将蚩猛的琴音与醉仙樱的香气远远抛在身后。

不知跑了多久,来到一处青山绿水之间,臭豆腐终于长嘶一声,停下脚步。慕薇气力不支,又呕出一口鲜血,从马上滚了下来,一袭红衣散落在碧草间,触目惊心。赤豆糊也受了伤,缩成一个灰扑扑的小毛团,委屈地往慕薇怀里蹭了蹭。

龙音与龙泉一路被慕薇拎在手里,五脏六腑被颠得七荤八素,此时终于得到解放。龙泉深深吸了两口气,骂骂咧咧道:"丫丫个呸的,本上神活了几万年,皆是追着人打,今日竟也逃跑了一次,还被一个漂亮姑娘所救,委实也太丢人!此仇不报,非胖子也!"

龙音关心慕薇,抬手想查探她伤势,却被慕薇拦住。龙音无奈道:"你伤得这样重,还在逞强。是谁将你教成这样,连疼都不让旁人知道?"

慕薇嘴角微翘,喘息道:"你可知,我为何只穿红色衣衫?"

龙泉插嘴道:"难道不是因为个人爱好?"

慕薇道:"一身红衣,便无人知晓你流了多少血。如此,便不会向仇人示弱,亦不会让亲人揪心。我是个杀手,杀手没有疼的资格。"说到这里,气息已极微弱,却又勉力补充道,"龙音,你这师弟太重了。"话毕,便昏了过去。

龙音探了探慕薇的脉象,显然是受了极重的内伤,心中一痛,怒

道："蚩猛对亲妹妹竟也下如此重手！"

龙泉道："可惜，咱们还是没将桃姑娘救出来。"顿了顿，又道，"如今慕姑娘又受了重伤，不知道会不会死？她若死了，咱们不但要将她敛棺入葬，还得替她养着马和穷奇，处处皆要花钱，真是后患无穷。我只养过蛐蛐儿，也不知道养这么大的东西该喂点儿什么。若是饿死了，依慕姑娘的性子，怕是做鬼也不会放过咱们啊……"

臭豆腐和赤豆糊配合默契地将龙泉瞪了一瞪。龙音道："别胡说，慕姑娘绝不会死。当务之急，咱们需得找一处僻静所在，让慕姑娘疗伤，也好从长计议如何营救桃姑娘。"

二人法力未恢复，无法腾云，只得将慕薇扶上马，抱起赤豆糊，沿着山间一条小路下得山来，寻到一处小小的集市。一经打听，方知此山名为"翠岳"，在碧落泉畔，属于仙界不管魔界不问的无政府区域，治安极其混乱，盛产地痞流氓。

此刻救人要紧，龙音抱起慕薇，直奔集市中唯一的一家医馆，掀起层层垂地的竹帘，闯入内堂。医馆的老大夫取出一尾成了精的山参，熬成续命的汤药，龙音端了金漆的铜碗，以长勺一口一口喂入慕薇口中。一碗汤药见了底，慕薇终于悠悠醒转，抬眼瞧见龙音，仿佛安下了心，又虚弱地合上眼睛。终究只是个姑娘，再爷们的外表也藏不住一颗脆弱的心。

龙音心中感念慕薇救命之恩，附在慕薇耳边，低声安慰道："累了就睡吧，我与龙泉会一直守着你。你的赤豆糊和臭豆腐都很好，不用担心。醉仙樱虽毒性很强，但好在药性不长，再过几个时辰自然便解了。届时，我便带你去寻天下最好的大夫。"

慕薇嘴唇微动，未曾出声，龙音却看出她是道了声"多谢"。真是

个既倔强又敏感的姑娘。

待慕薇沉沉入睡，天已大亮，医馆的老大夫却将龙音拉到一边，捋着胡子道："不知那位姑娘与公子是何关系？"

龙音隔着竹帘瞧了瞧慕薇，轻声道："是舍妹。"

老大夫瞧了瞧龙音，道："唔，难怪相貌如此相似。可这位姑娘体质奇特，表面上看起来，确是魔界中人，老夫细查她元神，却隐约有浩浩仙气，只是似乎被某种力量封印在体内，唔，当真是世所罕见。可惜，可惜……"

龙音听出老大夫惋惜之意，急道："可惜什么？"

老大夫摇头道："可惜她心脉已损，受伤极重，只怕命不久矣。只是这姑娘生性顽强，又服了续命的参汤，现在全凭一股意志支撑，也不知能熬得过几时。"

惊雷乍响，落在院中梧桐浓密的树荫间。龙音心头刺痛，却仍绷着脸，右手撑住一方青石条案，留下清晰指印，许久方道："难道就没有活命的法子？只要能让她活着，即便是远上西天去求佛祖，我也去得。"

老大夫望着窗外不知何时飘起的细雨，道："若要救她，这世间恐怕只有一人能办到，便是这翠岳山中的翠仙翁。"

龙音一愣，喜道："翠仙翁避世隐居多年，仙踪从来难觅，原来竟在翠岳山中！"

翠仙翁是龙医的偶像，据说是天下医术的开山鼻祖，龙音听闻他威名之时，年纪尚幼，完全搞不清鼻祖与鼻子有何瓜葛。传说里说，他乃是天地混沌之时与伏羲、女娲等尊神一同孕育出的仙胎，但因青春期时遭遇了一场情劫，心理受了颇大的刺激，损了仙元，便只能

长期徘徊在仙魔之间,将脾气养得十分古怪。

翠仙翁医术高得离谱,其行踪神出鬼没得更离谱。自他手上生还的神仙妖怪,不计其数,可他却只结仇家,没有朋友。只因若要求他救命,便需得拿一件他瞧得上的东西去换。譬如自己身体的某个零部件,譬如某个直系血亲的性命,总之稀奇古怪,苛刻至极。但好在他的仇家从未找到过他,因此尚未酿成大规模流血事件。

或许是慕薇命不该绝,臭豆腐竟误打误撞闯到了翠仙翁隐居之处。龙音心中决定,只要能救慕薇,上天入地,用什么去换他都在所不惜。

此时医馆门外忽然传来打斗声,用膝盖想都知道,定是龙泉法力恢复,便立刻开始惹是生非,效率之高可令天下衙门官员集体饮恨而终。龙音出门一看,只见臭豆腐脑门上被贴了片皱巴巴的纸条儿,上书"罚单"二字,龙泉正扭着个衣衫褴褛的小童,道:"你鬼鬼祟祟使些什么花样,可是想偷我的宝马?"

小童被龙泉制住,挣脱不开,骂骂咧咧道:"此路是我开,此树是我栽!你们看病不交保护费,此罪其一;违章拴马影响交通,此罪其二。若再不将罚款奉上,便休怪小爷不客气!"这小童身体单薄,面黄肌瘦,一双大眼睛却骨碌碌直转,透出刁钻、狡黠之色。

龙泉怒道:"我左青龙、右白虎,腰间纹个大老鼠。你小小年纪不学好,学人家黑社会收保护费,今日我便替你父母教训教训你!"

那小童见龙泉抬手欲打,竟一屁股坐到地上,号啕大哭,边哭边道:"我无父无母,天生天养,你要打便打死我吧,反正活着也没什么意思!"他越哭越伤心,倒令龙泉一时下不了手。

龙音最是见不得人哭,心下怜悯,正待宽慰,医馆门前竹帘轻挑,

慕薇一张俏脸隐在竹帘的阴影中,向那小童招手道:"小弟弟,莫哭了,姐姐给你桂花糖吃。"又向龙泉道,"快放手,欺负小孩子算什么英雄好汉。"

龙泉承了慕薇救命的恩情,早已对她言听计从,乖乖松了手。那小童立刻收了泪,向龙泉扮了个鬼脸,扑到慕薇跟前讨糖吃。

慕薇两根手指捏住一块糖,在他眼前晃了晃,道:"以后若想做强盗,需得先练好本事,否则遇到黑吃黑,便麻烦了。再者,做强盗也有做强盗的气节,劫富济贫的可称侠盗,欺善怕恶的便是贼盗,你要做哪一种,自己可要想清楚。"

慕薇重伤在身,气力不济,说完这一番话已面色发白,险些便要跌倒,那小童一双黑白分明的大眼睛却先噙了泪,一把抱住慕薇的腿,道:"我长这么大,从未有人如此教导过我!好姐姐,你真是大好人!"他狠狠抽了抽鼻子,又道,"姐姐可是受了重伤?"

龙泉拎起小童耳朵,道:"小泼猴,休要胡说,她伤得很轻。"

小童龇牙咧嘴道:"姐姐都快死了,你们为何还要骗她?"

慕薇并不知自己伤势,身子一晃,被龙音扶住。

春深晓寒,连日光都泛着凉意,慕薇长长的睫毛在脸上投下扇子般的阴影,幽幽道:"龙音,他说的可是真的?我、我真的快死了?"

龙音轻轻叹了口气,强笑道:"天下医祖翠仙翁便隐居在翠岳山中,明日我便带你进山求医。你不会有事的。"

慕薇略略歪着头,瞧着龙音,喃喃道:"看来他说的是真的。"又向小童道,"小兄弟,你如何知晓我的伤势?"

小童脱口道:"我自然知晓……"忽然想起什么似的,紧紧捂住嘴,含混道,"我不知道,我什么都不知道。我这便要走了,好姐姐,你心

肠这么好，一定不会死的！"

话毕，便转身招来朵灰溜溜的小云，转眼间无影无踪。

慕薇一袭红衣飘飘，倚着医馆小院内一株碧色梧桐，怔怔望着天边一抹浮云，向龙音道："我刺了你一刀，又救了你一命，咱们算是两清了。你放心，我死不了。我随哥哥征战沙场数百年，受过的伤不计其数，次次都是致命，却次次都活了下来。旁人都道是平安郡主福泽深厚，我却知道，我是有不能死的理由。从前，为的是九黎族，为的是哥哥。现下……"

树影摇曳，沙沙声如一首渺远的歌。慕薇唇边浮起轻笑，道："现下，却是为了一个人。"

龙音心中一软，耳根处发红，轻轻拢住慕薇的肩膀，在荒月淡星下，声音清朗如冬日冷雪，认真地说道："我一直将《龙音慕薇山中寻赤豆糊图》保管得很好，只是这图终究不能完好如初。待你伤愈之后，咱们带着臭豆腐与赤豆糊，去胭脂山下再绘一幅画卷，如何？"

慕薇眼神蓦地一亮，溢出琉璃般的华彩，仿若回到二人初见之时，平湖画舫间的那一夜，抬头浅笑着问道："当真？"

龙音眸色深暗，抚过慕薇额间几缕碎发，诚恳地答道："当真。"

翌日，龙音、慕薇腾云进了翠岳山，将龙泉留在山下，照看臭豆腐和赤豆糊。龙泉对动物饲养员这个新岗位很是不满，却又不敢违背慕薇的意思，在打了几个人泄愤后，只得乖乖认尿。

翠岳山中茂林修竹，曲水流觞，龙音兜兜转转，终于寻到一处仙气最盛的飞瀑，按下了云头。这瀑布悬在一方断崖之上，壁立千仞，飞珠溅玉，灵气逼人。

断崖边隐着一条深谷，插了块木牌，上书"有去无回谷"五个篆

体字。这深谷是在平地上突然出现的一道巨大裂缝,鬼斧神工,堪称地理学上的奇迹。谷底白雾缭绕,隐约可闻虫鸟之声。

二人腾云落入谷底,眼前豁然开朗,竟是一片繁花似锦的葱翠山谷。飞瀑流淌至此,汇入一汪深潭,潭中开着团团似火的红莲,红莲下游着各色体重超标的鱼儿。

龙音轻轻一笑,赞道:"飞瀑断崖深谷,青树绿叶红花,简直是上古尊神隐居的标准配置。"

慕薇却微微蹙眉,道:"此处地势险峻,暗合五行八卦之相,看来这翠仙翁盛名之下,倒果真有两把刷子。此谷名为'有去无回谷',咱们还是小心行事。"

二人步入深潭之侧一片茂密竹林,竹荫蔽日,静谧无声。龙音扶着慕薇缓步前行,忽闻一稚嫩童音吟道:"有水也是溪,无水也是奚。去掉溪边水,加鸟便是鸡(注:繁体的"鸡"字是"奚""鸟"两字合在一起),得志猫儿雄过虎,落毛凤凰不如鸡。"

龙音循声望去,只见一个垂髫小童,着一身极俗气的红底绿花的锦褂,晃悠悠踩在一棵翠竹梢头,嘴里叼了根狗尾巴草,笑嘻嘻瞧着他们。他吟的这几句诗,明摆着是奚落龙音、慕薇落难而来。

龙音作为一名艺术家,虽然主业是弹琴,但秉承龙哲一专多能的教学风格,于书画诗酒皆略知一二,悠悠然向那小童道:"有木也是棋,无木也是其。去掉棋边木,加欠便是欺。龙游浅水遭虾戏,虎落平阳被犬欺。"

小童见他暗讽自己是犬,嘟起小嘴,从竹子梢头一跃而下,落到二人身前,却不理龙音,笑吟吟拉住慕薇裙摆,道:"有木便为桥,无木也念乔。去掉桥边木,添女便为娇。阿娇美如画,我最爱阿娇。"

慕薇见这小童伶牙俐齿，不禁起了童心，逗他道："有米便为粮，无米也是良。去掉粮边米，添女便是娘。老娘虽爱子，子不敬老娘。"

小童知她戏弄自己，跳脚道："我夸赞你美貌，你却说是我的老娘，气死我了，气死我了！"

慕薇笑道："几句玩笑而已。小兄弟，咱们来此处是寻一位唤作翠仙翁的尊神，你可知他身在何处？"

小童噘嘴叉腰道："我不叫小兄弟，我叫作不愁诗，翠仙翁正是我的师父。你们若想见师父，需得先过我这一关。"

山谷之中竹影婆娑，晨露重重，略有些凉意。龙音褪了月白长袍，披在慕薇肩头，向不愁诗拱手笑道："不愁诗小兄弟，纸上得来终觉浅，恳请小弟画重点；天若有情天亦老，范围切记要画小；天涯何处无芳草，别说什么都能考；春眠不觉晓，挂了难补考；安能摧眉折腰事权贵，题出难了我不会；南朝四百八十寺，最好少让写点儿字；桃花潭水深千尺，题目最好一张纸！"

原来龙音看出不愁诗是个文学爱好者，便有意卖弄一番，投其所好，竟果真奏效。不愁诗满脸兴奋地跳上身边一株翠竹，拍手笑道："有趣有趣，我在这流刃林中替师父看了许多年的门，倒是头一次遇到如此有趣的客人。你们可别以为这些是竹子，竹子什么的只是师父使的障眼法，竹叶下皆是祭过神仙血的流刃，一触即发，已不知留下多少神仙妖魔的性命。既然大家这么聊得来，你们若能对得出我的对子，我便引你们出这片流刃林。"

慕薇吐了吐舌头，心中暗道一声"侥幸"，还好没带龙泉一道，否则若以他的性子硬闯，估计早已被流刃捅成马蜂窝。

龙音望了望慕薇，沉声道："这位姑娘身负重伤，只有翠仙翁可救

她性命。今日这流刃林，咱们是非过不可。不愁诗小弟，请赐上联。"

不愁诗也不废话，伸出一只小手，道："一掌擎天，五指三长两短。"

龙音"唰"地甩开折扇，从容对道："六合插地，七层四面八方。"

不愁诗皱眉又道："黑不是白不是红黄更不是和狐狸猫狗仿佛既非家畜又非野兽。"

龙音略一思索，便答道："诗也有词也有话本上也有对东西南北模糊虽是短品却是妙文。"

不愁诗见接连两题都难不住龙音，心中焦急，忽然想起一联绝对，得意道："你也算是有些见识，不过我这最后一对，可没那么简单。上联是：烟锁池塘柳。"

龙音本无十足把握，听了不愁诗的上联，却长长地出了口气。原来龙哲在昆仑山中闲来无事，便开了一门对对子的选修课，领着众徒弟整日里研究对子，将世间最刁钻古怪的对子都对得滴水不漏，还印发了一本《古今绝对不得不说的二三事》，作为考试重点。

这门课大家都不怎么愿意听，秉承必修课选逃、选修课必逃的原则，常常旷课。龙哲要求倒也不高，只要喝茶的别呛着自己，吃东西的别影响别人就成。但后来明确禁止食用当时昆仑山最流行的一种零食炒蚕豆，因为嘎嘣嘎嘣声音过于清脆——这是龙哲的道德底线。此时不愁诗出的这个绝对，正是当年龙哲对子课上出过的一道考题。

龙音心中暗喜，却故意微微蹙眉，拿捏出一副"正在加载中"的表情。

慕薇叹息道："这五个字中含了'金木水火土'五行，确是很难对得工整。许是我命该如此，龙音你也不必太过勉强。"

不愁诗见慕薇淡泊生死，心中敬佩，仿佛有些后悔将对子出得太难，急得抓耳挠腮。龙音不忍慕薇担心，便向不愁诗一揖道："这题目出得当真有水平，唔，不过在下已有了答案——这下联可对'灯铭水墨楼'。"

不愁诗一怔，喃喃道："灯铭水墨楼。"良久方蹦起来笑道，"好一个'灯铭水墨楼'。我师父对了十几万年都未曾对出的对子，你竟片刻就对上了，看来当真是天意如此。二位，请！"

话毕，在一株紫竹上轻轻一扣，层层竹海竟缓缓移动，分列开来，让出一条羊肠小道。

不愁诗又道："我师父的脾气十分古怪，翻脸比翻书还快，二位万事要小心。青山不改，绿水长流，咱们后会有期。"话毕，便隐入了竹林深处。

龙音扶着慕薇，沿着小径向前，一路只见彩蝶款款，紫竹妖娆。慕薇眼波流转，向龙音笑道："没想到，你还会对对子。"

龙音一本正经地应道："本上神除了不会生孩子，别的大略都会一些。"

出了流刃林，水泽茫茫，寒鸦栖木，竟是一条大河。河畔渡口前拴了两条原木轻舟，其中一条舟中，正有两个小童在指着鼻子对骂。

这两个小童的衣着一个黄底白花，一个红底蓝花，配色俗不可耐，皆与不愁诗一般的规制，想必都是翠仙翁的门下。龙音心中暗叹，看起来极端热爱艺术的一个门派，怎么审美观如此低下。

只听一个小童道："不愁画你个小王八蛋，昨日让你给我与老四画一幅合影，我为了上相特意饿了三天肚子，早已头晕眼花，又吹着山风陪老四枯坐整整一夜，险些大病一场，你、你的画上却为何只有老

四,没有我不愁琴?"

被称作不愁画的小童翻了个白眼,道:"原因很简单,你果真想知道?"

不愁琴梗着脖子道:"你倒说来听听!"

不愁画吐了吐舌头,得意道:"因为你长得丑,我怕破坏了画面。"

是可忍孰不可忍,不愁琴"嗷"的一声扑上去,两个小童扭打在一起,由于动作激烈,带着原木轻舟晃晃悠悠在水中打起了转。慕薇扯着龙音衣袖,指了指剩下的一条轻舟,悄声道:"趁他们打得欢实,咱们赶紧过去!"

不愁琴与不愁画正搏斗到要紧关头,不愁琴牢牢抱住不愁画的大腿,怒道:"你再不认输就有外人要上轮回舟,师父怪罪下来,你可担当得起?"

不愁画大腿钳住不愁琴的脖子,咬牙道:"要认输你认输,我可从不知道'认输'两个字怎么写!"

两人纠缠在一起谁也不服谁,真是此时不走更待何时。龙音、慕薇登上轻舟,慕薇向两个小童摆摆手,笑道:"打架这回事,一定要分出个输赢胜负什么的,方能彰显男子汉气度!二位切莫半途而废,那于二位的英名便大大地有损。咱们这便告辞了……"

话音未落,龙音便弹指松了拴住轻舟的绳结,谁知轻舟刚一离岸,河水中便忽地生出一个巨大的漩涡,龙音、慕薇尚未及反应,轻舟便被拖进了墨色沉沉的水底。

河风浩浩,白浪滔滔。待漩涡消失,河面恢复平静,不愁琴与不愁画纷纷保持着扭成麻花的姿势,伸长了脖子抬头张望。良久,不愁琴方叹道:"那个美貌姐姐虽然伤得重,却还有一线生机,如今闯了

师父的禁地,怕是必死无疑了。"

不愁画急道:"还愣着干吗?若不想他们送命,便赶紧去寻老四一起救人!"

二人互相松开,匆匆离去,只余一叶轻舟,随风轻摇。

龙音、慕薇被卷入漩涡,便只有使了避水的法术,随着轮回舟在水中翻滚上下。暗流汹涌,龙音紧紧揽住慕薇的纤细腰肢,以免被急流冲散。

慕薇一头乌发在水中飘散开来,如墨菊初绽,水色光晕下更显容颜艳丽惊人。不知过了多久,水流渐缓,只见水底竟隐着一处泛着微蓝宝光的精致花园,植了千年的珊瑚万年的海棠,四周冷火流萤,波光灿灿,仙气缭绕。

轮回舟不知是什么高科技产品,行至此处便果断地不再向前。龙音扶着慕薇下了轻舟,步入花园之中,只见万花丛中,竟供着一方通体透明的白玉灵柩。灵柩上刻着白鹤古松,祥云团团,瑞草丛丛,其中隐约一个窈窕的身影,似是个美貌的姑娘。

这灵柩散发出丝丝寒气,慕薇不禁打了个哆嗦,悄声道:"不知此处是哪位尊神埋骨之地。咱们误打误撞到了此处,算不算私闯民宅?"

龙音道:"应该算,不过咱们打个招呼便是。"遥遥向白玉灵柩拱手施礼,朗声道,"晚辈等无意打扰前辈尊神,只是无意间被水流引至此处,若有冒犯,还望尊神见谅。"

"叮咚"一声,白玉灵柩竟发出一声脆响。慕薇下意识向龙音身后一缩,道:"喂,莫非神仙也会诈尸?"

龙音将慕薇护在身后,却只见水晶棺后转出一个身着翠色华丽锦袍的小仙童。这仙童唇红齿白,极是可爱,却长了两道长可及地的白

眉。这样的年岁，在神仙里论起来，顶多是个没有完全民事行为能力的未成年人，但他身上却透出一股迫人的压力，将周围的流水都压抑了三分。

白眉仙童旁若无人地伸了个懒腰，背着手，将龙音、慕薇上下打量了一番，方才淡淡道："你们这一个半人，闯了本座'福山寿海'的禁地，又扰了本座的清梦，可知该当何罪？"声音奶声奶气，却拿捏出一副长辈的口吻，喜剧效果甚佳。

慕薇不禁笑道："小孩儿，你为何说我俩是一个半人？"

白眉仙童瞧了瞧慕薇，不怒反笑，道："小姑娘，这世间除了西天佛祖，便只有本座能救你性命，否则，你最多还有三日时光。而本座又并不打算出手救你，你可不是只能算得半个人？"

龙音与慕薇心中一凛，这小童竟一见面便知慕薇伤势，综合他的说话语气和出场诡异程度等线索，可推断他便是翠仙翁无疑。可算起翠仙翁的辈分，应比龙哲还高出一辈，又如何会是个垂髫小童？

龙音不敢怠慢，拱手道："尊驾莫非便是翠仙翁？"

白眉仙童点点头，道："你们既然知晓本座的名讳，便应当听说过本座的手段。千万年间从未有人能闯入我福山寿海的禁地，今日念在你们修行不易，本座便准你们自行了断性命，免得本座亲自动手。"

龙音忙道："我们擅闯禁地确实不该，但所有过错都由晚辈一人承担，还请上神救这位姑娘一命！"

翠仙翁轻拂袍袖，仰天长笑数声，忽地敛容厉声道："你应当知晓，翠仙翁从来只救配救之人，你有何能，胆敢让我救她一命？"

龙音仿佛早有准备，不卑不亢道："晚辈用一双手，换这位姑娘的

性命。前辈若是识货之人，便当知晓这买卖不亏。"

慕薇吃了一惊，悄声道："龙音，不要，这小怪物不是好东西！"

翠仙翁却一挑白眉，目光落在龙音双手上，饶有兴致地说道："本座自是识货之人，却不知你这双手，又有何特别之处？"

流水寂寂，白玉灵柩的微光隔着流水映在龙音脸上，映出忽明忽暗的光晕。龙音随手变化出一方矮几，一只圆凳，撩起月白长袍，从容落座在开得最盛的一簇海棠花丛中，祭出了真身逍遥琴。

琴在几上，弦在指间。

翠仙翁红润小脸上白眉紧锁，喃喃道："逍遥琴？你的真身竟是伏羲老儿的逍遥琴？"

龙音眸色漆黑如墨，映出大片大片素白海棠间一袭红衣的慕薇，嗓音云淡风轻，道："正是逍遥琴。今日晚辈便用逍遥琴奏一曲《桃花庵歌》，赠与前辈。这样的一曲，自伏羲大帝魂归离恨天后，便再不曾有过，当可称为绝唱。晚辈这一双手，便是换我们两个小辈的性命，也当绰绰有余了。"

话毕，便拨动琴弦，奏出一段泠泠琴音。

龙音其实有些心虚，因他虽是正版的琴，却只有盗版的曲谱，可在这样的生死关头，也只有用这混合版打肿脸充胖子。以他的技法，加上从桃歌、蚩猛那儿偷师偷来的曲调，糊弄过关应当不成问题。

谁知前奏还未奏完，翠仙翁便拂袖而起，白眉倒竖，怒道："《桃花庵歌》也是你配弹的吗？没有你我便唤不醒她吗？伏羲老儿，你死了这么久，还留下你做的琴来扰她的安宁，真是欺人太甚！"

龙音不知翠仙翁为何情绪波动得如此剧烈，颇有间歇性精神病的症状，考虑到古人云"医者难自医"，如果古人说的靠谱，翠仙翁若是

得个精神病，也实属正常。

慕薇见翠仙翁自己将自己气得直哆嗦，连忙出声劝道："前辈，您……"

翠仙翁扯着娃娃音道："什么前辈晚辈东辈西辈，今日本座便让你们变成没辈！"

龙音、慕薇未及开口，只见一条宛若银龙的白色水柱扑面而来，煞气逼人，二人急急避开。

翠仙翁控制着银龙水柱一击不中，作势又扑，却忽闻身后一声尖叫："师父，师父，不好了，有好多人闯山来了！"

龙音、慕薇循声望去，竟是不愁诗、不愁琴、不愁画三人，以及他们在山下遇见的淘气小童。那小童冲慕薇挤了挤眼睛，就又高声道："师父，师父，您再不上去，咱们的翠岳山就快被烧啦！若是惊扰了桃姑姑，那便大大不妙啊！"

翠仙翁脸色一变，道："今日还真热闹，我倒要看看何人敢闯我有去无回谷！"回头瞪了龙音一眼，"你们四个，将这二人看好了，待我回来发落！"转身匆匆离去。

待翠仙翁一走，不愁诗等四个小童便簇拥过来。慕薇向在山下见过的小童道："原来你也是翠仙翁的弟子？"

小童搔头一笑，道："我叫不愁医，是师父的关门弟子。那一日我偷偷溜下山去玩来着，便遇到了姐姐。师父不允许我们泄露身份，所以……"

不愁诗催促道："现在不是叙旧的时候，方才咱们谎报军情，使的是调虎离山之计，你们趁着师父不在，快快离开此处，否则凶多吉少。"

话音未落，水中忽然天旋地转，卷起阵阵怒涛，隐隐响起金戈

铁马之声。大家愣了一下,不愁画愁眉苦脸地说道:"老四,你真是乌鸦嘴,上回你说我内分泌失调,害得我便秘三年,如今你说好多人闯山,这下当真有'好多人'闯山来了!听这动静,怕是有数万之众……"

不愁琴道:"不会这么巧吧?"

不愁诗细辨水声,道:"的确有外人进山,而且是大批人马。"

不愁医急道:"师父许多年未曾与人打架了,恐怕要吃亏,咱们赶紧去给师父助阵!"

不愁诗微微点头,向龙音道:"山中恐怕真来了敌人,你们赶紧趁乱离开,师父说过不救的人,是断断不会改口的。咱们就此别过吧。"四人担心翠仙翁安危,向龙音、慕薇行了礼,便匆匆转身进了福山寿海边的一条水道。

水中波动愈加剧烈,龙音向慕薇道:"来者不善,若是翠仙翁遇了强敌,咱们需得帮他一帮,以他的性子,若承了咱们的情,自然会治你的伤。"

水光潋滟,海棠花瓣落了一地。慕薇抿着唇,并不答话,只瞧着满园的珊瑚海棠,一言不发。

龙音一愣,根据他做了万儿八千年九重天上头名花花公子的经验,慕薇这是在使小性子。但他思虑良久,推测了无数种情况,综合考虑了天气、风水、空气湿度等多种可能,亦未能找出慕薇生气的原因,只好选择单刀直入,柔声道:"慕姑娘可是有何不悦?"

慕薇果然不悦,蓦地抬头,眼底竟微微泛红,道:"你说用你的双手换我的性命,可曾问过我的想法?若你失了这双可奏出绝世琴音的手,我、我又如何能承着你的恩情,苟活于世间?"

龙音终于明白慕薇因何生气,心中感动,道:"这一双手,若能换

得姑娘性命,也是我的福气。"

慕薇还待说些什么,水底却又是一阵天翻地覆的巨震,龙音连忙展臂将她护在怀里,月白袍袖在水中激荡开来,仿若碧蓝天空中一片楚楚流云。慕薇挣扎了一番,却被龙音用力扣住,附在她耳边道:"别使小性子了,以后我都依着你。咱们且上去探探情况,莫要让人伤了翠仙翁和他的四个徒弟。"

慕薇俏脸一红,不再挣扎。二人循着诗琴画医四人离去的水道,离开了隐在水底的福山寿海。

水道蜿蜒而上,不知行了多久,终于出了水面,穿过一扇明显年久失修的破门,竟来到一方狭小密室。室内烛火昏暗,一尊青铜鎏金的仙鹤衔着一盏纱灯。头顶隐约有人声,想必这密室便修在翠仙翁居所下方。

龙音捏个诀儿弄干了两人的衣服,怕慕薇落了风寒,又变化出一只冒着热气的黄铜汤婆,塞在她手中,这才凝神静听外面的情况。

翠仙翁独有的奶声奶气孩儿腔极好辨认,只听他一字一顿道:"本座活了几十万年,从不受三界礼法约束。本座想救的人,想死都死不了,本座不想救的人,不想死也得死。今日你若有心求我,倒还有一线生机,可你却带了这么些人硬闯我翠岳山,怎么,可是想迫本座就范吗?"

"哗啦"一声脆响,想必是翠仙翁盛怒之下,摔了个什么东西泄愤。又是一拨前来求医的,果然是人怕出名猪怕壮,在医疗界混得太好,便注定会被病人家属追到天涯海角。

密室连着水道,湿气甚重。慕薇重伤之后身体极弱,虽抱着汤婆,却仍觉得冷。龙音察觉衣服窸窣之声,晓得慕薇性子倔强又爱面子,

便轻声道，"靠过来些，我怕冷。"

慕薇倚坐在青石砖墙下，一动不动，黯淡烛火映得她眸子越发亮，如夏夜天际明星。龙音叹口气，向她靠过去，道："说了我怕冷。"

两人紧紧依偎，孤烛摇曳，龙音身上的温度隔着许多层的布料传过来，仿佛冬日里煦煦暖阳。慕薇将前额抵在屈起的膝头，埋起泛红的脸颊，悠悠叹了口气，道："我恐怕再也做不了杀手了。"

龙音："哦？"

慕薇未及回答，头顶却传来熟悉的声音："前辈误会了，孤又怎敢胁迫前辈？"

龙音一怔，来人竟是蚩猛！不过带着全副武装的军队跑来跑去吓唬人，确是蚩猛惯有的行事风格。当真是冤家路窄，在这里都能遇到他，不知是世界太小还是大家实在太有缘分。

慕薇肩膀微微一颤，道："我哥哥莫不是发现了咱们的行踪？"

龙音轻声安慰道："莫怕，有我在。且听听他们说些什么。"

头顶上又响起翠仙翁的声音："你带了整整一支军队来此，在流刃林中折损一半，仍有万余之众，你可别告诉本座，你是带他们来我翠岳山蹭饭的。"

蚩猛隐忍地说道："孤身在高位，出行诸多不便，免不得众多将士随护在侧，实非孤之所愿。孤无意冒犯前辈，可孤的王后身染重疾，危在旦夕，孤不得不出此下策，硬闯宝山。"

龙音、慕薇对视一眼，看来蚩猛果真是来求医的，听他语气，莫非是桃歌出了意外？能让蚩猛下如此大力气来请翠仙翁出山，想必桃歌此番病得不轻。龙音心中懊悔，是他将桃歌带出桃花村，卷入一场她毫不知情的纷争。原以为蚩猛至少不会伤害她，却没想到一别

数日,她便有性命之虞。

蚩猛接着说道:"若前辈能救回王后的性命,孤可以答应任何条件。"复又低声下令,"将王后的凤辇抬上来。"

龙音不知桃歌伤势如何,心中牵挂,便将慕薇安顿在墙角歇息,起身小心推开密室顶部一扇石窗,向外张望。

密室之上是一处精致竹舍,石窗便开在床榻之下。从建筑应用学的理论分析,这里应是间卧房。自龙音所处的角度看过去,只能瞧见许多双脚。其中一双蹬着鹿皮滚金薄靴,张扬奢华,隐隐流露出特权阶层的气质,其主人应当是蚩猛。

竹舍门户大开,可见春雨绵绵中一列列将士垂首待命,远处是山水迢迢,雾气蒙蒙。龙音捏个诀,将自己化作一只水蚊子,飞到屋里的一丛用东岭玉壶栽着的兰草中,挑了个视野最好的位置落了下来。

片刻后,便有大乾坤宫的四名近侍将一方笼着月白轻纱的步辇抬到蚩猛身边。龙音隔着朦胧轻纱,可见桃歌侧卧而息,一头长发缠缠绕绕堆乌砌云,脸庞似乎比先前又瘦了些,更显得柔弱无助。龙音心中微微酸楚,却没料到有人竟比他更酸楚。

自凤辇出现的一刻,翠仙翁一张娃娃脸上便现出难以置信的神色,喜怒哀乐瞬息万变,两道长眉无风自舞,显是情绪激动到了极致。鉴于他可能有精神类疾病的考量,龙音并未深究翠仙翁的言行,但此刻翠仙翁的表现却着实令所有人吃了一惊。

他几乎是跟跄着奔至凤辇前,上古尊神的风度荡然无存,仿若一个毫无防备的孩子,颤抖着手一寸寸掀起层层雪白纱缦,颤声道:"桃姬,真的是你吗?我在福山寿海足足等了你十万年,四海八荒沧海桑田千千万万遍,我一直在等你。你、你真的回来了?"

　　龙音心中万般疑惑,他在龙哲开的一门名为《古今乐界名人史》的课上听说过一位桃姬,乃是上古时期掌乐司花的一位尊神,不过很久以前便已应了天劫,魂归离恨天,因此只留下许多摸不着边际的传说。这些传说虽版本众多,完全可以写成一部综合悬疑、伦理、爱情、推理的话本子,并结集出版,但绝没有哪一段与翠仙翁有关。不过这并不妨碍翠仙翁真与桃姬有过一段浅浅的交情,或许福山寿海的白玉灵柩之内,真的便是桃姬的仙体。可翠仙翁,又如何会将桃歌错认为桃姬?

　　桃歌悠悠醒转,瞧见面前的翠衣小童,柳眉微蹙,露出惯有的困惑表情,道:"你是谁?"只一会儿,便似是倦极了,又缓缓合上眼睛。

　　龙音瞧她神色,虬猛想必怕她醒来生变,并未用结魄珠令她灵慧魄恢复如常。

　　翠仙翁仍伏在凤辇边,痴痴望着桃歌。虬猛忍不住清了清嗓子,道:"前辈,孤的王后她……"

　　话音未落,只见翠色身影一晃,"啪"的一声,虬猛脸上便多了五个清晰的指印。速度太快,若不是指印短短胖胖,比常人略小一号,龙音绝不敢相信竟是翠仙翁扇的巴掌。

　　窗外细雨不休,疏疏落落打在芭蕉新展的绿叶上。翠仙翁扇过这一耳光,仍保持着原先的姿势,紧紧望着桃歌,口中却冷冷道:"伏羲老匹夫跟本座抢一抢,便也罢了,你是个什么东西,也敢来与本座抢?桃姬她在天地初开之时,便掌着天下乐奏、四海花事,怎会是你这小娃娃的王后?"

　　竹舍外铺了半山的魔界将士整齐划一地拔刀相向,"当当"声在山谷间回荡,经久不息。

　　蚩猛何时受过这样的羞辱,眸中怒意弥漫,十指紧握,捏得骨节"咯咯"作响,一身墨色铠甲寒光逼人,透出杀气。他胸口起伏良久,终于压制住情绪,抬手屏退了手下,虽咬着牙,却仍是谦卑地说道:"天下之大,相貌相似的人何其多,孤有个嫡亲的表妹,便与九重天上一名行事鬼鬼祟祟的神仙长得神似。因此,这位姑娘的身份,怕是只有她自己才知晓。前辈若要说她是桃姬上神,也需先令她醒转过来才是。"

　　龙音心道,蚩猛对桃歌还真有心,却不知是为了当年的情分,还是为了《桃花庵歌》的秘密。又琢磨良久,方才反应过来,自己便是蚩猛口中"行事鬼鬼祟祟的神仙",不禁失笑。

　　翠仙翁神色一动,喃喃道:"相貌相似?果真是相貌相似?唔,我在翠岳山中守了桃姬整整十万年,她即便醒过来,又怎会与旁人在一处?可桃姬姿容绝世,又有何人能与她如此相似?"

　　翠仙翁冷静下来,略一思量,便知面前的姑娘并不是桃姬,却仍是痴痴道:"长了这样的一张脸,当真是你命不该绝。本座无能,让她死了一次,可绝不会再有第二次。"抬手搭上桃歌赛雪欺霜的皓白手腕,良久方皱眉道,"她的真身,竟是《桃花庵歌》?"

　　蚩猛知道瞒不住他,微微点头,道了声:"是。"

　　翠仙翁嘴角浮起一丝苦笑,摇头喃喃道:"桃花坞里桃花庵,桃花庵里桃花仙。桃花仙人种桃树,又摘桃花换酒钱。桃姬啊桃姬,我还以为世间如何能有女子与你一般的绝代风华,原是你从前为他作的这只曲子。十万年了,连你的曲谱都修成了仙,你却为何还不愿醒过来?"

第四章

【徵】

第四章　【徵】

冷雨潇潇,将翠岳山笼在一片朦胧雨雾中,翠色欲滴。

翠仙翁眯着眼睛给桃歌把脉把了许久,在龙音以为他其实是在打瞌睡的时候,却忽然瞪圆了眼睛,道:"她三百年前受了重伤,损及元神,可是一直以生血养着?"

蛊猛眸子一亮,恭敬地答道:"是。"

龙音心想翠仙翁果真是医界老大,连三百年前的病根都瞧得出来,这下桃歌的小命算是保住了。

翠仙翁却向蛊猛怒道:"你可是让她饮了哪个神仙的血?"

蛊猛不知翠仙翁缘何发怒,没敢接话。

翠仙翁白眉飘飘,又蹦又跳地发起脾气,道:"蠢材,蠢材!她从前伤了灵慧魄,正是六神无主的时候,喝些凡界畜生的血便罢了,神仙血有灵性,她喝过一次,三魂六魄便认了主,需得专用那神仙的血养着,若断了供,便是药石枉及!你让她喝了谁的血,却为何没续上?"

蛊猛修眉紧锁,道:"前辈英明,她确是被奸人所害,误饮神仙血。此人奸诈狡猾,如今已不知藏身何处,还拐跑了孤的表妹。唔,如今

她这般情状,可还有救?"

翠仙翁将蚩猛打量一番,道:"你是魔界的新君?"

蚩猛点头道:"正是。"

翠仙翁神色莫测,道:"你是当真不知,还是有意为之?你魔界的结魄珠,便是她唯一的生路。"

蚩猛静静立在桃歌所乘凤辇边,月光照进他眼里,却半点光亮也无。他几不可闻地叹了口气,决然道:"结魄珠数百年前便已失落,并不在孤的手中。既然前辈也无能为力,便也罢了。是她福薄……"

翠仙翁却不答话,击掌三声,守在屋外的诗琴画医四人便鱼贯而入,在翠仙翁身后一字排开。

不愁医笑嘻嘻地向蚩猛道:"结魄珠是我师父年轻时烧了三万年的炉子,亲手炼出来的,世间只有一颗。因师父欠了从前的魔君一桩人情,便将那珠子赠与了魔界。哥哥你身上的珠子味儿浓得很,却为何要说珠子丢了?"

蚩猛察觉有异,却已经来不及。电光火石之间,不愁诗不知发动了什么机关,竹舍中青砖铺就的地面轰然塌陷,露出一个深不可测的大洞,应当就在慕薇藏身的暗室隔壁。化作水蚊子的龙音心中暗叹,今日真是悲欢离合、跌宕起伏的一日,便从善如流地随着大家掉进了洞里。

龙音在下落的过程中,站在男人的角度,对蚩猛的所作所为进行了一系列专业的心理学分析。他分析认为,蚩猛对桃歌不是无情,否则也不会大老远地赶来受翠仙翁的气,当然若他有受虐的倾向那就另当别论。但他却宁可眼睁睁看着桃歌香消玉殒,也不愿让她服下结魄珠,这就只有一种可能,便是怕桃歌醒来后成为他成就霸业的绊

脚石。

其实说得简单点儿，就是江山和美人之间二选一的问题，这个问题同样困扰了许许多多的英雄，但蛊猛显然是活得比较明白的一个，没怎么犹豫就选择了江山，不知是幸与不幸。

落了一阵子，洞底却是一片水泽，龙音化作一尾小鱼随在众人之后。水底宝光流动，竟是又回到了福山寿海。诗琴画医四人将桃歌所乘凤辇安置在白玉灵柩旁。

蛊猛刚刚在水中稳住身子，便欲上前夺回桃歌，却被翠仙翁祭出一道紫金捆魔索，牢牢锁住。

蛊猛挣扎一番无果，翠仙翁得意地说道："本座的捆魔索乃是上古时期威震天下的至宝，你若能挣开，就可以直接去西天成佛了。对了，你也不用指望你那些乱七八糟的手下，本座这山中种的花花草草，不下雨便罢了，下过雨便有毒。哈哈，是不是很可怕？"

蛊猛咬牙道："孤与前辈无冤无仇，前辈为何却要如此？"

翠仙翁敛了笑，走到蛊猛身前，踮起脚，抬头盯着他寒星般的眸子，狠狠道："本座若连你的心思都瞧不透，当真便枉活了这许许多多的年月。你与那伏羲老儿一般，长了一副忘恩负义的嘴脸，这小姑娘与桃姬渊源颇深，却没想到与她一般的红颜薄命，竟遇到你这样的白眼狼。你不愿救她，可是怕她神智恢复，反来与你为敌？"

龙音若不是化为了鱼儿，定要击节赞叹，翠仙翁真是料事如神。常言道恶人自有恶人磨，龙音认为说这话的人很有见识，蛊猛这个小恶人，遇到了恶人界的祖宗翠仙翁，当真是处处受制。

翠仙翁一面说话，一面已伸手摘下蛊猛颈间的一枚血玉，指间微一用力，血玉便裂开成两瓣，露出当中一颗冷冽如霜、光华滢滢的明

珠,想必便是结魄珠。

蚩猛被翠仙翁道破心迹,恼羞成怒,目眦欲裂道:"你这老怪物,快将珠子还与孤,今日孤若不死,总有一日踏平你这破山,将你挫骨扬灰!"

翠仙翁见他发怒,反倒高兴起来,哈哈笑道:"本座一生当中听得最多的便是恐吓,你倒不妨多说两句,与本座消遣消遣。"

龙音趁他二人言语之际,已游到了白玉灵柩与桃歌所乘风辇间。上回仓促间未能看得真切,此时方才得空,细细瞧那棺中之人。团团簇簇的海棠花瓣中结满浑圆明珠,就着莹润珠光,隔着灵柩上繁复精致的雕花,可见一个女子面容如生,风华绝代,除了左眼角下一颗泪痣,正是与桃歌一般的模样。只是这女子眉目间带了淡淡的冷意,不若桃歌的单纯、温暖。龙音心中不禁惊叹,世间如何会有如此相似的两个美人。

翠仙翁与蚩猛斗完了嘴,踱到白玉灵柩前,屏退了四个徒弟,抬手细细抚过棺盖上片片祥云,轻声道:《桃花庵歌》是你毕生的心血,我定不叫这姑娘枉死。结魄珠可结出一方幽冥幻境,令她知晓前世今生,待她醒来,便会明了你从前作这旷世一曲的种种因果。"说罢,抬眼瞧了瞧犹自愤怒挣扎的蚩猛,转身将结魄珠放入桃歌口中。

蚩猛一声怒吼,周身气泽激荡,将寿山福海搅得一片浑浊,却始终挣不开紫金捆魔索的束缚。海棠花瓣在水中上下翻飞,如万千白蝶翩然起舞,蚩猛长啸一声:"不要……"

结魄珠可不管他要还是不要,已经闪烁出一片寒光,显然是正在结出幽冥幻境,修补桃歌的魂魄。混乱中,龙音化作的鱼儿随着水波摇晃,竟跌入了桃歌的风辇。龙音只觉白光一闪,再睁眼时,却只见

亭台楼阁，玉树琼枝，觥筹交错，酒香阵阵。原来却似是摆在九重天上的一场百花盛宴。

人头攒动中，龙音一眼便瞧见了手足无措的桃歌。她俏生生立在熙熙攘攘的神仙堆里，茫然四顾，一双眸子在遇上龙音的目光时，先是犹豫了片刻，瞬间却绽放出万般华彩："你是——龙音？"

龙音微笑点头，心中却隐隐担忧。定是他不小心闯入了结魄珠为桃歌结出的幽冥幻境，却不知会不会影响治疗效果，而自己又如何才能出得去。

百花宴上忽然钟鼓齐鸣，只见一十六名着宝蓝窄裙的美貌仙女，抬着一乘四时繁花结成的万花辇，从天而降，衣袂飘飘，如梦似幻。这一十六名仙女在神仙里都已算得上极出色的美人，但万花辇上的那一位，只略掀开了辇上薄纱，露出半张俏脸，便似夺了旁人所有光彩，仿佛日月星光，尽皆落在她一人身上。

龙音瞧得真切，这位美人，与桃歌面容长得一般无二，想必便是当年掌乐司花的上神，桃姬。

这结魄幻境，竟演的是十余万年前的一场因果。想必因果演完，桃歌的魂魄，便也修补好了。龙音牵着桃歌的手，在席中捡了只舒服的黄梨木靠椅，坐了下来，又给自己斟了杯酒。

既然出不去，不如陪桃歌好好瞧瞧这场戏，日后龙哲若问起上古仙界发展史，他也好应对自如。

此时桃姬款款步出万花辇，目光流转，含笑道："让众位仙友久候了。今日是百花宴的最后一日，此次的祈福大典，名为喜鹊登梅，取'喜上眉梢'之意。百花宫已在凡界一处仙山上备下了万株红梅，其中一株乃是本宫门下仙子幻化而成，谁能先将手中的喜鹊剪纸挂上

梅梢,便是本次百花宴的福星,奖品是百花宫双飞纯玩七日游。本次活动最终解释权归百花宫所有。"

桃姬微微一笑,晃眼一看竟有些小姑娘的天真,全没有了白玉灵枢中的冷意,倒是与桃歌更相似。桃歌定定瞧着众仙中央的桃姬,十指纤纤拂过自己脸颊,困惑地问道:"这个人,她怎么与我生得一般模样?"

龙音饮了杯桃花酿酒,应道:"许是姑娘漂亮到极致,都是你们这般模样。"

桃歌悟了许久方悟出来这是在夸她,脸上腾起两朵红云,更显姿容绝世。

幻境之中场景变换,却是在茫茫云海之中,百花宴上的一众神仙皆腾了祥云,或是驾了坐骑,急匆匆往凡界的那处仙山上飞,一路上飘着云你追我赶,热闹非凡。龙音手里犹自提着一只冷玉点翠的酒壶,踩着团祥云,牵了桃歌紧随其后。

众仙之中,桃姬飞在最前面,身后紧随着两个少年神仙。其中一人着墨色纹龙的锦袍,面若冠玉,与师父龙哲颇为相似,想必便是年轻时的伏羲。另一人着一身翠色,年纪轻轻却有两道白眉。这标志性的眉毛,令龙音不得不说服自己,这名俊俏少年便是翠仙翁。可十万年后的翠仙翁还是个小童的身量,莫不是他这十万年间倒越过越小了,委实是匪夷所思。

桃姬不时回眸一笑,无意间引起许多起交通事故,众多男神仙把持不住,接连追尾,在天上乱作一团。唯有伏羲与翠仙翁二人驾云技术高超,左冲右突,将身后众仙远远甩开。谁知为首的三人刚刚入了那处仙山的地界,便觉一阵热浪袭来,一团滚着烈焰的巨大火球迎

面撞向桃姬。

桃姬收势不及，眼见便要被烈焰所噬，忽觉一股大力袭来，生生将她推开三丈多远。火球失了准头，落下山头，瞬间撩起一场猛烈的山火。

腰间的臂膀坚实如铁，桃姬侧目，眼底是绣了精致龙文的墨色衣袖。青年修眉朗目，下巴的线条好似暮春远山，乌沉沉的眸子中满是关切，道："你，受伤了吗？"

桃姬俏脸一红，摇摇头，视线落在青年的身后，面上现出惊恐的神色，脱口道："小心，是朱厌！"

朱厌这个东西，乃是太古时期一个不得了的凶兽，连穷奇在他的面前，都只算是个打酱油的小喽啰。它猿身虎尾，白首赤足，爪利可碎石穿岩，口中所吐妖火能焚三界神魔，极具杀伤力。龙文在《上古凶兽考》中只对它做了一句话的评价——有多远跑多远，却不知朱厌如何在这个时候出现在凡界。

此时朱厌便在青年的背后，表情狰狞恐怖，正待张口吐出第二枚火球。距离太近根本来不及闪避，桃姬心头一凛，难道今日要毙命于此？却只见一柄翠色竹剑流星般从天而降，将朱厌一张大嘴刺了个对穿，再也张不开来。执剑的青年白眉如雪，翠色衣衫映着漫山火焰，流转着异样的光华。

龙音心道英雄救美真是亘古不变的话题，只是一下子出现两个英雄，美女多半都会产生选择性障碍。

桃歌看得出神，龙音忍不住八卦道："你说，这两个男神仙，哪个更好看？"

桃歌认真思索一番，答道："白眉毛与黑袍子都很好看，不过依我

之见,龙音比他们都俊俏些。"龙音一怔,倒不知如何应对才是,只得继续观战。

桃姬与伏羲虽躲过一劫,却仍是凶险重重。朱厌从未吃过如此大亏,暴跳如雷,挥爪便向三人攻来。到了展现个人英雄主义的关键时刻,伏羲与翠仙翁二人一边一个,将桃姬护在中间,便在半空中展开了一场恶战。

只见朱厌周身燃起明黄妖火,烈焰卷过,仿佛要将天地都烧成劫灰。伏羲与翠仙翁在滚滚热浪中上下翻飞,与朱厌缠斗不休。桃姬也是个善战的女仙,祭出一张桃木瑶琴,奏起一段祈雨的乐音。转瞬间风云汇聚,天空中大雨滂沱,倒是将朱厌身上的火势压了一压,创造出一个绝佳的机会。

伏羲与翠仙翁如何肯放过这个机会,纷纷出剑刺向朱厌心窝,但由于二人都太有准头,直接导致两把剑砍在了一起,火花四溅,倒让朱厌躲了过去。朱厌怒吼一声,利爪横扫,伏羲与翠仙翁双双负伤,血溅当场。

结果还是桃姬抽出琴中剑,趁着朱厌得意长啸之际,一剑刺入它心窝,结果了这凶兽的性命。众仙赶到时,朱厌周身火光已渐退,气息奄奄卧在山中。山火已被大雨浇灭,只留下漫山枯木余灰。桃姬亲自给伏羲与翠仙翁包扎了伤口,叹道:"可惜了我这一山的红梅,今日百花宴的福星,怕是选不出来了。"

看到这里,龙音尚未发觉桃姬对伏羲与翠仙翁有何特别,命运好像还算是公平。可这时伏羲却自衣袖中摸出一方染了血的剪纸,红艳艳似是只喜鹊的模样,轻轻按在桃姬腰间锦带上,笑道:"桃姬仙子便是世间最艳的一株红梅,在下有幸,怕是要上百花宫叨扰了。"

夕阳如血,似在天边扯开一幅金红色的锦缎。桃姬一愣,旋即反应过来,粲然一笑,令漫天云霞都失了三分颜色,起身宣布道:"本届百花宴的福星,便是伏羲上神。"

众仙起哄的起哄、叹息的叹息。桃姬瞧着伏羲,眸中似有春水融融。

谁都未曾留意,翠仙翁捂着伤处,在人群中静静瞧着桃姬。一片流云飘过,看不清他的神色。龙音却大抵猜得到,这便是命运转折的时刻。又或许转折的不是命运,而是人心。

谁都说不清缘分是个什么玩意儿,如果当时是翠仙翁摸出了喜鹊剪纸,恐怕又是另一种结果。可惜如果仅仅是如果而已,既不能改变结果,也不能影响后果,恐怕是世间最最没用的一种果了。

幻境中时光稍纵即逝,往事纷至沓来,只见伏羲随桃姬回了百花宫养伤。百花宫外碧波春水,繁花似锦,桃姬爱上伏羲,只用了七日的时光。龙音总觉得七日太短,但转念一想,如果一切皆是注定,又何来短长。

桃姬与伏羲皆极富正义感,属于典型的愤青,二人一拍即合,立下了一起拯救世界的崇高理想。伏羲对朱厌现于人世一直心存隐忧,因传说里说,朱厌一出,必有战事纷争。于是他亲自动手,制作了一样旷古烁今的兵器——逍遥琴,赠与桃姬。

那一夜,星光璀璨,月桂飘香。桃姬梳着流云鬓,发间一支金丝攒出的凤簪,长长的缨络随风飘动开来,艳色无双。她接了琴,轻笑道:"千金易得,知音难求。伏羲,以后我抚琴,便只让你听。"

伏羲眼底满满皆是她的笑颜,认真地答道:"天不老,情难绝。心似双丝网,中有千千结。"

桃歌看到这里，咬着嘴唇向龙音道："原来你的真身是个定情信物，真是浪漫得很。"

龙音无奈地答道："我是定情信物这回事，我也是刚刚知道。"

在伏羲和桃姬花前月下的这段日子里，翠仙翁却在成为悲剧人物的道路上渐行渐远。他变成一个小童，混进百花宫，领了个洒扫院子的差使，妄图悄悄接近桃姬。如此行事，已极为丢脸，然更丢脸的是，他扫了两百年的院子，除了练出了一套用扫把与人打架的功夫，统共只见过桃姬三面。

头一面，桃姬与伏羲散步散到翠仙翁负责的院子里，心中的怨愤压抑了许久，翠仙翁扬起扫帚将一地浮灰恶狠狠扫向伏羲。但由于没有考虑到当时的风向，导致浮灰尽数落在他自己身上，将他呛得涕泗横流。桃姬见他长得可爱，掏出帕子替他擦干净脸蛋，瞧见他两道白眉，笑道："你这两条眉毛，倒是很像我的一位故人。"

翠仙翁闻着桃姬帕子上的月下香，想到自己竟能在她心中留下印象，激动万分，不禁落下眼泪，在灰扑扑的脸蛋上蜿蜒出两条水痕。

只可惜那时，她没能认出他是谁。

第二面，便是当时的魔君瞧上了桃姬，递上一纸情书到百花宫，粉底撒金的熟宣充满乡土气息，上书"窈窕淑女，君子好逑"八个鬼画符的大字。桃姬认为这是对一个女神的侮辱，严词拒绝，于是情书很快被换成战书。

彼时伏羲已担了天地共主的位子，日理万机，常驻九重天上的天岳殿中，被四海八荒呈上的奏本淹没，与桃姬聚少离多。翠仙翁觉得这段两地恋情于他是个极佳的机会，于是每日更卖力地扫地。直至桃姬收了魔界的战书，抱起逍遥琴直奔大乾坤宫，他毫不犹豫地扛

了扫帚尾随其后,要将英雄救美进行到底。

可魔界自来尚武,魔君更是从小混混一路打到九五之尊的位子,实战经验丰富,比凶兽朱厌更难对付。桃姬祭出逍遥琴,与魔君斗了三日三夜,看得翠仙翁先是心惊肉跳,后又昏昏欲睡。

那一夜月色泛着微红,大乾坤宫外的蒲公英扬起漫天飞絮,仿若一场轻轻软软、无休无止的细雪。翠仙翁蹲在一丛不知名的灌木中,略略打了个盹,醒来便见一阵耀眼白光刺破黯淡苍穹,竟是魔君使出了秘术"曜日"。

桃姬闷哼一声,显然是受了伤,翠仙翁心头一紧,倏地展动身形,一柄翠色竹剑携排山倒海之势,直刺魔君后心。这是赤裸裸的偷袭,并且很不巧偷袭成功,令魔君中剑倒地。翠仙翁心中不禁有些惭愧,但若为美人故,万事皆可抛,气节什么的,都是浮云罢了。

翠仙翁恢复了原身,抖了抖翠色衣袍,在月色下俊朗如玉树芝兰。他在桃姬面前摆出最风流的样子,酝酿了一番谦逊的说辞,正待张口,桃姬却颤声道:"伏羲,是你吗?"

翠仙翁一句话噎在嗓子里,定定瞧着桃姬。微红月色下,桃姬微乱的鬓发上沾染了点点飞絮,显出一丝平日里看不到的柔弱;一双眸子乌沉沉的,却映不出半点光亮。

桃姬又道:"我一直在等你,我晓得你一定会来,可你怎么来得这么晚?方才秘术'曜日'伤了我的眼睛,恐怕要养些时日,唔,现下我已瞧不见你了,也不知你近日是否清闲了些?"话尾一声幽幽叹息,令翠仙翁心头酸楚,不知是悲是喜。

结果是翠仙翁出于愧疚,将从前炼的一枚结魄珠强行赠予昏迷的魔君,并趁着夜色,将桃姬送回了百花宫她的寝殿中。重重白色纱幔

绣着月影秋荷,博山薰炉燃着袅袅沉水香。他瞧了她的睡颜良久,又趁着夜色,变回打扫院子的小童,深藏功与名。

这一次,她错以为他是那个他,却不知竟是他。

不过此后发生的种种,若在话本子里,便可以用"人物关系错综复杂,故事情节曲折离奇"来形容。先是魔君因为感情受挫,掀起了仙魔两界之间旷日持久的一场大战,与伏羲所率天兵在碧落泉畔斗了许多年,战火所及之处无不生灵涂炭。接着便是魔君的妹妹领了副帅之位,日日在战场上与伏羲兵戎相见,却竟对他起了思慕之心。

随后魔界便递上和书,委婉表达了两点意思:其一,咱们打了这么些年,双方都比较疲劳,不如划碧落泉而治,大家都休息一下,过几年太平日子;其二,上面一条成立的必要条件便是两界和亲,伏羲有幸,得孤妹垂青,就便宜了这小子,将公主许配给他。他若不识相,大家就接着打,反正谁也不怕谁,倒霉的是三界无辜生灵。

伏羲在天岳殿上听一名仙侍抑扬顿挫地念完这封和书,双眉紧蹙,从鎏金的丹墀上一步步走出殿外。天岳殿外桃姬亲手种下的一片红枫似染了血色,落叶萧萧。伏羲望着百花宫的方向,从日升直至日落,目光一寸寸暗淡下去,终于哑声道:"昭告天下,天岳殿迎亲的车辇,一月后便至大乾坤宫。"

往事种种如烟而去,桃歌抬手接住一片赤色枫叶,幽幽叹了口气,侧目道:"伏羲为了天下苍生,竟做了如此大的牺牲,可他对得起天下,却独独负了桃姬。龙音,若换作是你,你会怎么做?"

龙音瞧着桃歌秋水般的眸子,竟察觉到一丝她从未有过的忧郁,沉默了片刻,认真道:"从小师父便教导我,人活于世,最最要紧的便是'信'字。若我有了思慕的姑娘,又许了她沧海桑田的诺言,便必不

会失信。我没什么拯救天下的抱负，只求无愧于心，但我会用生命保护我想保护的人，也保护脚下的土地。"

桃歌若有所思，点点头，声音如秋叶般萧索，道："你若是思慕上了哪个姑娘，当真是她的福气。"

幻境中繁华弹指而过，与所有故事一样，桃姬竟是最后一个知道真相的神仙。彼时距伏羲大婚只半月之期，桃姬正在寝殿内专心绣一个鸳鸯戏水的香囊，银针刺破了指尖，血珠滚落，恰好缀成一朵红莲。

因战事紧张，她与伏羲已许久未见，却没想到，再次听到他的消息，竟是婚讯。

桃姬却仿佛若无其事，继续一针一线地绣她的鸳鸯，竟似世间再没什么比这香囊更重要。龙音却知晓，她这是伤得太重太深，哀莫大于心死罢了。若换作别的女子，恐怕就要上演一哭二闹三上吊的好戏，桃姬却认真绣好了一对栩栩如生的白头鸳鸯，然后给自己安排了一场盛大的比武招亲，恰好，与伏羲大婚在同一天。

谁能赢我，就能娶我。

百花宫张灯结彩，万花齐放，大红喜字贴了满眼，龙凤喜烛日夜长明。翠仙翁每在窗棂间贴上一枚"囍"字剪纸，就长长叹口气。他晓得，桃姬这是在逼伏羲，她在等他回来。

这半月之中，桃姬将寝殿的竹帘高高挂起，每日抱着逍遥琴，双眼一直望着不知名的远方，一遍一遍弹着不知名的曲子，手指磨破了，在琴弦上留下斑斑血迹，若月下残破花影，她却浑若不知。夕阳西下，寝殿内白纱尽皆换成红绫，深深浅浅的红，映得她苍白的脸庞微泛出些血色。

琴音骤歇，桃姬眼神空茫，自语道："'天不老，情难绝。心似双丝网，中有千千结。'呵呵，真是天大的一个笑话。伏羲，你虽负了我，却是为了天下苍生，我并不怪你。你既心存如此宏愿，我便助你一臂之力，为逍遥琴谱一曲《桃花庵歌》，将我毕生修为融进其中，好助你日后斩妖除魔，所向披靡。"

龙音终于明白，大家普遍认为《桃花庵歌》出自伏羲之手，却原来只是误传。其实这曲子竟是桃姬所作，又携了她毕生修为，难怪桃歌化出人身后，与当年桃姬一般的模样。

半月后，伏羲大婚，桃姬招亲。

神仙妖魔们纷纷痛恨自己分身乏术，这两边的热闹只能瞧得上一场，四海八荒的医馆亦接待了不少重度选择障碍的病人。翠仙翁倒没什么纠结的，恢复了元身，端了盏碧莹莹的新茶，早早便候在桃姬设下的擂台前。

那一日，白云悠悠，碧空澄澈。桃姬着一身大红喜服，美艳逼人，妆容精致，眉心贴了一枚烫金花钿，更显容色娇艳。她端坐在高台上，静静望着天边花开花落，云卷云舒。擂台上打得精彩非凡，不停地有人胜出，又被打倒，却没有一个人能映入她眼中。翠仙翁知道，她只为了等一个人，若那个人不来，这一切便都没有意义。

翠仙翁跃上擂台，挺拔如一株翠竹，将四面八方的挑战者一一踢飞，目光却从未离开高台上端坐的桃姬。这是他混进百花宫的两百多年中，第三次见到她。

午时三刻，一名仙侍匆匆而来，在桃姬耳边低声道："天岳殿，礼成。"

翠仙翁瞧得清楚，桃姬眸子中最后一息火苗，在那一瞬间化作飞灰。她勉力维持住端庄雍容的仙姿，抬起手，向擂台虚虚地一指，道：

"便是他罢。"

其实是谁并不重要，对桃姬来说，世上便只有两种人。一种人叫伏羲，可惜独一无二便只有那么一个，从前属于她，却已经不再属于她。一种人叫除了伏羲以外的其他人，这种人倒是千千万万，而且大部分都愿意属于她，但可惜她连他们的名字都记不住。

这天晚上，天岳殿与百花宫皆是喜气洋洋。

百花宫前厅高朋满座，灯火通明，桃姬的寝殿却一片昏暗，连宫灯都未曾点上一盏。新姑爷翠仙翁并未换上吉服，且早早退了席，一路穿堂过殿行至桃姬门前，踌躇良久，方鼓起勇气推开红木门扉。

寝殿内，桃姬斜靠在临窗的一张美人靠上，怀中抱着逍遥琴，眼神空茫，淡淡月色隔着雕花的窗棂照进来，在她绝色的容颜上映出模糊的影子。

桃姬抬眼瞧见翠仙翁，视线落在他的翠衫白眉上，回想一番，道："原来是你！你是不是救过我一次？"

翠仙翁心中欢喜，便不再计较一次两次的问题。因他自己是个乐天派，便很难了解非乐天派的人生观。无论如何，他终于有了长长久久与她在一起的理由，她眼下虽伤心，却终会好的。他第一次庆幸自己是个可与天地同寿的神仙，有千千万万年的岁月可以用来等她。

龙音与桃歌并肩立在寝殿内的角落，桃歌寂然道："若她能放下，或许便不会有今日。可'放下'二字，又谈何容易。"

龙音点点头，他能清楚地感受到，随着幻境中时光的流逝，桃歌已变得与从前不大一样，想必她的灵慧魄已慢慢恢复，却不知她有没有忆起与蛊猛的那一段过往。

幻境中桃姬懒懒起身，仍穿着比武招亲时那一袭盛装的喜服，袖

口用蕾丝的金线绣着鸳鸯,臂弯里挽着长长的朱色纱缦,似月色下一株亭亭的牡丹。

她走到翠仙翁身前,衣袖轻抚,寝殿内七十二盏青铜灯盏次第点亮。龙凤喜烛滟滟流光,更衬得她绯红的润唇娇艳欲滴。她面有愧色,睁大眼睛瞧着他,道:"对不起,我骗了你。什么比武招亲,全都是骗人的。我不能和你在一起。"

百花宫笼在漆黑夜色中,唯有桃姬的寝殿此时亮若明星,仿若空旷野地中燃起的一堆火,不动声色,却灼伤人心。

桃姬接着道:"你想必也听说过我与伏羲的故事。这张琴,唤作逍遥,从前是我最宝贵的东西,从今日起却不是了。请你替我将它还给伏羲,这本就是属于他的。"又从衣袖中摸出一张曲谱,轻轻道,"这一曲《桃花庵歌》,是我毕生心血所作,我已将一身修为皆融于其中。以逍遥琴奏《桃花庵歌》,既可令枯木重华、腐骨生肉,亦可毁天灭地,令万物化作劫灰。让伏羲好生保管,莫要落入妖邪之人手中,亦算是我为仙一世,为天地正道留下些功德。"

桐油灯盏中灯花"噼啪"一跳,火苗又亮了些许。翠仙翁接了琴与曲谱,眼前大片大片的红仿佛朱厌身上的妖火,竟要灼伤他的眼睛。桃姬,她是在向他交代后事吗?

桃姬说完这一席话,仿佛已用尽了全身的力气,脚下一软,跌进翠仙翁怀里。她终于再也不能坚强地绽出一抹轻笑,眼角流下的泪水凝在脸颊。

翠仙翁惊惶失措,感觉着她身上的仙泽在一寸寸枯竭,像秋日里最后一朵凋零的花。他任由她靠在肩头,急道:"你究竟对自己做了什么?你是个神仙,与天地同寿的神仙,你掌着天下乐奏,四海花事,

你怎么能将自己弄成这样？"

桃姬望着窗外，眸子中显出一点苦涩的情绪，声音飘在半空中，暗哑而憔悴："凡世有一句话，叫作'只羡鸳鸯不羡仙'，直到今日我方能理会。我不会死，我只是太累了，想睡了。《桃花庵歌》已记载了我所有的爱恨，天下乐奏，奏的无非是人心。若她有机缘能得道成仙，便让她替我活下去。只愿她不要与我一般，遇到这样一个不该遇到的人。"

话毕，便缓缓合上了眼睛，长长的睫毛在脸上投下阴影，任凭翠仙翁如何呼唤，再也没有睁开来。

桃歌眼圈微红，一滴清泪自眼角滑落。龙音劝道："桃姬睡了这么多年，总比清醒着痛苦来得轻松。如今伏羲早已魂归离恨天，若她有一日能醒来，那些恩怨情仇，也都不再重要了。"

桃歌却道："我了解她，她迟迟不愿醒来，只因她放不下那些执着。即便伏羲已去，她仍被心中的爱恨苦苦折磨，便只能选择永不醒来。"

幻境中随后的种种，如一幅黑白分明的水墨画卷，在眼前渐次展开。翠仙翁痛失桃姬，在百花宫中枯坐百日，动了仙根，几欲成魔。百日之后，他将《桃花庵歌》的曲谱亲手交与伏羲，并一忍再忍，终于忍住了将他打死的冲动。

但逍遥琴曾是桃姬最心爱之物，他觉得伏羲不配再得到这件至宝，但自己若留下又怕桃姬会不高兴，便自作主张拆了逍遥琴一根琴弦，以控制琴的杀伤力，并任由缺了弦的逍遥琴流落三界。

此时仙魔两界战事已了，双方谈判许久，议定划碧落泉而治。翠仙翁已离了仙籍，便携了桃姬的仙体在碧落泉边寻了处幽静的所在，避世隐居。他虽精通医术，但对桃姬这样一睡不醒的患者着实无

从下手,便用毕生功力凝成一方白玉灵柩,将桃姬仙体置于灵气最盛的福山寿海中养着,日复一日地等她醒来。

幻境里飞瀑寒潭,紫竹妖娆,显然是在有去无回谷中。翠仙翁目如朗星,长眉入鬓,几缕乱发略显落拓,屈膝靠坐在白玉灵柩边,翠色锦袍若芳草铺了一地。他左手高高提起一只翡翠酒壶,长长的酒线映着微熹日光,灌入略显凉薄的唇间,辣得他眼眶泛红。

酒壶空了,被他扬手掷入寒潭,惊得鱼儿四散。翠仙翁将滚热脸颊贴上寒意森然的白玉灵柩,捏了个诀儿,金光一闪,又变成了个白眉小童的模样,喃喃道:"我便是只纸扎的风筝,线一直牵在你的手里,可陪伴我的,却总是只有风。在百花宫扫地的两百年,是我离你最近的时光,也是我一生中最快乐的时光。虽然那时,你并不记得我,但我心中已很知足。自今日起,你一日不醒,我便一日是百花宫的洒扫小童。我有许多许多的时光可以等你,桃姬,许多许多。"

龙音此时方才知晓,翠仙翁一大把年纪还是个小童模样的原委。

问世间情为何物,都是一物降一物。桃姬为了伏羲,翠仙翁为了桃姬,十万年前的这一笔情债,怕是永远再难算清。

幻境至此已近尾声,四周渐渐浮起一片白茫茫的雾障,桃歌周身却泛出七色华彩,龙音知道,这是神仙归位的宝光。从前的桃歌,就快要回来了。

龙音紧紧握住桃歌左手,在她耳边道:"无论你想起了什么,都不要害怕,亦无需难过,替桃姬好好活下去。我与龙泉永远是你的朋友,如果你需要,咱们随时会在你身边。记住,你不是一个人。"

白光闪过,幻境消失,龙音再睁眼时,已与桃歌一同回到福山寿海之中。幻境中时日虽长,在现实中却不过片刻。

　　翠仙翁扶着白玉灵柩,瞧着桃歌,许久方道:"像,真是太像了。"又看向龙音,怒道,"你如何与她在一起?你也入了结魄幻境?"

　　月白海棠团团簇簇,火红珊瑚烈烈如焚。桃歌不待龙音回答,便向翠仙翁盈盈下拜,叩首道:"这一拜,谢尊神再生之恩。"

　　翠仙翁急忙扶她,道:"你莫要如此,本座受不起。"

　　桃歌却不理会,又叩首道:"这一拜,是替桃姬,谢尊神十余万年的厚爱。"

　　翠仙翁一愣,无奈摇头道:"一切皆是我自作多情,又与她何干?"

　　桃歌又是深深一拜,道:"这一拜,却是桃歌有一事相求。"

　　翠仙翁望着桃歌,却似是透过她在看着另外一个人,柔声道:"莫说一件事,便是一千件一万件,本座也做得。"

　　桃歌道:"这位龙音公子,曾于我有恩,同他一道的那位姑娘,也是因我而受的伤,桃歌望尊神不吝援手,救她一救。"

　　翠仙翁长长叹了口气,道:"你与桃姬真是处处都像,连管闲事也学会了八分。"抬眼瞧了瞧龙音,接着道,"逍遥琴虽是出于伏羲之手,却是桃姬心爱之物,当年本座令逍遥琴流落江湖,却没想到十万年后,竟也得了仙根。今日瞧在桃姬的面子上,你带来的姑娘,本座保她性命便是。"

　　龙音大喜,向翠仙翁深深一揖,道:"多谢前辈!"

　　翠仙翁挪开一步,并不受他的礼数,冷哼一声,便不再理他。龙音心中窃笑,翠仙翁虽脾气古怪,却是个刀子嘴豆腐心的家伙。

　　此时桃歌方缓缓起身,目光终于落在蚩猛身上。蚩猛知道局面无法挽回,已平静下来,虽被紫金捆魔索困住,却仍保持着君王的风度,静静等待桃歌的宣判。

桃歌一步一步行到蚩猛身前，眉若远山黛，唇似朱砂红，一袭白衣绣着缠枝青莲，飘飘摇摇如荒野孤云。她抬头望着他的眼睛，精致的脸庞带了三分伤痛七分无奈，道："蚩猛，我全都想起来了。"

蚩猛眸子中映出她绝色的容颜，心中明明有千言万语，却一句也没能说出来，只略略点了点头。

桃歌叹息道："我只问你，三百年前，你重伤不治，昏死在我桃花庵门前，可是故意为之？"

蚩猛下颚弧线一紧，声音黯哑，答道："是。"

桃歌眼神一暗，又走近一步，纤细手指轻轻搭上捆魔索，踮起脚，几乎是贴在蚩猛耳边，低声道："挟持我。"

蚩猛愕然低头，身上捆魔索已解，桃歌倏地转身，已带着他的左手，掐在了自己的颈间。

蚩猛心思玲珑通透，转瞬便悟出桃歌心意，冷冷地向翠仙翁说道："孤今日来此，便是请前辈救人。如今事已办妥，便先行告退。各位，后会有期。"

龙音怒道："她救了你性命，你却屡次三番算计她，如此行事岂是君王所为？"

翠仙翁却未说话，眼中似有一闪即逝的悲色。

因桃歌在蚩猛手中，众人不敢轻举妄动，只能眼睁睁看着他带桃歌离去。龙音担心桃歌安危，待要追赶，却被翠仙翁拦住，道："紫金捆魔索世间无人能自己解开。"

龙音疑道："前辈的意思是，桃歌她……？"

翠仙翁道："她与桃姬性子太像，外表柔弱，内心刚强，她既下了决心，便再无回头的余地。三百年前的一场因果，便由得她自己去了

断罢。"翠仙翁忽然反应过来自己正心平气和地与龙音说话,立时闭了嘴,拂袖道,"今日算是便宜了你,去将那小姑娘领到我药庐之中,莫再耽误,否则误了她的伤,可得你自己担着。"

蚩猛的人真是来也匆匆去也匆匆,挥挥手不带走一片云彩。

新月如钩,疏影横斜。药庐内药香阵阵,翠仙翁两根白嫩手指搭在慕薇腕间,凑上前去将她瞧了半天,皱眉道:"你三魂七魄中隐隐有丝仙气,莫非你从前是个神仙,还是你家有什么亲戚是神仙?"

慕薇面色苍白,唇边又浮起半真半假的微笑,道:"我自幼便在九黎族中长大,身边尽是妖魔鬼怪,见到最多的神仙便是战场上的天兵,而且差不多都是被我大卸了八块的。"

翠仙翁若有所思地点点头,道:"你这病倒也不难治。本座新近研发了一种草药泡澡的技术,通过药浴打通周身经脉,具体说了你也不懂,你只管泡就是了。此外,还需佐以物理疗法,每日听一遍《桃花庵歌》。"指了指龙音,道,"他不是正好会嘛,你就将就听一听,如此七日之内,包你活蹦乱跳,恢复如初。"

慕薇挣扎着起身行了魔界的大礼,道:"前辈救命之恩,来日必报。"

翠仙翁叹了口气,摆了摆手,道:"恩恩怨怨皆是浮云,你又何必挂怀,不过你与你那哥哥倒很是不同,可见血缘关系真是种不靠谱的东西。人生如路,须在荒凉中走出繁华风景,你的路还长,便好好走吧。"

翠仙翁安排慕薇泡澡的地方,规格极高,便是入谷处养着红莲和胖鱼的那一汪深潭。诗琴画医四人吭哧吭哧忙了半日,往潭中整整倒了八车的珍稀草药,吓得水里的鱼儿以为要被连潭煮成鱼汤,四散奔逃。个别生得极胖的,实在游不动,便抱了破罐子破摔的决心,瑟

缩在红莲之下，探头探脑。

好在预想之中的炭火高温并没有到来，却来了个美貌姑娘。慕薇被翠仙翁用浸了药的绷带裹成粽子，"咕咚"一声丢进潭里，只觉药香沁人，凉意幽幽，顿时精神一爽，便在红莲间露出个脑袋，略略歪了头，冲龙音莞尔一笑，道："如今万事俱备，便只欠你的东风了。"

龙音在潭边竹林里挑了一方圆石坐下，唇边挂着浅笑，心中却颇忧虑。翠仙翁暗中交代，慕薇受《桃花庵歌》所伤，需得《桃花庵歌》方能治愈，泡澡什么的只能勉强续命七日。蛊猛那曲子属于原曲的走样版，掺了他自身三分戾气，更是霸道非常，龙音便须反其道而行之，以琴音中源源生气治愈慕薇身上戾气之伤。

这对龙音的琴技无疑是一番巨大考验，若有分毫差池，慕薇的伤便可能加重，小命不保；并且龙音始终未得《桃花庵歌》真传，更未得悉桃姬这支曲子的真谛，这就令救人的难度系数直线上升。考虑到慕薇作为姑娘家，心理上比较脆弱，翠仙翁便没把这个情况告诉她，免得她心中害怕。

龙音修长手指在琴弦间顿了顿，复又放下。以琴杀人他会，主要是杀不杀得掉也无所谓，如果没杀掉，大不了重新再杀一次。以琴救人他却没做过。想到慕薇的生死安危皆系于他指间，龙音有生以来头一次觉得，自己竟不会抚琴了。

慕薇见琴音久久未起，心中奇怪，拨开层层红莲浮向岸边，将下巴轻轻撑在一方鹅黄卵石上，打趣道："山光水色，翠竹悠悠，如此风雅，龙音上神怎的倒没了抚琴的兴致？"

龙音心中沉重，轻轻一拨文武二弦，强笑道："近日精神有些不济，唔，许是未老先衰了。待我喝点儿酒，壮壮胆什么的。"

　　慕薇何等聪明,微微眯起杏子般的眼睛,沉声道:"龙音,你可是有什么瞒着我?"

　　龙音眼中映出一池似火红莲,沉吟半晌,道:"怎么会!"

　　慕薇见他不愿多说,一咬牙破水而出,使劲挣开一身绷带,湿答答一身红衣,立在龙音面前。她俯身瞧着他,身后有夕阳余晖万丈,身上水珠一滴一滴落在逍遥琴上,映出金色微光。

　　龙音皱眉道:"虽是初夏,但山中犹寒,你如此任性,可别着了凉。"

　　慕薇心思急转,咬了咬嘴唇,道:"我晓得你心中挂念桃歌,魂不守舍,自然不能为我抚琴。"话尾一声叹息,似有千言万语,眼中却已噙了泪,转身便走。

　　龙音无奈,起身扯住她衣袖,道:"别耍小性子了,疗伤要紧。"

　　慕薇生性骄傲,并未回头,只瞧着日落西山,冷冷地说道:"我爱耍小性子,又不懂顾全大局,你自去大乾坤宫救桃歌罢了,又何必管我。"用力一挣,逃也似的奔入竹林深处。

　　龙音颓然抱着琴,愣在原地。仙界传颂他是花花公子中的翘楚,恨不得送他块"妇女之友"的牌匾,他却认为自己火候尚浅。比如面对慕薇,他就完全搞不明白她在想什么。

　　翠仙翁手中提了只酒壶,绕出竹林,笑道:"年轻人怄气可真是有趣。想当年,本座亦是一失足成千古风流人物……唔,不过想当年,本座也没经过什么风月……"

　　龙音叹道:"前辈若知晓《桃花庵歌》救人的要诀,可否指点一二?如今晚辈实在是一头雾水,无从下手。"

　　翠仙翁灌了口酒,随手将白瓷酒壶递与龙音,道:"本座于乐理一窍不通,如何能指点得了你。不过本座曾听桃姬言道,天下乐奏,奏

的无非是人心。人们都说本座医术如何如何,其实都是扯蛋,只是你真心想救一个人,就一定能找到治病的法子。大象无形,大音希声,你若有心,又如何不能作一曲自己的《桃花庵歌》?"

龙音心头一震,这是他第二回听闻"大象无形,大音希声"这八个字。翠仙翁一席话,当真令他茅塞顿开。他与十万年前的桃姬,同领着九重天上掌乐的仙职,桃姬能为伏羲作《桃花庵歌》,自己又为什么不能?

翠仙翁接着说道:"有了门,咱们可以出去看山水长青,而若有了窗,便不用出门,亦可观四时风光。"

竹影婆娑,药香浮动。龙音深深一鞠躬,动容地说道:"多谢前辈指点!"

翠仙翁白眉一挑,道:"我不过是看蛊猛那小子不顺眼罢了。此人狼子野心,又颇有几分本事,的确是三界中不大不小的一桩麻烦。他与桃歌在一处,实不知是否已得了《桃花庵歌》真传。你与他斗琴之期日近,恰好可借此次疗伤之机,好好磨炼一番琴技。本座能帮你的只有这些,剩下的,便看你自己了。"

翠仙翁转身走了几步,仰头望了望幽蓝夜空初升的新月,又道:"慕薇这丫头不错,可她魂魄里缠缠绕绕的仙气,委实有些古怪。待她伤愈之后,你便同她去九黎故址走一遭,也好探探她的身世。"

龙音躬身领命,送走翠仙翁,独自对着碧水寒潭,开始琢磨一些形而上学的东西。艺术这回事,讲究一个"悟"字,悟得好便是艺术家,悟得不好便成为卖艺的,很是现实。

耳畔有雀鸟啾啾,夏虫唧唧,流水淙淙,风声寂寂。龙音缓缓合上双眼,静静聆听花落花开、草木枯荣的声音。

许久，潭中一尾胖到转身都困难的红鲤，费了九牛二虎之力，在红莲叶底翻了个身，带得水中"哗啦啦"一阵轻响。龙音蓦地睁开双眼，眸中似蕴了万点星光，仰天笑道："我明白了，天下乐奏，奏的皆是人心，最美的乐音，便是有情之音。《桃花庵歌》的真谛，并不在曲谱，而在奏之人之心。"

艺术本就是比说话高级一点儿的一种表达方式。画家可以把国之栋梁画成跳梁小丑来针砭时弊，作家更可以指点江山、激扬文字，那么作为一个弹琴的，自然也要想弹就弹，弹得响亮，弹出自己的心声。桃姬谱这支旷世之曲，道尽她与伏羲的爱恨，自是情意切切，即便无声之处，也缠绵非常。

龙音想通了这一点，自觉已参透了龙哲说他缺的一点"灵性"，一不小心迈入了大师的行列，心花大朵大朵怒放，扬手抚出一串叮咚琴声，却远远听见不愁医的声音唤道："龙音哥哥，不好啦，慕薇姐姐失踪啦！"

只见不愁医手中握了一纸素笺，气喘吁吁奔过来，道："我去寻慕薇姐姐讨桂花糖吃，在她房里找到这个。"

龙音展开素笺，慕薇的字与她的人一般浓丽触目，寥寥几笔写道："自生自灭，不劳君忧。救命之恩，来世再报。慕薇绝笔。"

墨迹未干，想必写下没多久。龙音心中叹息，真是个既任性又倔强的姑娘，向不愁医道："你慕薇姐姐有伤在身，我这就得去寻她，恐不及向你师父辞行了。替我转告他老人家，半月之后，碧落泉畔，龙音与蛊猛一战，望他来听一曲《桃花庵歌》。"

不愁医点点头，捏起小拳头，挺起胸脯道："你可不许欺负慕薇姐姐，否则等我长大了，定要、定要为她报仇的！"

龙音伸手拍了拍他的脑袋,笑道:"放心。"便转身腾云而去。

赤豆糊和臭豆腐是慕薇的心肝宝贝,自来形影不离,慕薇若要离开,定不会抛下它们。龙音踩着云飘向翠岳山下与龙泉分别的集镇,检阅动物饲养员龙泉近期业绩的时刻,就要到来。

到了集镇中,却只见原先的医馆旁竟竖起一座高楼,上挂一块造型俗不可耐的牌匾,写着"霸王寨"三个大字。龙音瞧这楼的建筑风格,极像龙泉在昆仑山中用的那只养蛐蛐儿的罐子,一时好奇,便凑过去瞧了一瞧。刚靠近那楼,便听一声断喝:"竟然弄丢了我的宝马和宝狗,你小子皮痒痒了吧?"

几日不见,龙泉的中气越发足了,想必此处伙食不错,他过得惬意。龙音推门而入,果真是龙泉正教训一个小妖,扬起扇子便在龙泉脑门上"吧嗒"敲了一记,含笑道:"你这又是闹得哪一出?臭豆腐和赤豆糊呢?"

龙泉见到龙音,胖嘟嘟的脸上现出欣喜之色,又很快转换成哀婉之色,扭捏支吾半晌,方指着旁边一直打着哆嗦仿佛开启震动模式的小妖,道:"方才,方才臭豆腐与赤豆糊,被他给弄丢了。"

龙音心念一转,便知又比慕薇晚到了一步。那两只神兽,一个比一个难伺候,随时可能引发大规模流血事件,若不是被慕薇带走,真是想丢都很难。

龙音尽量只用主谓宾,不用定状补,并坚决不用形容词,简单地给龙泉描述了在翠岳山中求医的种种遭遇,却还是听得他抓耳挠腮,痛恨龙音没将他带去凑热闹。龙音一口气说完,问道:"你这个大蛐蛐儿罐子,怎么回事?"

龙泉嘿嘿笑道:"我在此处闲来无事,成立了一个以斗蛐蛐儿为主

业的帮派，办公地点便是霸王楼，咱也过一把当老大的瘾。我在这里修路造桥、倒卖盗版话本子，很是赚钱。唔，话说回来，慕薇带着赤豆糊、臭豆腐就这么跑了，天下之大，咱们要去哪里寻她？"

龙音沉吟道："她与蚩猛算是闹翻了，绝不可能再回雀都。咱们便去九黎故址瞧瞧，那里，才是她的故乡。"

九黎故址被一片晶莹雪山包围，是一片酷寒之地，白天令人心旷神怡，晚上却恐怖至极，属于魔界的老少边穷地区。九黎族虽然出了个魔君，但蚩猛好像对故乡没什么感情，并未在此处大兴土木，建设什么重点工程。

九黎一族本就子嗣单薄，千万年来又代代致力于培养霸主，贯彻打架斗殴从娃娃抓起的基本思想，又牺牲了不少无辜的孩子，真是一将功成万骨枯。到了蚩猛这一辈，总算是完成了祖先的心愿，但其实完不完成似乎也没什么差别，雪山上的雪并没有少下一点儿。

天上簌簌飘着雪，龙音与龙泉在九黎故址按下云头，就连睫毛都快要被冻成冰棍了，却只见皑皑白雪覆盖着断壁残垣，一丝生气也无。

竟是一座空城。

龙泉拂开积雪，探了探冰凉的墙基，指尖染上焦土之色，皱眉道："这地方好像烧过冬天里的一把火。"

龙音道："慕薇好水，方才我远远瞧见，南边似乎有片冰湖，咱们且去瞧瞧。"

龙泉鄙视地说道："刚刚在云头里瞧见巨大的一只穷奇躺在那边打瞌睡，慕薇必定便在附近，干吗说那么玄乎？"

龙音淡淡答道："这就是艺术家和卖艺者的区别。"

二人顶着风雪，穿过村庄，绕过一座废弃的钟楼，眼前豁然开朗，

正是一片无边无际的湛蓝冰湖。冰面如镜，闪着莹莹微光。

远处赤豆糊现了真身，四仰八叉地躺在地上打着瞌睡，听见响动，懒洋洋翻了个身，瞧见是饲养员龙泉，约莫习惯性认为开饭时间到了，满脸欢欣鼓舞的神色，"嗷"的一声撒着欢儿扑了过来，露出身后一抹熟悉的红。

飞雪漫天，朔风呼啸。慕薇一袭火红盛装，立在冰湖中央，仿佛千百年来她便站在这里，从未曾离开。身边臭豆腐打了个响鼻，也颠颠儿地奔向龙泉，只留下龙音与慕薇。

慕薇微微仰头，望着片片落雪，语气冷漠地问道："我已是将死之人，你还来寻我做什么？"

龙音向前一步，握住她冰凉的手，柔声道："昨日我未曾抚琴，只因怕自己技艺不精，反倒伤了你。今日，你可愿听我的曲子？"

慕薇咬着唇，眼泪扑簌簌落下，终于哭了出来，哽咽道："哥哥一把火将这儿全烧了，族人死的死，散的散，从此以后，便不再有九黎族了。"

龙音任慕薇将鼻涕眼泪蹭他一身，疑惑地问道："蚩猛为何要如此？"

慕薇缓缓地答道："哥哥他虽承了九黎阖族的愿想，终于君临魔界，但却一直恨着九黎。九黎族的男丁，自出生之日起，便要与母亲分开，好将人人培养得铁石心肠。我与哥哥皆是族中出色的孩子，尤其是哥哥，每日里学习兵法韬略、武功异术，不曾得片刻歇息。那一年，雪下得特别大，哥哥的母亲，便是我的姨母，她因心疼着哥哥，悄悄在他练功的古松下放了一只七宝食盒，盛了满满一碗人参熬的汤。族长知晓此事，极为震怒，令她受了七七四十九道天雷的极刑。姨母临终前，不停唤着哥哥的名字，可族规无情，哥哥连她最后一面也未

曾见到。"

龙音叹息道："没想到，蚩猛竟有如此凄凉的身世。"

慕薇接着道："九黎族的每一个人，为了那个执着了万年的梦，都付出了太多太多，也失去了太多太多。哥哥登基后，便命人一把火烧了九黎故址，遣散了族人，将所有残酷的回忆，都尘封在这冰雪世界里。"

龙音望着慕薇清秀的侧脸，问道："那你呢？你恨这里吗？"

慕薇眸子中映出大雪苍茫、素裹银装，只听她轻轻答道："即便过去再痛苦，再不堪，这里也是我的故乡。有什么高兴或是不高兴的事，我都会回到这里。若是我死了，烦请你将我沉入冰湖，便算是落叶终究归根了。"

龙音见她神情凄楚，心中也很难过，忽然灵机一动，问道："九黎故址四季冰封，可是从未有过花开？"

慕薇点点头，道："我从小就搞不清'花'是暗器还是什么古怪的食物来着。"

龙音笑道："我得了翠仙翁指点，琴技颇有长进，一直也没什么机会表现，今日天时地利人和，我便为你奏一曲《桃花庵歌》，如何？"

阳光透过风雪照在慕薇脸上，更显她肤若凝脂。她望着龙音，笑意终于一分一分到达眼底，轻轻道："慕薇洗耳恭听。"

冰湖辽阔，落雪不休。龙音席地而坐，逍遥琴便搁在膝头。龙泉将赤豆糊变成正常大小，抱在怀中，牵着臭豆腐蹭到慕薇身边，也想听听这引起无数纠纷的一曲，究竟是如何神奇。

琴音缓缓响起，清脆透亮，穿过重重风雪。宫商徵征羽文武，七弦和鸣，时而欢快灵动，时而沉稳有力，仿佛是龙音娓娓道来的一个

故事,故事中有七月仲夏,夏木萋萋,姹紫嫣红开遍。

奇怪的是,从龙音脚下而始,万里冰封的酷寒,竟从最深处开始渐渐融化。

琴音过,万物生。

赤豆糊瞪大了眼睛,瞧着一株石榴树在面前破土而出,拔地而起,渐渐长成一派枝叶繁茂的景象,碧绿枝头缀满红艳艳的果子。他抬起爪子想摘,却怎么也摘不到,哼哼唧唧发起了脾气。

风停雪住,生机自脚下一寸一寸蔓延开来,日光灼灼,照耀在琴音所至的每一个角落,将满目翠色映得楚楚欲滴;远处甚至生长出亭台楼阁,集市宫廷,渐闻人语、犬吠、梆子声声,整个九黎故址,竟活了过来。

慕薇瞪大了眼睛,深深吸了口气,惊喜道:"这是、这是九黎从前的样子。那座牌坊,那座钟楼,那座石桥,都是从前的样子。只是,只是桥头从未开过那样艳的紫鸳花……"

一个中年女子缓缓步上九曲桥头,慕薇咬着唇,拼命想控制情绪,却终于向着远处奔去,哽咽着唤道:"娘亲!"

那女子眉目清晰如昨,向慕薇招了招手,含泪道:"薇儿。"

慕薇从小被训练得冷血无情,即便有情,至少也要装作无情,否则便是死路一条。可她原就是个最简单热情的女子,再多的磨难和苦痛,只是给她戴上一副半是真心半是假意的面具,却掩不住心底最深处的柔软。

自她与蛊猛一道,踩着同伴们的尸体,从黑屋里爬出来的那一日起,便将所有的情绪都隐藏得很好,直到此刻,却终于全部释放了出来,哭得仿佛一头迷路的小兽。

第五章

【羽】

第五章 【羽】

　　女子微微伸出手，颤抖着似是想擦去慕薇脸颊上的泪痕，却又叹息一声，收了回去，轻轻道："薇儿，我从未奢求还能再见你一面，看到你如今的样子，我很快活。此处只是《桃花庵歌》结出的一方幻境，咱们时间无多，娘亲从前有件事瞒着你，直到我大行之前，也未曾有机会说与你听……其实、其实你并不是我九黎族人。"

　　慕薇连哭都忘了，只怔怔望着母亲，将嘴唇咬出一道白印。龙音琴音一滞，引得幻境一阵晃动。

　　紫鸳花随风摇曳，女子接着道："我曾做过一个梦，梦中有位人首蛇身的上神，神色颓唐，抱了只大红锦缎镶了金边的襁褓，放在我身边，却一句话也未留下，便转身远去。十个月之后，便有了你。那个梦境中暮色沉沉，遍地开满血色蔷薇，因此你名字中方有了个'薇'字。我翻阅了诸多典籍，那位上神，当是从前的天地之主伏羲，而你，本应是九重天上的神仙，却不知为何错入了轮回，流落至我九黎。你在九黎族中，受了许多的苦，薇儿，你、你会不会恨娘亲？"

　　这真是上天开的一个毫无幽默感的玩笑。好比将人犯揍一顿，扔到天牢里关了十年八年，令他受尽种种折磨，然后突然宣布"真是不

好意思，当时认错人了"，这叫人家情何以堪。

琴声辽远，如泣如诉。慕薇睁大眼睛，眼泪无声地流了下来，像一条悲伤流淌出的小河。幻境中的九黎故址充满前所未有的生机，不时有小童牵着风筝从身边跑过，言笑晏晏。

许久，慕薇抬起头，道："娘亲，天上地下，薇儿只有您一个娘亲。薇儿是娘亲的孩儿，便是九黎族的孩儿，这里，永远是我的家。"

女子点点头，眼中含泪，静静立在一片盛开的紫鸳花丛中。龙音细看她眉眼，果真无一处与慕薇相像。

慕薇走过去，想要拥住母亲，却忘了这村落，这牌坊，这钟楼，这石桥，这人，不过是《桃花庵歌》织出的一方空虚画卷。她一遍遍地伸手去尝试，可咫尺天涯，连一个拥抱都不行。

《桃花庵歌》一曲终了，寥寥几个尾音缠绵飘过，幻境渐渐消失，归于一片冰封的沉寂。荒城如故，落雪絮絮，寒冷自远方的远方，向脚下延伸，直至冰湖中央。

龙泉终于有能力把嘴闭上，赞叹道："龙音你是快要成佛了吗，简直太了不起了。你是怎么做到的？"龙泉偷偷瞧了瞧慕薇神色，又道，"方才幻境中的一切，可是真的吗？"

慕薇亦将目光投向龙音。龙音晓得她此刻想要什么样的答案，思索再三，却还是点了点头。

有些事情，总要面对。慕薇骨子里是个活得再明白不过的人，宁可清醒着痛苦，也不愿糊涂着快乐。

慕薇漆黑的眸子暗了下去，赤豆糊扑过去，钻到她怀里，咕噜咕噜撒着娇。

龙音走到慕薇身边，顺了顺赤豆糊的毛，不知该如何安慰，只得

没话找话道:"方才听了一曲《桃花庵歌》,你的伤也该好得差不多了。仙、魔二界斗琴之期日近,却不知桃歌与蚩猛离去后有何遭遇。咳咳,我与龙泉要去雀都一遭,你可愿与我们同行?"

慕薇却未回答,声音在细雪中空落落的,喃喃道:"我现下连自己是谁都不晓得了,龙音,我该怎么办呢?"

龙音抬手拈起她发间晶莹的六棱雪花,诚恳地说道:"无论你是谁,你都是我龙音的朋友,你是我见过的最好的姑娘。"

雀都城外。

龙音、龙泉与慕薇三人,你抱着狗,我牵着马,扮作寻常商贾的模样,尽量低调地混在进城的队伍中。

忽然城门口一阵嘈杂,两个官差押着一个又哭又闹的姑娘出了城,龙泉启动雷达模式,伸长了脖子看热闹,只听前头排队的人议论纷纷道:"啧啧,又一个为情所困的,真是天若有情天亦神经病啊。"

另一人道:"可不是吗,魔君蚩猛大婚的喜讯方一公布,医馆的精神科立刻爆满,可见魔君在少女界人气颇高啊。"

又一人总结道:"话说回来,此次大婚,虽是引得无数少女竞折腰,可更大的动静却是魔君大赦天下。魔界所辖三十六城的二百八十座天牢地牢水牢里,关着的那些恐怖分子、江洋大盗,据说全要放出来。呜呼,虽然说大赦天下听起来是件好事,但我却怎么觉得有点儿恐怖……"

先前一人道:"我倒不关心这些,你们晓不晓得,魔君要立的这位新后,究竟是何方神圣?"

龙泉终于听到重点,十分兴奋,恨不得自己全身上下长满耳朵,前方众人却纷纷摇头,一人叹道:"大乾坤宫的保密工作当真滴水不

漏,半点风声也探听不到,真是神秘感十足。加之魔君大婚便在仙、魔两界斗琴盛典的前七日,种种因素综合起来,简直是一段太正点的八卦。"

龙泉收回脖子,向慕薇道:"你说你哥哥大婚,该不会娶的是桃歌姑娘吧?"

慕薇此时扮作小家碧玉的模样,布衣荆钗,鬓边簪了朵小小的燕兰花,别有一番灵气。她歪着头想了想,道:"哥哥登基之时,便将后位留给了桃歌,若他当真大婚,定是迎娶桃姑娘无疑。"抬眼瞧了瞧龙音,又道,"我却没料到,桃姑娘竟会心甘情愿嫁与哥哥?"

龙音听闻桃歌将要嫁人,心中涌起一阵落寞,道:"若是心甘情愿,自是最好。蚩猛此人虽狼子野心,却也不失为一代枭雄,当是配得起桃歌。"

龙泉道:"若桃姑娘不是心甘情愿呢?"

龙音微微蹙眉,道:"她若不愿,没人可以勉强。若蚩猛胆敢耍什么手段,逍遥琴已许久未曾尝过鲜血,正好便让它开一开荤。咱们今夜便夜探大乾坤宫,探探虚实,也好给桃歌送上一份贺礼。"

三人进了城,秉承龙泉"大隐隐于市"的思想,在疼迅坊附近挑了间规模庞大的"贵宾客栈",订了最贵的三间客房,安顿了下来。龙泉带领赤豆糊和臭豆腐甩开腮帮子胡吃海喝了一顿,终于挨到天色将晚,大家换上盗贼专用的夜行装备,准备前往大乾坤宫。

月黑风高,大乾坤宫静静卧在雀都的几何中心,宫阙沉沉,殿宇连绵,琉璃瓦片微微泛出紫色光晕。传说魔界的这座王宫,机关重重,戒备森严,造型又十分诡异、美观,视觉冲击力极强,与龙哲所居的摇光殿并称为建筑界两大奇迹,没有之一。

龙泉趴在云头上瞧了许久，终于忍不住指着其中一座恢宏楼宇向慕薇道："你们魔界盖房子是什么心态，这楼我怎么越看越像个裤衩？你看，裤衩旁边那个小点儿的，像不像个破碗，那边那个，啧啧，是个鞋子吧？感情大乾坤宫从前是开杂货铺起家的吗？"

慕薇白了他一眼，道："裤衩楼便是哥哥的居所，唤作双悦殿，破碗是我从前住过的婉薇殿，那个鞋子是谢雨阁，专门用来招待贵客，若桃歌宿在宫中，定在此处无疑。"

三人在谢雨阁外按下云头，小心翼翼匿了行踪，龙音拨开屋顶一方紫光盈盈的瓦片，只见屋里一灯如豆，仅置了一张青石窄床、一方桃木妆台，完全不是想象中招待贵宾的规格，却与桃花庵中桃歌的闺房一般无二。

妆台上摆了一束刚摘下来的新鲜木犀花，一个白衣姑娘青丝及地，正仔细修剪花枝，因背着光，并看不清她的容貌。可这场景太过熟悉，太有桃歌的范儿了。龙音心中犹自疑虑为何大乾坤宫的安保系统如此废柴，龙泉已毫不犹豫飞身而入，热情地招呼桃歌："小桃子，好久不……见。"

慕薇与龙音无奈，亦随着龙泉进了屋子，听到这一声抑扬顿挫的问候，便知情况有变。龙音抬眼一看，那姑娘眉清目秀，却并不是桃歌，只狡黠一笑，便隐入了妆台之后。

慕薇低声嘱咐道："这屋里有机关，不要轻举妄动。"

可惜轻举妄动本就是龙泉的特长。龙哲曾评价龙泉，若不是命大运气好又皮厚抗击打，早就不知道死在自己手上多少次。

此时龙泉随手一碰那妆台上的木犀花，整个屋子便似活了过来，暗箭、毒砂、飞刀、银针、血滴子从四面八方纷纷射来，并且发射角度

刁钻至极,加之屋里空间狭小,十分难以闪避,三人上蹿下跳,屡屡涉险,但好在都是打架界小有名气的高手,倒还不至于被这些暗器所伤。

龙泉一边用龙尾鞭拍掉几枚毒针,一边向慕薇讨好道:"你看,我又不是故意的,咱们怎么从这儿出去啊?"

慕薇没好气道:"哪儿来的就哪儿出去。"

龙泉还待发问,龙音一伸腿狠狠踢在他屁股上,龙泉"哎哟"一声,缩成一团肉球,一飞冲天,在屋顶上撞出个巨大的窟窿,消失在天际。慕薇与龙音相视一笑,从窟窿里飞身而出,却只见谢雨阁外已黑压压挤满了军队,阵前一张铺着白虎皮的汉白玉王座上,蚩猛正优哉游哉地品着茶。

李代桃僵,瓮中捉鳖,果然是蚩猛惯用的手段。龙音侧目瞧了瞧慕薇,见她神色如常,便拱手向蚩猛道:"在下此来大乾坤宫,并无敌意,只为寻一位故人,送上贺礼。还请阁下告知桃歌姑娘居所。"

蚩猛身边立了一名娘娘腔的近侍,白面蛾眉,长了一副专职溜须拍马的嘴脸,此时愤愤然跳出来,指着龙音鼻子,捏着嗓子道:"岂有此理,岂有此理,魔界新后的名讳,岂容尔等随口呼唤!"又拱手向慕薇道,"长安将军,君上一向待你不薄,你如何能受此等贼人蛊惑……"

话音未落,恰逢被踢飞的龙泉又落了回来,不偏不倚正砸在他身上,上演了一幕精彩的人肉对对碰。结果自然是龙泉完胜,娘娘腔近侍被砸得昏死过去,再也动弹不得。

龙泉拍拍屁股上的脚印,抬头瞧见蚩猛,心中恼他用醉仙樱算计人,令自己大大吃了一亏,祭出龙尾鞭便要上前打架,却被龙音拦住。

　　月色朦胧，暗夜无风。蚩猛揭起细瓷杯盖，略拂了拂翠绿茶汤中飘着的几片茶叶，方眯起眼睛向慕薇道："前次哥哥不小心伤了你，心中一直记挂。不过如今看来，你倒是过得很好。"

　　慕薇一身黑衣劲装，难掩绝代风华，如夜色中一朵幽寂蔷薇。她略点了点头，不动声色道："不劳哥哥挂怀。"

　　龙音心想这兄妹俩都是实力派演员，只不过一个是狠毒却装忠良，一个是单纯偏装世故；一个是为了达到目的而不择手段，一个却是为了保护自己不受伤害。

　　蚩猛放下茶杯，微微倾身，道："薇儿，孤自登基后，后位一直空悬，因此，便将应由魔后所掌的半月兵符，交与你保管。如今，你当将这兵符，还给桃歌了。"

　　魔界自古重武轻文，慕薇原封平安大将军之位，属于军队领袖，一人之下万人之上。她手中除了一支随她征战多年的平安军三万余众，半月兵符还可调遣魔界三十六城中一半的兵马。魔界的规矩，认符不认人，即便是蚩猛亲临，也照打不误。

　　蚩猛此番兴师动众设了这个局，想必便是要逼慕薇交出手中兵符。慕薇冰雪聪明，淡淡道："若新后归位，薇儿自当将半月兵符亲手奉上。"言下之意，便是要亲见桃歌。

　　蚩猛将细瓷茶盏"啪"的一声扣在手边茶案上，眼神倏地凌厉起来，道："这个龙音究竟有什么好，你与桃歌都向着他？你与孤兄妹情分数百年，并肩打下这大好江山，如今你却与他站在一边！"

　　慕薇轻轻叹了口气，道："你永远不会知晓他究竟有什么好。你与他是不一样的人，你永远在索取，而他，却永远在付出。真心只有用真心才能换得。哥哥，你扪心自问，我随你四方征战，你却对我有几

分真心？桃歌几次三番救你，为你险些丢了性命，你又对她有几分真心？"

蛊猛着一袭宝蓝朝服，冠冕上垂下的十二道玉旒在年轻的脸上投下阴影，看不清什么表情，沉默许久，方道："自母亲受刑而去，孤便再没有真心。真心只会让人软弱，野心方能使人强大。孤如今君临天下，要风得风要雨得雨，并不需要什么真心。倒是你，薇儿，"蛊猛抬头，凉薄的唇边扬起让人玩味的笑，"你难道不想知道，自己身世究竟如何吗？"

慕薇全身一震，一字一顿道："你知道？"

蛊猛道："大乾坤宫的情报系统可不是吃素的。许久以前，孤便有所怀疑，早已派出探子暗中查访你的身世，直到最近才终于有了线索。薇儿，将半月兵符交出来，孤便让你知晓所有你想知晓的过去。"

龙泉忍不住插嘴道："别听他的，这人十分不靠谱，宁可相信南天门有鬼，也别信他那张破嘴！"

龙音却斥道："龙泉休要胡说，交不交兵符，由慕姑娘自己决定。"

慕薇抬头瞧了瞧朦胧月色，终是冷冷道："你能查到的线索，我未必查不到。半月兵符本应由魔后所掌，我若不能亲见桃歌姑娘，便决计不会交出。哥哥若肯让我见她，自是最好，如若不肯，今日咱们兄妹便只有兵戎相见。"

话音未落，半空中忽然飘来渺远琴音，冷淡花香，月色在暗夜空中织就一幅薄纱，一个白衣身影便沿着这薄纱缓缓行来，微黛的细眉，琉璃般的眸子，清丽无双。此人正是许久不见的桃歌。她步履所及之处，漆黑夜空中星子一盏盏点亮，直至漫天闪烁粲然星光。

蛊猛站了起来，抬手仿佛想抓住什么，却又缓缓放下，道："你还

是来了。"

桃歌叹息道："你做了这么多，早已算好我会来，我又如何能不来？"

龙泉蹲在旁边一头雾水，感觉像是看了一出布满脑筋急转弯的折子戏，龙音与慕薇却已听出，这二人大婚之事，恐怕另有隐情。

蛊猛道："三日之后，便是你我大婚之期。孤只想告诉你，无论你在与不在，孤的后位，四海八荒之内便只有你一人坐得。"顿了顿，从怀中摸出一方通透润泽的玉牌，哑声道，"孤亲手刻了这面玉牌，上头有你的名讳与生辰。三日之后，你若不来，孤便用三十六乘的凤辇，行天地大礼，以江山为聘，将这块玉牌供上后座。"

桃歌容颜在星光万丈中莹白如玉，凄然道："你我之间的约定，你始终没有给我答案，所以，我一直在等。可你今夜执意向慕姑娘要回半月兵符，我便已知晓你的心意。蛊猛，三百年前我为了救你险些送命，那是我懵懂无知。数日前我救你一遭，是我心存善念，望你能早日醒悟。今日我来此劝你，仍是希望你回头是岸。你执念太深，终会害了自己。"

夜风拂过，蛊猛遥望裤衩楼方向，选择沉默。

桃歌又向龙音道："我这一生，只有懵懂无知的那段时光，过得最是自在快活。龙音，谢谢你！自你我在桃花村相遇，我便给你惹来不少麻烦，你却始终真心待我，你是这世间对我最好的人。"

龙音淡然一笑，道："看到你现在很好，我便放心了。"

龙泉忍不住委屈道："小桃子，你难道将我忘了吗？"

桃歌唇角浮起一丝浅笑，道："你们可晓得，咱们在胭脂山下放那盏天灯时，我许的是个什么愿想？"

龙泉最喜欢玩猜猜看的游戏，虽然从未猜中过，但还是勇于尝试，

兴奋地答道:"那个时候咱们三个极是缺钱,你是不是希望下一场银票雨?"

桃歌望着并肩而立的龙音与慕薇,便如画中摘下的金童玉女,终是摇摇头,黯然道:"算了,过去种种便由它过去,不提也罢。"又向慕薇道,"慕姑娘,那枚半月兵符,烦请你好生保管。"

慕薇郑重点头,桃歌欣然一笑,袍袖轻扬,便熄了满天星光,转身离去。渺远的声音自半空中清晰传来:"蚩猛,你我之约,便只余三日,你是要娶那面玉牌,还是我桃歌,便等你一句话。"

龙泉早已心痒难耐,好奇桃歌与蚩猛究竟有什么了不得的约定,但桃歌已去,又不好意思去问蚩猛,不由急得抓耳挠腮。

蚩猛望着桃歌离去的方向许久,懒懒地向龙音说道:"三日之后,便是孤大喜的日子,天下大赦,更忌杀生。今日瞧在新后的面子上,便由得你们离去,下次若再犯我大乾坤宫,便莫怪孤手下无情。"抬眼望了望慕薇,又道,"你是随他去,还是留下?"

慕薇并不答话,只默默向蚩猛行了九黎族辞别兄长的礼数,便招来祥云,踏上云头。

三人乘云远去,大乾坤宫在夜色中缭绕着谜一般的紫色光晕。

蚩猛长笑三声,冠冕上玉旒轻碰,发出泠泠脆响。夜风将绣着精致龙纹的宝蓝朝服吹得飒飒作响,他高声向苍天喊道:"好,真是好,你们一个个都走了,只留下孤!可孤不会寂寞,孤还有这万里江山!"笑着笑着,竟有些哽咽。

龙泉在云头里远远瞧了一眼,道:"师父说得真对,人活在世上,还是没有野心才比较开心。"

龙音却向慕薇道:"你若是难过,便哭出来,或者揍龙泉一顿,出

出气也好。"

慕薇一笑，道："我还没那么脆弱。不过这三日，咱们恐怕有得忙了。"

龙泉好奇地问道："蚩猛自去追桃歌，桃歌自去拒绝他，咱们却有什么好忙的？"

龙音道："蚩猛行事步步为营，处心积虑，依我看，便是大婚之事，也不过是一箭双雕的手段。"

慕薇赞许地应道："以我对哥哥的了解，他在斗琴盛典前弄出这么大动静，绝不仅仅是为了桃歌。魔界三十六城中关押的囚犯皆是不要命的狂徒，总有五万余众，这些人若集结起来，便是一股恐怖的力量。加之他手中的一块落月兵符，还可调遣魔界一半的兵马……"

龙泉张大了嘴，叹道："蚩猛究竟想做什么？把九重天上的天君老头儿赶下台吗？"

龙音道："只怕他要的还不止于此。"

月落星沉，正是黎明前最黑暗的一段时光。

慕薇怅然望着漆黑天幕，向龙音道："若哥哥此次兵败，可否留他一条性命？"

龙音握住她微凉的手，道："我答应你，若蚩猛败了，龙音定不伤他。"

慕薇嫣然一笑，拨转了云头，却不是朝着客栈的方向。

龙泉嚷嚷道："喂喂，你的巡航系统出故障了吧，走错路不要紧，可切莫耽误了吃饭的时间。"

慕薇笑道："这才是回家的路。"

长安将军作为军事领袖，仇恨值极高，遇刺频率稳居魔界之首，

常常正在睡觉或是喂鱼,就有各种冷兵器从天而降。慕薇认为这大大降低了她的生活质量,因此将军府安保系统三天两头便要更新、升级,现下已基本做到自动化、机械化,令刺客有去无回,甚至连蚊虫什么的都顺带灭了干净。

将军府的另一个特色就是大,建筑面积远超大乾坤宫。最鲜活的事例就是北门的门卫甲给南门的丫鬟乙写了封情书,表达思慕之情,却被残忍拒绝。理由是:两地恋爱伤不起。

将军府门口高高悬着一面赤金菱花宝镜,便是第一道安检手续。入府先得刷脸,镜子不认识的,一律放倒。

慕薇许久未曾回府,此番将脸蛋在宝镜前一晃,那镜子兴奋得险些碎成两半儿,使尽浑身解数唤醒全府上下,黑压压的人群在绘着凤舞九天的影壁前跪倒一片,恭迎大将军归来。

龙泉跟在慕薇身后,穿过重重高轩危宇、水榭楼阁,由衷感叹道:“今天才知道你是个富婆啊,居然在一环内有这么大的房子。你家这么大,干吗还带咱们住客栈?”

慕薇脚下不停,绕过一条长长的九曲回廊,随口道:“在客栈中,我是慕薇。在这里,我是长安将军。你喜欢哪个我?”

龙泉还在认真思索这两者有什么区别,龙音已答道:“慕薇妖媚风流,长安将军英姿飒爽,都是绝代佳人。”

龙泉忍不住竖起大拇指,并且终于想通这就是为什么龙音纵横美女界,自己只能纵横斗蛐蛐儿界的原因。

将军府的厨房,也十分不一般。

龙泉路过一片蔬菜种植基地,发现每棵菜都有八位数编号和专用条形码,贴了“将军府特供”的标签。又路过一片草地,有专业演员表

演二农戏猪的把戏,还有几头奶牛正悠闲地晒日光浴,一块木牌上写着:大草原,乳飘香,长安牛奶美名扬。下蛋的鸡们就更不得了,除了外形五花八门完全看不出来是鸡,还具有直接下出荷包蛋、卤鸡蛋、皮蛋等的特异功能。龙泉凑过去细瞧,一只红毛母鸡脖子一扬,"咕嘟"一声下了一个不知名物体。

龙泉流着口水问:"此乃何物?"

慕薇得意地答道:"慕式蛋挞。"

龙泉瞬间觉得将军府简直正点到爆,充分让他体会到宾至如归的乐趣,要求慕薇将他居所安排在厨房隔壁,让他好好享受一番特权阶级的福分。

翠仙翁听闻桃歌大婚的消息,也领着诗琴画医四人出了翠岳山,暂居在将军府中。龙泉多了四个同伴,一时间呼风唤雨,四处生事,玩得风生水起,很是逍遥自在。

就在龙泉享受人生的时间里,慕薇却忙着调兵遣将,择了个常规性军事演习的名目,将手下大半兵马集结在雀都城外。龙音则选了个僻静的院落,调音弄乐,备战斗琴盛典。大乾坤宫方面,除了一应装饰用度全换成了喜气洋洋的红色,倒是一切如常。

这一日,风清天朗,长空万里无云。龙音寻了处幽静的荷塘,集了荷叶间的晨露,煮水烹茶。阳光隔着树荫,将草色斑驳了一地。小炉中露水将将泛起蟹眼,便只闻百转千回的一声叹息:"酒醒只在花前坐,酒醉还来花下眠。龙音上神好风雅,好兴致。"

龙音抬头,竟是桃歌,不禁笑道:"你怎么来了?"

桃歌拨开几缕青翠柳枝,行到龙音身前,蹲下来用手托着下巴,瞧着他烹茶,神情竟与他们在桃花林中初遇时一般无二,只眉宇间

多了些淡淡的愁绪。

小荷尖尖，池水氤氲。龙音将炉火拨得旺了些，见桃歌不说话，便逗她道："桃姑娘可是有什么不开心的事，不如说出来大家开心开心。"

桃歌莞尔一笑，款款起身，在荷塘边青石上变化出一方绣榻，斜斜靠了，方缓缓道："我自在桃花村化出人身，心中就一直惶惑，不晓得自己自何处来，向何处去。"

红泥小炉中水声汩汩。龙音晓得桃歌此趟前来定有要事，就配合地摆出最佳听众的姿态，洗耳恭听。

桃歌接着道："自经历过结魄幻境，我方才知晓，《桃花庵歌》原是桃姬的一个愿想，寄托着她对伏羲的滔滔爱恨。桃姬耗尽毕生修为写下我，便是望这一曲之力能替她救世破劫，消弭世间争斗，望四海八荒之内再无女子与她一般，受政治婚姻所累。可惜桃歌无能，连自己的劫都逃不过，又如何帮得了旁人。"顿了一顿，苦笑道，"那一日，我将蛊猛带出翠仙翁的有去无回谷，便与他谈了一桩交易。"

龙音心想与蛊猛谈交易就好比和老母猪谈上树一般，真是完全没有必要的一件事。转念一想这个比方不对，慕薇府中好像真养着一批会上树的母猪，据说还能直接生出香肠和火腿。不过话说回来，蛊猛做事毫无下限没有节操，从不讲礼义廉耻道德礼数，只论功名成败，无论桃歌与他谈的是什么，都已经输得彻底。

垂柳依依，在水面划出清浅涟漪。桃歌望着一朵新绽的荷花，道："我与他约定，若他当真有意娶我，便须让位与慕薇，随我归隐山林。"

炉中水沸，龙音指尖化出一团淡蓝水雾，熄了火苗，皱眉道："以蛊猛的野心，他绝不肯在此时让位。"

桃歌叹息道："我心中其实也知道，只是一直自欺欺人罢了。这世间恐怕没有任何一件事物，能比得过'权力'二字在他心中的地位。他自幼孤僻多疑，只有至高无上的权力，方能带给他安全感。如今我担心的是，仙、魔二界斗琴盛典在即，蛊猛他聪明绝顶，已从我当年授他的曲子中，悟出天下乐奏的真谛，本领甚至已出当年桃姬之右。而逍遥琴缺弦一根，始终无法圆满。如若蛊猛利用《桃花庵歌》涂炭三界，桃歌便当真万死难辞其咎……"

龙音用黑瓷茶盏沏了杯碧荷香，递与桃歌手中，道："若论行军布阵之能，慕薇并不在蛊猛之下，加之翠仙翁亦可加以援手，届时当可牵制蛊猛手中重兵。可蛊猛其人，确实棘手，如今我若与他对敌，恐怕只有三成胜算。难道便再没有控制他的法子吗？"

桃歌轻轻抿了口茶，眸中似蕴了烟波浩渺、万水千山，许久方道："解铃还须系铃人，三百年前，是我不通世事，无意间将《桃花庵歌》传与蛊猛，方助他登上魔君之位。如今这一场浩劫，亦须得由我来了结。"

碧柳盈盈，隐了数段寂寞蝉鸣。桃歌眯起弯月似的眼睛，瞧着龙音，道："你有没有听说过一种上古秘术，唤作破魂？"

龙音握着茶盏的手一颤，泼出数滴翠色茶汤，在月白衣袖间缓缓晕开。

破魂，是九重天上比禁止考试作弊还严的一桩秘术，在龙文写的诸多乱七八糟的百科全书里，也仅是寥寥数笔带过。龙音只晓得，这是神仙间一种以命换命的法术，具体怎么换的，却着实失传已久，再难考证。

桃歌用纤纤素手绕起肩头一缕青丝，道："破魂这个法术，其实便

是将施术者的心做成冰魄莲心,换到别人的身上。换了心的人,自是承了这颗心的好恶良知。而神仙没了心,便要投入凡世,永历轮回之苦,且每世皆须历一场无尽灾劫。唔,听起来是不是挺吓人的?"

不待龙音回答,桃歌又道:"我这两日思虑再三,若施了这个法术,倒有两桩好处。我预备将我的心剖开两瓣,一瓣给蛊猛,好唤醒他心底的善念,令他重新做人;一瓣给桃姬,但愿她醒来后能看透'风月'二字,成全翠仙翁一世痴情。"

龙音眼中浮起一丝痛色,劝道:"这术法太过刁钻,且不说你今后在尘世如何受苦,你又如何能保证蛊猛会向善、桃姬能醒来?用如此大的代价,换一个未知的结局,委实太不值得!"

桃歌道:"值不值得,做过了才会知道。今日我来,便是想请你助我施破魂之术,了却这桩心愿。"

龙音望着她犹豫良久,终是摇头道:"对不起,我做不到,我不能眼睁睁看着你死。"

桃歌心中焦急,拽住他半幅绣了九天流云的衣袖,便如当初在灼灼桃林中一般,柔声央道:"龙音……"

近旁一树垂柳后忽地传出几声凌乱脚步,龙音回头去看,却只望见一角火红裙摆。

桃歌柳眉轻蹙,道:"是慕薇。"垂下眼帘,"她怕是误会了吧。"

龙音无奈道:"算了,她就是这样的性子。"

两人靠得极近,仅隔着小小一方茶案的距离,却仿佛遥不可及。

桃歌望着龙音,语声极是平淡:"那一日我在桃花村外起舞,慕薇便守在桃林中,我晓得她跟着我有些时日了,但却始终捉不住我——原是我比她先遇见的你,可终究还是我晚了一步。"

龙音心中一紧，无奈道："桃歌，你是个好姑娘。"

桃歌淡淡一笑，道："许是长成我与桃姬这般容貌的女子，大都情路坎坷。不过醉过方知酒浓，爱过才晓情重，所谓的万箭穿心，习惯就好。其实我与桃姬很像，她受了情伤，便选择长睡不起，而我失了灵慧魄，亦是浑浑噩噩多年，有时候我会觉得，我就是她的一个影子。如今大劫当前，若是桃姬，你猜她会如何？"

龙音想起翠仙翁曾言道，桃歌外表柔弱，内心刚强，心知若她决心已定，便再无挽回的余地，心中痛楚更甚，问道："你若陷入轮回之中，便再无成仙的可能吗？"

荷香绕着水汽，缱绻在鼻端。

桃歌抬手掬起莲瓣间一滴露珠，痴痴瞧着，道："破魂的说明书上倒写的是有，但自古以来破禁施了这法术的神仙，如今都还在轮回中受苦。不过做神仙也并没有什么好留恋的，除了你与龙泉这两个朋友，我便再找不到留下的理由。我同这露珠一般，只是三界中匆匆一个过客，在与不在，并没什么所谓。"她柔白的指尖微动，那滴荷露落入池中不见了行迹。

龙音心中痛楚非常，眉峰紧蹙，声音嘶哑道："再无转圜的余地吗？"

桃歌抬眼望了望天色，道："人是为了被需要而存在，不是吗？明日便是蛊猛所定吉日，事不宜迟，趁着太阳还未落山，咱们这便开始吧。"

不晓得发明这桩秘术的神仙是不是爱好杀戮美学，将想象中本应血淋淋的一幕场景，设计得神秘、瑰丽。

荷塘边落日西垂，半天火烧残云。

桃歌纤手捏出古老、华丽的印伽，周身浮起深深浅浅的青色光

华,雪白衣裙无风自舞。在谁都听不懂的咒语声中,美丽的脸庞渐渐变得透明,三尺寒冰携九天极寒之气自足下盘旋而起,一寸一寸吞噬着仙元。

桃歌想必是痛极了,眉头紧蹙,咬牙唤道:"龙音……"

龙音结了道仙障为桃歌护法,此时抬手欲拽住她的衣袖,却已是不能。寒冰转瞬已没过肩头,仙障中疾风如刃,桃歌望着龙音,喃喃道:"若有来世……"

声音被风声割裂,仿若一声寂寥叹息。寒冰没顶,银色光华忽地大盛,待那光芒渐弱,风也静默,原先桃歌所立之处,浮起两朵如佛泛着的晶莹微光的冰魄莲心,凄美如万丈红尘末日繁华。

那是桃歌被破魂玄冰封存的一颗心。

龙音颤抖着手捧起那两片玲珑剔透的冰魄莲心,想起从前与桃歌相识的种种,那么柔柔弱弱的一个姑娘,却不知如今已投入哪一处的尘世,又受了何种的苦楚,心中悲恸,忽而觉得一丝迷茫。

师父龙哲常教导大家,因果循环,好人终有好报。可如今亲见桃姬与桃歌的遭遇,龙音实在觉得难以接受,天地不仁,如此花一般的好姑娘,却怎的都如此福薄!

暮色寥寥,敛去了天际最后一丝光华,雀都的夜,来得如此突然。龙音将两瓣莲心贴身藏好,只觉一丝凉意幽幽,仿若桃歌微凉的手指轻轻拂过,颓然自语道:"你放心,我定会完成你的心愿。待此间诸事一了,我便去凡世寻你,绝不令你受永世轮回之苦。"

冷月如霜,慕薇拎了壶将军府特供的烈酒,抱了赤豆糊,坐在房顶上看星星。为了不被发现,还特意弄出能见度极低的腾腾紫气,笼住了屋顶。可赤豆糊明显是个不合格的酒友,不胜酒力,很快便醉得

昏死过去，在琉璃瓦片间躺成四脚朝天的摸样，露出雪白的肚皮，与街边小混混一个德行，毫无上古凶兽的风度。

慕薇亦有些微醺，挠了挠它浓密的毛发，见没动静，恼道："没出息的家伙。"

龙音亦拎了酒壶，循着月色，预备借酒消愁，刚好相中了慕薇占着的这一方紫气缭绕的屋顶，方在瓦片上落脚，便隐约瞧见四仰八叉的赤豆糊，和即将四仰八叉的慕薇。

夏夜暑气仍盛，慕薇灌下两口烈酒，正有点儿轻飘飘的唯我独尊的感觉，三两下便踢去了大红绣鞋，对着圆圆的月亮嘿嘿一笑，便抽出腰间一柄软剑，迎风舞了起来。

龙音无辜地站在一团紫气当中，先是被绣鞋袭击，正自疑惑暗器怎么可以做这么大，接着便是剑光如虹，直刺心口。龙音侧身避过，转身握住慕薇手腕，夺过她手中软剑，鼻端却是冲天的酒气，无奈道："小姑奶奶，你到底喝了多少酒？"

慕薇稳住脚步，睁大眼睛凑近细瞧，认出是龙音，立刻开始勇猛的挣扎和反抗，气哼哼地吼道："你是谁，我不认得你，你走，你走！"

龙音无奈，单手扣住慕薇手腕，将她横抱起来，道："别闹了，叫你那些副将们看见，不知道怎么笑话你呢！"

慕薇怒意更甚，奋力挣扎道："你自是愿意笑话我，你们都喜欢桃歌，自然觉得我是个笑话，你还将我送你的结魄珠轻易便许了她……"

龙音黯然道："桃歌施了破魂之术，已然投入凡世轮回中了。"

慕薇一愣，眸子中现出半分清明，咬住嘴唇，喃喃道："你、你骗人。"

龙音叹道："是真的。她将冰魄莲心剖开两瓣，一瓣留给你哥哥，一瓣给了桃姬。"

慕薇愣了一下，将脸埋进龙音胸口，只闻得一股清清冷冷的桃花香，闷声道："方才你们便是在施破魂之术吗？对不起，我、我是不是很任性？"

龙音点点头，道："原来你自己也知道啊。"

慕薇怒道："你、你太欺负人了！"

龙音无奈道："难得欺负你一回。天色不早了，我送你回去歇着吧，明日蚩猛大婚却没了新娘，还不知是个什么结果。但愿这破魂之术，能令他有所改变。"

话毕，龙音便抱着慕薇步下屋顶。将军府值夜的卫兵及丫鬟们瞧见了，一个个装作目不斜视，暗地里却将眼风飞得快要结成蜘蛛网。慕薇羞得恨不得就地挖个洞钻进去，强作镇定道："喂，你等等，赤豆糊还在上面呢！"

龙音淡淡道："它长得那么丑，放屋顶上正好辟邪镇宅。"

用来镇宅的赤豆糊在睡梦中打了个刁钻喷嚏，翻了个身，又继续睡了过去。

翌日，天朗气清，旭日明明。

大乾坤宫自卯时起便礼乐齐鸣，吹吹打打，一派喜气洋洋，极尽铺张浪费、奢华热闹之极。流水席次第铺开，大宴四海宾朋，酒气菜香远远传到城南胭脂山下，竟将山中飞鸟走兽皆引了出来，引起当地居民一阵恐慌。

蚩猛彻夜未眠，早早便换了一袭火红吉服，端坐在赤金七宝王座之上，遥遥望着宫门的方向。他一生未曾穿过如此艳色之服，神色间

颇有些不大习惯。

他在等一个人，虽然他知道，她大抵不会出现，可还是必须要等。总有那么一个人，是生命中不可磨灭的烙印，他亏欠她太多太多，搞不清楚这算不算慕薇常常提起的思慕之情，但清楚的是，再没有旁的人，可以如此轻易便让他心痛。

辰时三刻，巍巍宫门缓缓推开。

蛊猛眸子中忽地现出华彩，却又瞬间黯淡。

来人并不是桃歌，而是龙音。

龙音着一身淡青衣袍，一步一步走进大乾坤宫，护城河在宫门外蜿蜒流向远方，阳光在他身后拉出一道长长的影子。

蛊猛心头忽地掠过一抹凉凉的钝痛，开口道："你来做什么？"

龙音走到鎏金绘彩的丹樨之前，神情落寞，漠然道："你等的人，她不会来了。"

蛊猛一怒而起，冷冷道："你如何知道她不会来？"

龙音并不答话，只从怀中摸出一片晶莹剔透的莲心，呈于掌中。

蛊猛心头又是一痛，眯起眼睛问道："这是什么？"

那莲心靠近蛊猛，竟有一丝异样的躁动。龙音轻轻松手，那玲珑的一片便缓缓飘浮在半空中，带着幽蓝的微光，一点儿一点儿向蛊猛靠近。

蛊猛平日出于安全考虑，从不让什么莫名奇妙的东西近身，此时却仿佛毫无抗拒的能力，只眼睁睁看着那一抹冰凉越来越近，心中痛楚亦越来越盛，嘶哑着声音问道："龙音，你、你对我做了什么？"

龙音仍是立于丹樨之下，卷卷西风将他淡青的袍子吹起一角，银线绣的沉香莲鲜活如生。风过后，大殿中一片沉寂，龙音沉声道："你

可曾听说过上古秘术——破魂？"

话音刚落,那片莲心倏地没入蚩猛左胸上方,蚩猛只觉一片彻骨奇寒,便失去了知觉。

一抹浅碧身影从殿外朱红廊柱后转了出来,是翠仙翁。他将蚩猛上下打量一番,叹道:"若不是瞧在桃歌的分上,此时便当结果了他,日后也省去许多麻烦。"

龙音黯然道:"我亦答应过慕薇,不伤他性命。"

翠仙翁捋了捋两道白眉,哼道:"这小子心思狠毒,倒是颇有女人缘,命大得很。"

蚩猛恍恍惚惚中瞧见了许多模糊的人影,仿佛有逝去的母亲,有妹妹慕薇,却都看不分明。唯一清晰的,便是桃歌苍白的脸。可桃歌却仿佛已落入凡世,在滚滚万丈红尘中,经历着一段段艰辛苦楚。蚩猛拼命想去拉住她,却动弹不得,冰冰凉凉的无力感铺天盖地,他晓得这是绝望。

猛然惊醒,冷汗已将喜服浸透,蚩猛大口大口喘着气,瞧见龙音与翠仙翁,眸中似结出三尺寒冰,咬牙道:"这便是破魂?你们满口仁义道德,竟由得桃歌自毁,投入轮回?"

龙音颓然道:"桃歌晓得你的图谋,怕你越陷越深,不得已方出此下策,盼你能回头是岸。"

蚩猛仰天长笑,道:"回头是岸?尔等如何能知晓孤的心意?孤知道薇儿此刻已将重兵集结在雀都城外,你们以为孤真的拦不住她?今日大婚,你可见我大乾坤宫多增一兵一卒?天下大赦,那五万囚徒如今却在何处?"

不待二人答话,蚩猛挣扎着起身,道:"孤不管她是神仙还是凡人,

都要将她寻回来。"

话毕，便化作一团滚滚黑云，倏忽间便逸出大乾坤宫，挥一挥衣袖，不带走一片白菜，显然是向着凡世而去。

翠仙翁叹道："若是从前的蚩猛，怕不会如此，看来破魂之术果真名不虚传。"

龙音将余下一片莲心交与翠仙翁，道："我须得去寻蚩猛与桃歌，以免凡间又生事端。前辈可先回福山寿海，试试能否唤醒桃姬上神。七日之后，碧落泉畔斗琴盛典，若蒙棹雪而来，龙音自当扫花以待。"

正是杏子黄时，白云依依。龙音将慕薇从点将台上拖走，又将龙泉从厨房的酒缸里打捞出来，很是费了一番工夫，认真部署了行动计划，便待奔桃歌转世的那一处凡世而去。

此前龙泉还扛着酒坛子去寻了九重天上的司命星君，恶狠狠将他灌醉后，偷出了桃歌在凡世的命格簿子。三人凑在灯下翻了翻桃歌每一轮回的故事，纷纷唏嘘不已，感叹司命实在应该拿一个虐心小说家终身成就奖，竟能把个姑娘的一生写得如此跌宕起伏、可怜巴巴，真是邪恶的代表。

譬如桃歌轮回为女官，负责监管食品流通环节的安全问题时，民间喝的奶粉就毒死人，以致龙颜震怒，自然要问责一把手，在秋后问了斩。享年三十八。譬如她转世做了个富家小姐，四处炫富，展示四十八匹骏马拉的黄金马车，以及只比皇帝的皇宫略小一号的房子，还请画师将她在自己府中游泳的情状画了幅画，广为流传。但俗话说财不可露白，这位小姐被歹人盯上，在一个月黑风高夜死于家中泳池。享年二十八。又譬如，好不容易投胎成个普通人，好端端在街

上走路，却被一高帅富的马车气势非凡地碾过，仵作鉴定当场死亡。享年一十八。

这三世加起来都不足百年，便一一历了权劫、财劫和飞来横祸，可见司命着实是个充满想象力，且兢兢业业、恪守职业道德的神仙。

慕薇开了将军府许久没人问津的藏书阁，吹去厚厚的积灰，想从书上找到个破解破魂之术的法子。因空气质量委实太差，三人一边咳嗽一边翻书，终于在一本残缺不全的盗版古书中找到了关于破魂的线索。

这书的作者约莫与发明破魂之术的神仙有些过节，因此言辞间对破魂很是不屑。书上说道，破魂这个法术其实没什么了不起，不过是换换心什么的，效果差强人意，并且因人而异，临床效果并不明显，但副作用却相当明显——因强行违了天意，须将施术的神仙投入轮回，以酬祭天地。

小一辈的神仙不明事理，有些使过破魂之术，便被困在凡间，这种死法属于自己笨死的。因轮回中每一世皆有一场命劫，只需这神仙自己逃过，便可解了破魂之术，重归仙班。但考虑到会笨死的神仙一般资质驽钝，从未有人能逃过命劫，所以这种方式也只是理论上成立。

龙音灰头土脸从书堆里探出脑袋，表示不妨一试。只要蚩猛不太添乱，若桃歌能顺利逃过一世命劫，或许便有重归仙班的希望。

三人即刻腾云去向凡世。

万水千山脚下过，龙泉因幼时常随老龙王敖广至人间行云布雨，对世情了解颇多，一路上给大家普及了《凡间事件应急处理办法》，并且发放了人间的银票若干，充作差旅费，龙音、慕薇都赞他社会经

验丰富。

天上一日，人间数年。龙音掐指算了算时差，又算了算方位，根据司命所写的命格，桃歌此时应正是豆蔻年华，并且正在经历着一场系统性、综合性的情劫。

命格簿子上写着，桃歌这一世投生在一个唤作虞城的地方。虞城以天气变幻莫测著称于世，民间流传的歌谣唱道：在那山的那边海的那边有一群虞城人，他们一会儿穿单衣，他们一会儿穿棉衣。他们开春以来穿越在那赤道与南北极，每天温度升降十度真是够刺激。

桃歌此番倒是生在一个正常的家庭，但恰逢当朝的皇帝不怎么正常，唯一的业余爱好便是打仗，与邻国打来打去好几十年，家家户户的男丁都被征去充军，导致满街只见老弱妇孺，男人瞬间升华为珍稀物种。

这些都是故事背景，故事的核心是，桃歌这一世的爹爹虽已年迈，但仍被征入伍，桃歌担心她爹一去不复返，于是女扮男装替父从军。她倒颇有些军事才能，打仗打得风生水起，威风八面，不但封了将军，并且还有闲暇时间来谈恋爱，竟然看上敌军一名唤作李凉的主帅，最后两人各为其主，战死沙场。

龙音往前翻了翻，桃歌这一世的闺名唤作花玉兰。衣袂飘飘，燕兰摇摇，倒是风雅。

龙泉唏嘘一番，道："这算是司命星君笔下较为体面的一种死法了。"

慕薇道："风月这玩意儿最是令人捉摸不透，需得靠桃姑娘自己想明白，真是好难。"

龙音道："蚩猛先我们一步而行，想必早已到了虞城。他最近脑子有点儿不清楚，咱们需得防范着，莫让他惹出事端。"

说话间，三人已至虞城。正值秋日，城中黄菊盛开，群燕南渡。桃歌所在的军队，便扎营在城外三十里处的入云坡。

入云坡这个名字乍一听起来令人误以为这坡的海拔多么高，并且疑惑为何不叫作入云山或者入云峰什么的。进去才晓得，这里沾染了虞城气候莫测的不良习气，一年四季笼着浓雾，能见度极低，仿佛云雾缭绕，因此得名。

这地方常年伸手不见五指，龙泉感叹有点儿回到南天门的亲切感。但在这里打仗就很麻烦。

两军对战之时，要靠得极近才能看清对方是不是自己人，大眼瞪小眼一番，然后开打，大大降低了打仗的效率。但在这一段时间内，附近村落中纺织业得到了极大的发展。因军队人数众多，认脸容易产生误差，因此大家靠服装差别来辨认是不是自己人，比如两支军队一支胸口绣着野猪，一支屁股上缝着乌龟，倒是比认脸精确许多。别处打一仗或许只要一个时辰，进了入云坡便要两个时辰，是为"盲战"。

还好神仙的眼神总比凡人强得多，三人没在浓雾中迷路。龙泉伸头望了一望，一拍大腿道："难怪桃歌会与敌军将领有一段风月，你们看，这俩大营离得也忒近了，若不是挂了猪头和乌龟的旗子不一样，我倒以为是一家呢！"

龙音举目望去，只见入云坡坡顶一方茂密松林，一条蜿蜒溪水顺坡而下，将山坡劈作两半。松林两边约莫百十米处，便是昭昭敌我双方大营。

慕薇啧啧叹道："这雾起得甚好，果真是眼不见心不烦。"

三人就桃歌究竟在猪大营还是龟大营，以及目前事态已经发展到

哪个阶段,进行了激烈的讨论。因三人各持己见,会议最终没能产生有效结果,倒是茫茫白雾中缓缓现出一个熟悉的身影,手中一抛一抛地颠着只陶罐,哼着不知名的小曲儿,仿佛是要至溪边汲水。

龙泉揉揉眼睛,道:"桃姑娘终于不穿白衣服了,唔,还扮了男装,真是俊俏得很。"

本以为好歹可以有点儿缓冲的时间,好让大家从长计议,却没想到相遇来得如此突然。

秋意楚楚,桃歌未着戎装,只一袭常服,想必是营中无趣,出来散步,顺便弄点儿水喝。往往极度无聊的时候都会发生一些极度有聊的事,果不其然,桃歌尚未至溪边,对面大营也溜达出来一个人,负手而行,茫茫白雾中直奔桃歌而去。

龙音抚额道:"我最近眼神不大行,你们快看那个是不是蛊猛。"

龙泉抬手搭个凉棚,眯起眼睛瞧了半晌,深沉道:"真是冤家路窄,蛊猛那厮果然比咱们先到一步。"

慕薇问道:"咱们该当如何?"

龙音沉吟道:"暂且静观其变。"

因入云坡雾大,桃歌化作了凡人,自是瞧不清周遭情况,蛊猛却将她行踪看得真切,心中一时转过无数念头。自魔界至凡间,好不容易寻到了她,却不知为何有点胆怯,不晓得时下正流行何种搭讪的方法。

须知搭讪这么一桩事,乃是一段男女关系的开头,若搭讪得好自是风月无边,不好的话便可能形象尽毁,被一耳光拍飞并且永无翻身之日。蛊猛在心中思忖许久,制订了十余项行动方案,又安排了数十项候补方案,经过千挑万选,最终只留下了两个选项。一是派手下

袭击桃歌，自己现身英雄救美。二是派手下袭击自己，务求被打伤打残，同当年在桃花村外一般，博取同情。

这两个计划无疑都弱爆了。蚩猛微红着脸，望着白雾后桃歌踏着溪水缓步而行的身影，始终没好意思向手下发出袭击的讯号。

忽然一阵破空之声响起，数十支白羽铁箭自山头松林间疾飞而出，直射桃歌后心。即便在雾中，亦可见箭头上碧芒流转，显是淬了剧毒。

龙泉心中一惊，便要施术破了这箭阵，却被慕薇拦住。龙音低声道："命格簿子上没写她死于兵刀，咱们莫要心急。"

桃歌扎营在这入云坡，因眼睛功能基本用不上，倒是将一双耳朵练得出神入化，听见身后箭矢疾飞之声，就地一滚避开三支，转身挥出手中瓦罐接住三支，纵身仰头唇间咬住一支，身法迅捷无伦，本已避过了这一番箭雨，身子堪堪下落之时，却又是一支铁箭从林间射出。长箭破空其势如虹，无论是速度还是杀伤力都有突破物理极限的潜力。

眼见桃歌便要中箭，白雾中忽然扑出一个身影，将桃歌身子推开三尺，生生用背受了这一箭。

意料之中的，这人便是蚩猛。意料之外的，却是这放冷箭想取桃歌性命的家伙并不是蚩猛所安排。蚩猛原想着人间的毒药再毒，约莫也毒不死神仙，待那箭头上的剧毒入体，方觉不妙。

龙音亦觉察松林中箭矢之威绝非人间所有，即刻派出龙泉前去查探。

桃歌见蚩猛气息奄奄，背心中箭处缓缓渗出黑血，心中焦急，手忙脚乱按住他伤口，却仍强作镇定道："公子救命之恩，不敢言谢。这箭上有毒，在下这便领公子回营，请最好的大夫来看。"

蛊猛只觉背心剧痛，仿佛又回到了三百年前，桃花村外，喃喃道："我欠你的，总是、要还的……"话毕，便不负责任地晕了过去。

好在大营离得不远，桃歌连拖带拽，费了九牛二虎之力，方将蛊猛弄了回去，安顿在自己的营帐中。营中陈设简单、朴素，可见桃歌即便投了胎，审美观还是没什么变化。

随军的大夫是个半吊子，哆嗦着替蛊猛诊了诊脉，瞧了瞧伤势，道："启禀花将军，此毒毒性猛烈，属下挂牌行医多年，从未见过，恐怕是自西域流传而来。"

凡搞不明白的东西，大多是自西域流传而来，比如武功秘籍、厉害毒药、漂亮姑娘等。可见西域真是物产丰盛，成为所有神秘事件中点击率最高的地点。

龙音与慕薇捏个诀隐了行迹，也正查探蛊猛背后的那支白羽铁箭。这种箭本身倒是稀松平常，随便一个打铁的铺子皆可批量生产，只是箭头上的毒药，不似俗物。

慕薇用指尖沾了些许蛊猛背心的黑血，在鼻端微微一晃，神色骤变，用传音之术向龙音道："这是、这是大乾坤宫的归去来！"

龙音面色微变，应道："你识得这毒？"

慕薇怔怔道："此毒并不如何厉害，普通神仙受了，只需调养几日便可，只唯独哥哥受不得。历代魔君登基之日，便需服下含有极北雪上苏的药酒，那雪上苏极是难得，可抵普通神仙修炼千年之功，但万物相生相克，服了雪上苏，便断断碰不得归去来。此药藏在大乾坤宫正殿之上专门放魔界圣物龙栖塔之中，开塔的铜钥由魔界的四大长老共同保管，专为迫不得已之时牵制魔君所备。从前有数位魔君走火入魔之时，便是由四大长老合力，用归去来结果了性命。"

蚩猛中毒已深，伤口流血不止，昏迷中却失了平日里的戾气，一如当年桃花林中懵懂少年。桃歌有条不紊地安排半吊子大夫为蚩猛拔箭，并亲自处理伤口，侍奉汤药，瞧着蚩猛的眼色里，却多了些莫名的情绪。

天边暮云袅袅，余霞一抹。龙泉去松林里做完地毯式搜索归来，除了捡回一包松子儿，毫无线索。龙音拉着慕薇出了营帐，蹙眉问她道："若果真如你所说，方才林中偷袭之人，竟是冲着蚩猛而来？"

龙泉嗑着松子儿，插嘴道："蚩猛可有什么仇家？"问完方觉真是一句废话，蚩猛这数百年来结下的仇家数量，恐怕已经超越了他这个一级甲等文盲对数字的认知范畴。

慕薇微微眯起杏子般的眼睛，道："哥哥的仇家倒是不少，但若论有本事拿到归去来的，却也没有几人。如今哥哥在明处，对方在暗处，倒当真棘手。不过，此人花了如此大的功夫跟着哥哥来到凡间，若不达目的定不会罢休，咱们不如混入桃姑娘营中，加以策应，一来可保护哥哥周全，二来也可暗中助桃姑娘逃过一世情劫。"

龙泉拍手道："好办法！细作这种行业最适合我这种胆大心细、年轻有为的神仙！"

慕薇抬手颠了颠他的双下巴，俏脸上梨涡浅现，笑道："哟，你还知道细作？我看你当仵作比较合适，细作什么的，对你来说难度系数太高了。"

龙泉拌嘴一向是慕薇的手下败将，只得蹲在地上闷头嗑松子儿。龙音与慕薇商议一番，挑选了两项人民群众喜闻乐见的职业——算命先生和江湖神医，龙泉则本色出演算命先生的书童。

三人装扮完毕，大摇大摆地向桃歌的大营递上了名帖。桃歌正托

着腮发愁，担心救了自己的这位帅哥会不会不治身亡，听说有神医前来投奔，还有一个会算命的半仙儿随行，简直是雪中送炭，当即命一名亲信副将将三人迎入帐中。

这副将年纪轻轻，相貌堂堂，一双眸子却暮色沉沉，深不可测。一路将三人引至营中，龙泉不住想和他说话，却皆以失败告终，不禁怀疑他是不是得了什么陌生人群失语症之类的毛病。

慕薇裹着一身大夫专用的麻袍，假模假样给蚩猛诊了脉，喂他服下一颗龙泉从东海带来的辟毒珠。蚩猛面色苍白，呕出一大口黑血，虽仍在昏迷状态，但气色却略见得好了些。

桃歌心道这下是遇到正经的高人了，命哑巴副将看了茶让了座，在帐中焚起了鹅梨香，恭恭敬敬请龙音卜上一卦。按照龙文的话本子中所写，所谓的高人往往不是正常人，行为举止一定要乖张跋扈、神秘莫测方为得体，就好比翠仙翁。

龙音扮的算命先生道骨仙风，一身画满八卦的道袍乍看倒像是丐帮长老。他将了将刚贴上的两撇八字胡，将右手搭在檀木方桌上敲了一敲，方道："贫道有三不算，不算寿数几何，不算前世来生，不算朝中官员。"

桃歌着了军中的便装，将一头青丝高高束起，倒比在天上当神仙时更鲜活俊俏几分。她将两位高人及一位副高人望了一望，皱眉道："在下久在军中，虽领着朝廷俸禄，却也算不得什么朝中官员。"

龙音本来也是没话找话，此刻清了清嗓子，转入正题道："贫道夜观星象，花将军紫微星入宫，近日恐有血光之灾，即便未曾应在你身上，也必会伤及身边亲近之人。"

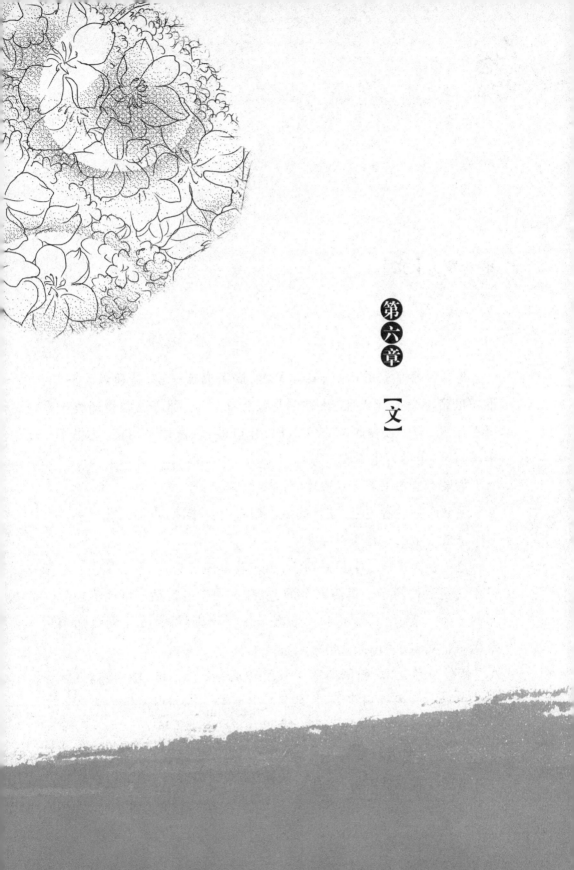

第六章

[文]

第六章 【文】

龙音一番危言耸听后,端起茶盏,润了润嗓子,只待桃歌发问。谁知皇帝不急急死太监,桃歌倒是没什么反应,那哑巴副将却终于沉不住气,一手按住腰间玄铁刀柄,开口道:"妖道休要胡言,花将军福泽深厚,定可万世平安。"

龙泉不禁拍手笑道:"哎哟,原来你会说话呀。"

桃歌面露尴尬之色,低声向哑巴副将道:"李凉,不得无礼!"

原来这哑巴副将叫李凉。

龙音总觉得这名字甚是耳熟,捧着茶盏想了想,心中一惊——李凉不就是命格簿子上写的那个谁,桃歌这一世的情劫。可他不是敌军的主帅来着,怎么竟跑到桃歌帐下做了个副将,莫不是司命那家伙哪一日喝多了酒,将命格簿子写错了?

帐外秋色寥寥,斜阳落落。慕薇见龙音久久不语,便向桃歌道:"我这位道友,最善测字,不若将军便出个字,请他卜上一卦。"

桃歌斟酌一番,用手指沾了些茶水,在檀木桌上写下一个"花"字,向龙音恭敬道:"烦请高人赐教。"

测字这么一桩本事,但凡是个神仙,大略都会一些,更何况龙音

算是个擅于编故事的神仙,且从前常常在昆仑山中给木灵花妖们算算命数,赚点儿零花钱,自然十分拿手。

为了增加可信度和震撼的效果,龙音发挥超群演技,连连摇头叹气,作出一副痛心疾首的表情,却并不说话。副将李凉再次沉不住气道:"我家将军究竟如何?你还不快说!"

龙音抬眼瞧他,心道这人果真与桃歌关系非同一般,不得不防,缓缓道:"'花'虽喜水,却忌水太多,因此花将军需远离水泽,否则恐有灾劫。'花'亦属木,将军身边有一名中有'木'之人,便是你的煞星,须得远远避之,方可破此劫。"

桃歌眸子一亮,道:"高人当真是活神仙,在下此次遇袭,正是在溪水边,方才请二位高人医治的那位公子,便是因救在下而受伤。不过,这名中有'木'之人……"

这一招明显是对李凉的针对性打击,龙音估摸着此人若今世与桃歌再无瓜葛,或许桃歌这一世的命劫便可迎刃而解。桃歌果然望向李凉,但眸子中的疑惑却一闪即逝,道:"本将军麾下,名中有'木'者众,若一一避之,恐怕伤了兄弟们的情谊,此事,便容后再议。"

桃歌一句话便保了李凉,龙音亦不好意思继续胡编乱造,只深深瞧了李凉一眼。李凉倒是再没什么多余的表情,垂眉敛目,按桃歌的吩咐安排两个半高人在营中住下,又恢复了失语症症状。

入云坡白天就已经看不见人,到了晚上更是伸手不见五指,只隐约可见两方大营中明明灭灭的火把。长夜无聊,将士们三五成群在营帐中喝酒吃肉,谈笑阵阵,倒是别有一番自在。

龙泉最是沉不住气,在营帐中上蹿下跳,跃跃欲试,发表煽动性演说道:"咱们做了万儿八千年的神仙,若连几个凡人都搞不定,委

实丢了师父的人。况且如今前有狼后有虎,你看,既不能让那个李凉与桃姑娘接近,又不能让蚩猛得了便宜,背后还有个神秘的家伙想置蚩猛于死地。我虽一向看蚩猛不怎么顺眼,但他毕竟是慕姑娘的哥哥,我老人家慈悲为怀,不得不救他一救。眼下咱们唯有主动出击,探清楚李凉和那名神秘刺客的来历,方不至于功败垂成。"

慕薇倚在一方贵妃锦榻上修指甲,抬眼瞧了瞧龙泉激动的胖脸,笑道:"你竟还会用成语,这倒真是长进了。"

龙音放下手中握着的一卷《琴礼》,无奈道:"没出息的家伙,那刺客白天行刺未遂,必定会趁蚩猛尚未苏醒之时再来补一刀,咱们只需守株待兔即可。你老老实实蹲一边儿去,将松子嗑完,基本上人也该来了。"

话音未落,帐外忽地响起号角,西北方一个粗哑的声音高声道:"快来人,有刺客!"

说刺客,刺客到。龙泉"噌"地蹿出营帐,循声而去,龙音、慕薇紧随其后。三人腾云追了许久,却别说刺客,连个会喘气的活物都没瞧见。龙音突然顿足,急道:"不好,只怕是调虎离山之计!"

慕薇心知不妙,待三人回到营中,桃歌正"哗啦"一声摔了滚烫的茶盏,大发脾气。原先蚩猛所卧的床榻之上被褥凌乱,血迹斑斑,人却已不见了。

李凉率一众军官垂首而立,待桃歌发完脾气,方道:"刺客来得突然,并未伤人,却不知为何独独带走了救您的恩人,末将已派出人手去查。"

龙音眉头一皱,总觉得哪里出了问题。

桃歌怒道:"这位公子于我有救命之恩,我再三吩咐你们好生照看,

你们便是如此办事的吗？"

李凉面无表情，拱手道："是末将无能。"

龙音、龙泉与慕薇退出帐外，慕薇轻声道："你们可曾发觉，那个李凉有些古怪？"

龙音点头道："若我所料没错，方才那声'有刺客'恐怕便是出自他口，他虽刻意压低声音，却还可辨认得出。且他鞋面潮湿，恐怕走了许久的夜路，却不知是去了哪里。"

慕薇眸中精光一闪，道："只怕不知道是谁，若知道了，他便讨不了好去。龙泉，你且去敌方大营一探，打听清楚这个李凉的身份来历。那刺客劫了哥哥，必定难以走远，我与龙音便在入云坡四方查探，日出之时，咱们在坡顶松林会合。"

龙泉曾将三界广大生灵分为四类：可打，待打，已打，不打。这具有非凡的暴力行为学意义。继蛊猛之后，他已自动将那神秘刺客列入待打行列，觉得人生终于有了新的目标，便兴冲冲奔对面大营而去。

龙音与慕薇趁着夜色，踩着云朵在入云坡飘来飘去，企图发现蛛丝马迹。

龙音缓步在前，慕薇低着头飘在后面，轻声叹道："若是有一日我流落凡间，不知可有人如此来寻我。"抬头却突然撞上一方温热胸膛，鼻端缭绕淡淡桃花香。

慕薇脸一红，暗夜无声，四下无人，此情此景，正是演绎出一段可歌可泣的爱情故事的绝佳桥段，龙音果然不负众望地开了口，却全然与风月无关："快看，一个洞！"

慕薇默默咬牙，方才强忍住揍他一顿的冲动，定睛一看，便在山坡一角，发现确是隐着一个洞口。这个洞无论大小尺寸，开口方向，

都十分江湖，完全可以充当一切反面角色的藏身之所。洞外一小堆炭火仍袅袅冒着青烟，龙音慢慢靠近洞口，牛皮软靴踩在一地枯叶上发出簌簌轻响，在寂静夜色中显得格外清晰。

慕薇祭出一颗明珠照了一照，只见洞内血迹斑驳，还混杂着几团油亮亮的赤色兽毛，约莫是有人在此处与某种大型食肉动物展开过一场肉搏，但胜负却看不出来。

龙音撩起月白长袍，弯腰拾起一缕兽毛，映着珠光瞧了瞧，道："这毛成色不错，却不知是从什么东西身上掉下来的。"

慕薇神色复杂，许久方叹息道："莫非，竟是他……？"

龙音疑道："你识得这毛的主人？"

慕薇道："世间能得归去来之人，统共也不足五指之数，这毛发也是极稀罕之物。"她眉心微蹙，又道，"你可记得我慕家的家臣，萧球？"

虽然龙音新近认识的人实在比较多，但疼迅坊的老板萧球，还是顽强地用满身肥肉，在他记忆中写下了浓墨重彩的一笔。

慕薇接着道："萧球的原身本是人间的赤毛猪王，机缘巧合吞了佛祖流落三界的一颗舍利，便得了道，入了魔界。他经营赌坊，既为大乾坤宫敛财，又可得四方消息，是哥哥手下一员悍将。这赤毛红光缭绕，我赌这世上再没旁的猪如他一般营养过剩。"

龙音道："可他看起来对蚩猛忠心耿耿，如何会加害于他？"

慕薇眸色微黯，抬眼瞧着他，道："世事无常，父子、夫妻反目成仇皆是寻常，更何况君臣。萧球手段狠辣，哥哥此时身中剧毒，难免会吃些苦头。不过如今总算有了线索，咱们也好顺藤摸猪。"

天边浅浅一弯残月，龙音、慕薇回到坡顶松林时，天已破晓。龙泉正挂在树枝上一晃一晃打着瞌睡，被慕薇掐住耳朵，嗷嗷叫着醒了

过来。

慕薇大怒道:"派你去打探虚实,你却在这儿睡觉,信不信以后再也吃不到慕氏蛋挞?"

这个威胁刚好戳中软肋,龙泉委屈地捂住耳朵,躲到龙音身后,嬉皮笑脸道:"虚实什么的早就探听完了。报告慕将军,小的有重大发现,可不可以将功补过?"

龙音斜眼瞧他,笑道:"你还有重大发现?莫不是梦里发现的吧?"

龙泉一掐小肥腰,正色道:"可别小瞧了人。方才我去了对面乌龟的大营,你们猜我遇见谁了?"

龙音略一思索,应道:"可是李凉?"

龙泉不禁惊讶莫名,将龙音打量一番,摇头叹息道:"平日里当真看不出来,没想到你这么敬仰我,竟然暗中跟踪……"

龙音用扇子在他脑门上一敲,道:"用膝盖想都知道是他,我早料到此人身份定不简单。说吧,你都发现了什么?"

龙泉接连被施暴,愤愤不平地蹲在一株古松下,一边画圈圈一边道:"李凉竟然是敌军主帅失散已久的独子,并且在流落江湖的时候与桃歌青梅竹马一同长大。巧的是有一天监督敌军战俘洗澡的时候,这小子发现自己胸口上有个跟俘虏们一样的乌龟刺青,便开始怀疑自己身世,辗转认祖归宗,他老爹却命他留在花玉兰麾下,望他当细作能立下奇功,日后若承了主帅之职,也好服众。"

慕薇好奇道:"好好的干吗要监督战俘洗澡?"

龙泉捏起拳头愤愤道:"洗澡不是重点,重点是这个李凉就是司命那本命格簿子里写的,日后的敌军主帅,桃歌这一世的情劫。"

正是破晓前的残夜,凉凉的雾如一幅月白轻纱摇曳不定。龙音以

手扣额，无奈笑道："司命当真是个天才小说家，竟能编出如此狗血的剧情。不过如今情势倒是颇为有利，蛊猛已阴差阳错卷进了这一段风月，他与桃歌前世纠缠数百年，若桃歌能忆起些许过往，选择了蛊猛，想必与李凉的这一段情劫便不攻自破，自然算是动了命格，解了破魂之术的约束。却不知李凉为何要相助萧球劫走蛊猛，这位半路杀出来的猪老板，若是要置蛊猛于死地，此事便当真棘手了。"

龙泉听闻在松林里放冷箭的便是肥胖界的领袖萧球，不禁摩拳擦掌，恨不得立刻与他打上一架，以报当日雀都城中被骗之仇。慕薇却狡黠一笑，眸子中仿佛有漫天星光流转不定，得意道："咱们既然晓得李凉与萧球是一根绳子上的蚂蚱，便不如静观其变，看看他们还能耍出什么把戏。"

龙音饶有兴致地瞧着她，仿佛又看见了桃花村中神秘、刁蛮的红衣姑娘，笑道："龙音、龙泉听从平安将军安排。"

日出冉冉，入云坡十丈白雾渺渺，好似一处人间仙境。这一日是桃歌在凡界的生辰，军营里难得有个借口进行娱乐活动，大家纷纷想把事情搞大，顺便还可以拍将军的马屁。军中将士以及将士亲属无不喜闻乐见，奔走相告，举办起一场声势浩大的寿宴。

虞城长年处于战斗第一线，因此军事领袖在百姓中呼声颇高，将军做寿这么具有娱乐精神和政治敏锐性的事件，自然引起各方高度关注。龙泉清早起来去虞城买肉包子，发觉人头攒动，处处都是扛着土特产奔向入云坡的群众，导致住在长街左边的居民想走到对面买个春卷都不行。

有人的地方就有江湖，人多的地方治安自然成问题。桃歌专门成立了礼品稽查小分队，对进贡的礼品逐一登记，以防有违禁危险品

混入。慕薇远远瞧了一瞧，桃歌手中大红撒金的清单长长地拖到地上，尽写着些火腿、松茸、椰子之类的土特产，却独有一个唤作郦县的小地方别具一格，呈上的竟是一出男性歌舞表演。

龙音在军营里四处打探了一下，才晓得这郦县原是虞城的属地，贫瘠荒凉之地要啥没啥，唯一拿得出手的土特产便是美男。据说此地出产的美男不但样貌俊美，而且才华横溢，四面八方来求女婿的土豪几乎将门槛踏破。如此，便难怪郦县会献上如此特殊的贺礼。

这一日的主宴摆在桃歌的营帐内。

三人一路溜达过来，郦县的马车便停在营帐门前，马估计被牵去吃草了，只余下乌木车身，四面皆悬着墨色织锦，包得很是严实，神秘感十足。

龙泉最爱热闹，先将那马车围观许久，接着兴致勃勃地便要冲进营帐，却被门口小兵拦住，道："阁下是何门何派，有没有门票？"

龙泉一愣，扭头将龙音、慕薇望了一望，心道怎么蹭个饭还要门票，将手缩进袖兜，变化出厚厚一叠四海八荒旅游胜地的门票，准备蒙混过关。谁知那小兵十分敬业，一张张检查了半炷香时间，并没有发现桃歌独家发售的门票，抬头狐疑地将龙泉瞧着，显然是在斟酌要不要将他抓起来。

龙音为免多生事端，上前道："我们刚刚出来上茅房，票丢在里面了，你得让我们进去拿。"

那小兵挠挠头，道："不行，里面人那么多，你们一进去，恐怕我就找不着了。"

慕薇眯起眼睛，咯咯笑道："这法子倒也不错！"拉起龙音、龙泉，头也不回冲进了大帐中乱糟糟的人堆，留下门口小兵目瞪口呆。

只见帐内烛火高燃,桃歌一袭月白素服,静立在人群中,含笑拱手,正与七大姑八大姨们寒暄。灯光酒影中岁月无声,恍惚便似十余万年前,桃姬在百花盛宴中绝世的姿容。李凉在桃歌身后执剑而立,面无表情,目光却从未离开过桃歌半分。

龙音择了桌上鸡腿比较肥硕的一席落了座,为慕薇斟了杯清酒,摇起折扇遮住半张脸,低声道:"听说这寿宴最初是李凉起意策划的,此人背景复杂,心机颇多,如此安排定有深意,你可曾察觉有何不妥?"

慕薇托着腮,一手把玩着田黄玉杯,道:"咱们且看紧了桃姑娘便是,一切小心为妙。"

吉时已到,宾客纷纷入席,桃歌高高坐在上首铺了白虎皮的锦塌之上,默默饮着酒。一番推杯换盏之后,便迎来了当晚的重头戏——入云坡文艺大汇演。龙泉啃着鸡腿,看得津津有味,不时高声叫好,直到被慕薇掐住耳朵,方才发觉郦县那一乘墨色马车,不知何时已停在舞池边。

轻风拂起织锦,乌木窗格内人影只隐约可见,却已流出一股清华风雅之气。慕薇不禁赞道:"没想到人间竟有如此人才,倒真是名不虚传。"

龙泉咬着鸡腿含糊地答道:"比起我龙音师哥如何?"

慕薇莞尔一笑,悄声说道:"旁人看来许是伯仲之间,不过我审美观比较特殊,一向比较偏爱昆仑出品的。"

此时营帐内鼓乐声戛然而止,一名司职报幕的小兵高声道:"郦县县郡为花将军献上一曲《桃花庵歌》,恭祝花将军寿福康宁!"

龙音、慕薇皆是一惊,龙泉咬着的一口鸡腿也忘了吞下肚,讶然道:"《桃花庵歌》?我是不是食物中毒产生幻觉了……"

　　龙音遥遥望了望高台上的桃歌,却是容色悠远,看不出什么情绪。她早已失了做神仙时的记忆,自然不晓得《桃花庵歌》和《十面埋伏》有什么分别,况且她对美男向来不怎么感冒,郦县进贡的这支曲子于她,好比虞城的鸡生的蛋和外地进口的鸡生的蛋,吃起来都是一样的。

　　在此期间,已经有四个小兵将马车挪到了舞池正中,看来这美男甚是大牌,并不准备下车。这着实是不尊重领导却又别开生面的表现,群众不禁放下筷子议论纷纷,却在琴音响起的一瞬间统统安静了下来。

　　天边是一轮圆月,月下有白雾无边。这琴声便似响起在遥远的回忆中,缠缠绵绵倾诉着万丈红尘中的聚散离合,纷纷扰扰绕上每个人心间。

　　确是《桃花庵歌》。因弹的只是凡世中一把普通的琴,缺了些灵韵。饶是如此,也足以令闻者动容。

　　慕薇握紧手中酒盏,额间的芙蓉花钿映着酒色栩栩如生,她喃喃向龙音道:“世间能奏《桃花庵歌》的,无非你我、哥哥与桃姑娘。可哥哥重伤在身……”

　　龙音握住她微凉的手,沉声道:“必定是蚩猛。只是这曲子音律布调极是浮躁,绝不似往日,只怕他已受制于人。”顿了顿,又道,“来者不善,这出戏若是萧球安排的,定藏了极厉害的后着。我只是想不通,他此番冲着蚩猛而来,如今却又为何兴师动众搞这么个把戏。”

　　龙泉将啃了一半的鸡腿插在腰间,默默祭出龙尾鞭,扯过龙音的袍子抹了抹满脸的油星,兴奋道:“管他唱的什么戏,先把他打趴下再说!”

　　琴音未休,营帐中烛光摇曳,虽宾客满堂,却寂然无语,只显出

无边的荒凉。桃歌面色苍白如纸，这琴音熟悉得如同自己身体的一部分，可若细细回想，便觉头痛欲裂，几欲昏厥。

她终于忍不住起身，一步一步走向舞池正中那片沉沉墨色，月白身影瘦削却坚定，仿佛一只扑火的飞蛾，颤抖着抬起手，试图掀开层层织锦的华盖。酒席间龙音、龙泉与慕薇早已蓄势待发，用仙泽将桃歌牢牢护住。

桃歌指尖触及马车，却顿了一顿。都说女人的直觉很准，此时就是个证明。桃歌虽已是凡人，却总有种不祥的预感，这幅墨色织锦后抚琴的人，以及他这支唤作《桃花庵歌》的曲子，与自己有千丝万缕的联系。但很明显的是，这种联系不是什么好的联系，并且很有可能是刺客与目标之间的联系。

但女人同时还有一个特点，就是好奇心强。因此桃歌终于还是下定决心动手，要观看一下车内抚琴之人。不幸的是，这件事情她终归没能做成，只因一只骨节修长的手已轻轻卷起车帘。

这只手在大乾坤宫内，握的是魔界江山，在大乾坤宫外，抚的是魔筝自在。无论哪一样，都很合衬。半明半暗的灯影中，显出修眉朗目的年轻君王，长发如瀑并未如平日一般束起，膝上摆了张黄杨木制的琴。

果真是蚩猛。只是他不但面泛隐隐青气，显是体内剧毒未清，而且脖子上还横了柄吹毛断发的黄金匕首。

桃歌不禁惊呼出声："恩公，你……"

这匕首的造型、做工无一不彰显主人的暴发户身份。慕薇面若寒霜，紧咬着嘴唇并未说话。龙音祭出逍遥琴，向隐在蚩猛身后的萧球道："萧老板好兴致，想听曲子同在下说一声便是，却何苦为难魔君。"

　　营帐内乱作一团，好在大家常年处于战备状态，算是见过些世面，对于刺杀与被刺杀什么的早已做好了心理准备，很快便平静下来，纷纷准备逃跑，却发现唯一的出口已被一队黑甲武士封住。

　　李凉双手执剑，撑在身前，缓缓道："都坐下，一个都不许走。"

　　桃歌讶然回首，道："李凉，你这是做什么？"

　　李凉眸子中闪过一丝愧色，并未回答桃歌，却向萧球道："老神仙，李凉允你之约，皆已办到。你答应我的那件事，"抬眼瞧了瞧桃歌，万年冰山脸上竟红了一红，接着道，"何时方可实现？"

　　萧球"哈哈"一笑，道："年轻人，莫要着急，老夫尚有要事未了。"

　　原来萧球晓得李凉身份，又看出他对桃歌有思慕之心，便说了些半真半假的故事，下了个套，将他骗为己用。比如说你与花将军宿世姻缘，只是若有旁人救了她的性命，她与你便再没什么关系，最简单的处理方法就是将救她的人交给我，云云。须知下套这么一回事，需得半真半假，方让人觉得这套并不是个套，并心甘情愿往里跳。因此李凉奋不顾身跳进了套里，蛊猛在军营离奇失踪，便是他干的好事。

　　慕薇终于忍不住开口了，声音苍凉如天边荒月："萧球，我与哥哥一向待你不薄，咱们数百年征战四方交情齐天，而今你如此处心积虑，盗了归去来，竟要取我哥哥性命，究竟为什么？"

　　萧球脸上惯常挂着的职业性微笑渐渐隐去，道："大小姐，你待下属亲厚，萧某自是不敢多言。可你这位哥哥……"将手中匕首紧了紧，咬牙道，"自他继任魔君，我的妻子儿女便皆被封爵，还在大乾坤宫内赐了府邸。旁人看来确是无尚的荣耀，可你应该明白，他们都只是蛊猛的筹码。若我萧球胆敢有半点儿不忠，我的家人恐怕便将顷刻间死于非命。这几百年来，我每年只能与家人团聚一日，余下的那

许多的日子,你可知我是如何熬过来的?"

慕薇默然许久,道:"我哥哥行事一向如此。他能得到今日的一切,委实牺牲了太多,因此他比任何人都更害怕失去。莫说是你,便是我,又能得他几分真心……"

蛊猛怀中抱着琴,静静坐在马车上,任萧球将匕首横在颈间,眼波静如秋水,毫无波澜,显然是中了摄魂术之类的咒法,被摄住了心智。

桃歌完全搞不清楚状况,只以为是一场兵变,狠狠瞪了李凉一眼,亮出紫金梅花枪,便向萧球攻去。

桃歌的枪法一向颇负盛名,在战场上很是威风八面,可惜她此时毕竟只是个凡人。龙音尚未及出手相救,萧球随手捏个诀,便折了紫金枪头,顺便将桃歌的脖子捏在了手中。

这一切来得太过突然,恐怕大家都需要时间冷静一下,并且满场宾客一半已经吓晕,一半开始装晕,因此营帐内一时寂静无声。

青铜灯盏中灯花"噼啪"一跳,打破了微妙的平衡。龙音不动声色踏上两步,立在马车前,堵住萧球退路,沉声道:"你与蛊猛的恩怨,与此处凡人无关,何必多造杀孽。"

萧球仰天长笑数声,抖着一身肥肉,厉声道:"老夫纵横三界十余万年,难道还能被你们这些小娃娃骗了?这女扮男装的小姑娘,便是《桃花庵歌》下凡历劫的化身,如何称得上是个凡人?蛊猛平日里克己甚严,几乎找不到他什么破绽,此番他终于中了'破魂'之术,被老夫看破端倪。老夫费尽心机,来凡世一遭,原本只为了得到自在筝与《桃花庵歌》,却没想到天地至宝逍遥琴也送上了门!今日一战之后,我萧球便是天地间唯一拥有《桃花庵歌》之人,当世再无敌手,当真

是快哉，快哉！"

龙泉气得差点儿现了真身，脑门上两只龙角忽隐忽现，扬起龙尾鞭，怒道："死胖子，如意算盘倒是打得好，且看你过不过得了小爷这一关！"

萧球满脸的肥肉排列组合出不屑的表情，将匕首一抖，便在蚩猛颈间划出一道淋漓血痕。蚩猛浑若不知，只微微皱了皱眉。萧球得意道："东海龙宫的太子也在，有趣有趣，只是不知你的鞭子快不快得过我这柄匕首。龙哲那厮日日在摇光殿读些道经佛典，怕是已许久未曾执剑，教出来的徒弟，哈哈，看来也不过如此。"

龙音听他言语中已辱及师父龙哲，不禁大怒，袍袖激荡，若不是顾虑人质安全，早就要揍他丫的。情况不妙的是，这两个人质一个是一身本事使不出来，一个压根儿不知道自己有一身本事，营救起来着实吃力。

萧球愈加得意，念了一段奇诡咒文，祭出一件奇形怪状的宝贝，乍看起来倒有些像个夜壶，仔细看看，就是个金光闪闪的夜壶。

慕薇面色一寒，道："你不但盗了归去来，还将这龙栖塔也偷了去？你可知龙栖塔镇着世间千万恶灵，若离开大乾坤宫七日，恶灵失控，魔界必遭天劫！"

萧球正色道："老夫自然知晓。大小姐，你向来待我不薄，老夫并不想为难你。今日老夫只用龙栖塔收了逍遥琴、自在筝与这位桃姑娘，待我得了《桃花庵歌》真传，自当将此塔归还大乾坤宫。老夫虽一生好武善斗，却对功名不甚挂怀，蚩猛去后，魔君之位自然由大小姐承袭……"

慕薇冷冷一笑，孤傲如九天之上夭夭一朵红莲，道："你对功名不

甚挂怀，却又如何以为我便挂怀了？"

此时龙音脑袋全速运转，对比敌我战斗力，已设计了无数套营救方案，却几乎没有一样可以实现。萧球作为一名老江湖，布下的这么一个局，的确称得上天衣无缝。如今蛊猛重伤，桃歌被控，李凉不足为虑，他们三人摄于人质只能按兵不动，萧球又有龙栖塔在手，几乎已立于不败之地。

若要绝处逢生，恐怕便只剩下唯一一个选择。

龙音收了逍遥琴，向慕薇道："萧球所持龙栖塔，可是那件自开天辟地之时便生出的专司震慑四海恶灵的神器？"

慕薇眼波流转，立刻明白龙音所想，扯住他衣袖急道："龙栖塔虽是真，可传说却未必是真。你若为哥哥涉险，我、我不知如何……"

龙音轻轻扶住她瘦削的肩，看着她的目光既温柔又决绝，安慰道："相信我，萧球有备而来，咱们没有别的选择。"

慕薇定定瞧着龙音，这个三界闻名的花花公子，生得一副惊艳众生的好容貌，弹得一手出神入化的好琴，长年出入于种种桃花纷飞的故事之中，却没料到亦有如此果决的一面。

或者，这才是真实的龙音。

龙泉并不知晓他二人嘀嘀咕咕些什么，急得抓耳挠腮。龙音拂袖按住他手中龙尾鞭，拱手向萧球道："萧老板技高一筹，龙音甘拜下风，只求萧老板放过此处无辜众人及慕姑娘，在下与师弟自愿遁入龙栖塔，随萧老板驱驰。"

龙泉还待挣扎，却被龙音一个白眼瞪了回去。

萧球正自得意，早已进入智商波谷，哈哈大笑两声，道："好！好！好！没想到昆仑门下之徒倒果真是有些胆量，你小子倒也算是个情

种。"说毕弃了手中匕首，扬起龙栖塔，催动法诀，塔中瞬时传出一片凄厉绝伦的鬼哭狼嚎之声，一道耀眼紫光过处，龙音、龙泉、蚩猛与桃歌，便皆被摄入了塔中。

天旋地转之中，龙音握住了龙泉挥来的拳头，只听龙泉吱哇乱叫道："你个没良心的，架都没打就认了输，还硬拉着我进了这个破塔，这里面没吃没喝，你叫我如何生活下去！"

龙音无奈道："咱们在昆仑山中厮混的这数万年，你何时见我吃过亏？方才你若动手，萧球定会先取了桃姑娘性命，让她再入轮回，咱们想救她便更是难上加难。"大家下落了一阵，终于脚踏实地，龙音接着道，"这龙栖塔内七窍玲珑，门道多得很，萧球这样没文化的暴发户显然不晓得其中关键，才会贸然让咱们入塔。他是想借龙栖塔之力炼化咱们的仙元，为他所用，却没想到这塔却可能是咱们的生机所在。"

四人落脚之处是一片死气沉沉的荒地，远处有鬼火妖异，涌动着十方恶灵冲天的怨气。

蚩猛一头长发披散开来，衬着玄色衣衫，仿佛静夜里一株幽昙，绽放在微凉月色下。他双手将晕倒的桃歌搂在怀中，抬手细细抚过她微乱的额发，苦笑道："你与孤相识数百年，离得如此地近，却走得如此之远。不是孤忘记了你，便是你再也忆不起孤。如今，咱们都要灰飞烟灭了，终于聚在了一起，可见老天这家伙，着实缺德。不过，这样也好。于你，什么都没有发生，也什么都没有结束。于孤，一切早已发生，一切早已结束。"

龙栖塔内进了生人，嗜血的恶灵早已蠢蠢欲动，只是忌惮几人身上浑厚的仙泽，暂时未敢轻举妄动。可欲望这东西总是越控制越难

以控制，倒不如不去控制，于是几乎一瞬间，塔内风云涌动、天地变色，万千恶灵携着滚滚怒雷铺天盖地而至，要将几人撕成碎片。

龙泉扬鞭欲战，却被龙音拦住，只用一道仙障护在四人周身，道："算了，这些恶灵皆是远古战场上死于非命、难入轮回的可怜人。"举目望了一望，向蚩猛道："龙栖塔已破了你身上的摄魂术，你应当知晓咱们如今的处境。"

蚩猛面色铁青，一动不动，只痴痴瞧着桃歌，道："大乾坤宫的龙栖塔，上可炼神佛，下可化妖魔，孤尚未听闻有人闯出去过。"

龙音道："此塔随天地而生，辗转流入魔界，你可知塔名却由何来？"

蚩猛眉峰微微一动，终于抬起头，道："愿闻其详。"

龙音道："据史书记载，天地鸿蒙之初，四海之上孕出一条蛟龙，便是天下龙祖。当时龙栖塔尚未登上历史的舞台，只被镇在东海之滨，成了龙祖的行宫。此后三界各族战火不断，经历了一场旷日持久的地盘争夺战，而龙族因在海中，避过了战火硝烟，日益兴盛。直到有一日，那些战死沙场的冤魂竟联合起来，形成一支恐怖的力量，所到之处生灵涂炭，万物化作劫灰。只是善恶终有报，便在这些恶灵最最猖獗的时期，竟妄图侵占四海，来到东海之滨，结果自然是被龙祖统统困入了这座七层宝塔。"

龙泉挠头道："我爷爷的爷爷的英雄事迹，你怎的比我还清楚？"

龙音道："这些秘闻师父常常说与咱们听，你考试一向三分天注定七分靠打拼，剩下一百四十分就不知道怎么办了，基本跟萧球处于一个文化水平，自然记不住。"

蚩猛打断道："你说了这么多，重点是……？"

龙音正色道："这龙栖塔共有七层，千万年间炼化了无数妖魔，未

有一人逃脱。可传说里说，龙祖是个慈祥且护短的长辈，当年在塔内留下了一条生路，据说只有龙族传人方可开启，防止他有不争气的后人被这座塔弄死。"

龙泉将胸脯一挺，油然而生一种种族优越感，正待大肆吹嘘自己的本事，却被龙音打断道："问题是这个传说始终只是个传说，至今没有实现过，并且就连传说都没说过，这条生路究竟在哪儿。"仰头望了望已经被恶灵撕咬得裂纹密布的仙障，道，"咱们若要出去，恐怕还需好生折腾一番。"

龙泉刚刚升起的优越感立刻被饥饿感击败，垂头丧气道："这塔里气候恶劣、资源短缺，生存指标几乎为零，咱们吃什么？"

龙音袍角微动，踢过去一颗浑圆地瓜，道："关于吃饭的问题，我倒是有一个好消息一个坏消息，你要先听哪个？"

龙泉捡起地瓜，"咕吱"咬下一大口，含混道："坏的。"

龙音道："坏消息是，这塔里五行皆荒，唯一可以吃的便是地瓜。"

龙泉愁眉苦脸叹了口气，道："好消息呢？"

龙音苦笑道："地瓜有的是。"

此时远处天空忽地蹿起一道荒火，以燎原之势铺展开来，瞬间便烧成一幅巨大火幕。热浪滚滚，火光冲天，却并伤不到塔中的恶灵，反而更助长了戾气。

蚩猛将桃歌搂得更紧了些，向龙音道："这火是魔界的九天妖火，定是萧球已酬祭过天地，正要以龙栖塔炼化咱们。你若真有法子，便带咱们出去，孤自当承你的恩情。孤晓得桃歌她这一世的情劫已破，眼看便可重归仙班，孤不能让她白白死在这里。"

龙音点头道："这妖火需得烧足七七四十九个时辰，方可将威力发

挥到极致,咱们时间不多,这便出发!"

话音未落,漫天火幕忽地从中劈开两半,现出一抹火红身影,额间缀一朵芙蓉花钿。

龙音仰头望着她,唇边却漾起一丝苦笑。

慕薇,她还是来了。捧着她的琴,撕开一丛丛烈焰,踏着略显凌乱却坚定的步伐,来到他身边。

龙泉抬起小胖手,指着慕薇道:"你、你、你在外面好好的,却跑进来做什么?"

慕薇轻轻一笑,艳丽仿若盛夏夜晚一场荼靡花事,道:"我听闻龙栖塔特产的妖火烤地瓜味道鲜美,总不能全都便宜了你们。"

龙泉一愣,将怀里抱着的地瓜紧了紧,露出一脸戒备神色。

蛊猛道:"萧球若知晓你进了塔,定会起疑心,咱们这便去寻出路,否则桃歌如今肉身凡胎,恐怕支撑不了多久。"

只见桃歌苍白脸庞在火光映照下泛出桃色嫣红,额头渗出细密汗珠,将乌云般的黑发浸得透湿。从临床医学角度来看,出现这种情况有两种可能,一种是她快要醒过来了,一种是她再也醒不过来了。如果是后者,那就十分地麻烦,并且导致大家这一路辛苦尽皆白费。

烈焰肆虐,刻不容缓。龙音与慕薇打头,蛊猛抱着桃歌居中,龙泉垫后,一行五人在这上古神塔中兜兜转转,展开了一段轰轰烈烈的逃亡路程。

龙栖塔共分七层,每层皆布有一方五行八卦阵,负责往来传送。若要追根溯源,考虑到塔里为什么找不到半级楼梯,约莫是龙祖他老人家比较注重生活质量,认为从寝室走到浴室还需要爬楼梯不符合他尊贵的身份,便布下了重重专司传送的机关。

几人一面用仙泽护住周身，以防被妖火灼伤，一面还需砍杀源源不断拥过来的恶灵，行路行得十分艰辛。这塔里层层皆是一般模样，荒原莽莽无尽，掩着白骨累累，基本分不清东西南北。九天妖火灼灼，不知不觉中已将众人周身仙力消磨过半。

龙音目光落在慕薇微乱的鬓发上，心中一痛，叹道："你不该来的。万一那传说只是个传说，咱们恐怕都得葬身于此。"

慕薇拨开面前一丛火花，眸子里仿佛含了淡淡月影，咬了咬嘴唇，道："你以为，若是你与哥哥去了，我当真便能坐在魔君的位子上，孤零零看岁月无尽、日升月落吗？"说完，她嘴角浮起半真半假的轻笑，"我在每层的八卦阵口皆做了蔷薇记号，如今咱们应已过了六层，待到了塔顶，若是再寻不着出路，你再伤感不迟。"

穿过重重荒火行了许久，一向号称战斗力无上限的龙泉，挥舞龙尾鞭的动作也已十分吃力，好在终于找到了第七层的入口。八卦阵在火光映照下影影绰绰，龙泉抛起一个地瓜用嘴叼住，恶狠狠啃了一口，正待跃进阵中，忽地一阵邪风袭来，竟将他生生撞出三尺开外。

龙音面色一沉，抬手扶住龙泉，却见一只高大威猛并且口水淋漓的恶灵，从远处一步步行来。

这恶灵着一身破破烂烂的铠甲，却罩了一枚玄铁面具遮住了眉眼，造型诡异，估计正是此处的头头。人的长相大略可分为两种，一种天生丽质，一种天生励志，此头头明显属于后者。

塔里关的皆是上古时期的战士亡魂，一个赛一个的暴力，能当上头头的约莫也是一路靠拳头爬上来的。此时四面八方的小喽啰们横七竖八趴了一地，哆嗦着不敢再上前。在这个以地瓜为唯一食品的

塔内,谁有胆子敢在头头碗里抢肉吃。

恶灵头头站定在漫天火幕之中,口水滴答着将众人打量一番,面具下的眸子里泛出贪婪的绿光,嘶哑着嗓子道:"龙栖塔平静了数万年,竟又燃起九天妖火,啧啧,还是为得几个得道的小神仙,今日本帅真是好口福……只是,先吃哪个好呢?"

目光流转,落在龙泉身上,心满意足地抹了把口水,道:"这个真肥,本帅还真没见过脂肪层这么厚的神仙……"

龙泉最恨人说他胖,若在平日定要掀起一场腥风血雨,此时却苦于被妖火所炙,一身本事所剩无几,只得咬咬牙忍了。

龙音细细观察这恶灵头头的言行,总觉得有些面熟,搜肠刮肚回忆师兄龙文写的《上古战事悬疑篇》,终于眼前一亮,向那恶灵头头拱手道:"龙音不察,阁下竟是当年伏羲大帝麾下鼎鼎大名的肉元帅,失敬! 失敬!"

恶灵头头浑身一震,想必自入了塔中便再未听过"肉元帅"这称呼,不免忆起许多往事,愣了一愣。龙音原本只是猜测,见这恶灵头头如此反应,更证实他的想法。

慕薇悄声道:"此人困在塔中十余万年光阴,早已面目全非,你如何知晓便是当年的肉元帅?"

龙音气力亦有些不支,仍强撑着笑道:"肉元帅骁勇善战,从前曾随伏羲降服八方妖魔,因喜食肥肉,令天下肥硕之人闻风丧胆,在妖魔界掀起一股瘦身热潮。咱们几人中,明显是你与桃姑娘比较可口,他却独独相中了龙泉这一身肥肉。肥成这样,一般人大抵是要拿来炼油的,唯有肉元帅独具慧眼识得这般美味。"语声不高不低,刚刚好让周遭的恶灵们听个清楚。

龙音拍的一顿马屁让众人目瞪口呆。

肉元帅在神仙史上是个不折不扣的反面教材，因为私下将伏羲关在水牢里的一群妖怪做成了赤豆糊，被逐出门下，后死于战场，却没想到元神却是被镇在这龙栖塔中。龙音混迹娱乐圈多年，深深晓得千穿万穿马屁不穿的道理，既然遇到了有名有姓的人物，先说两句好话总不至于吃亏。

肉元帅果真十分受用，被龙音几句话弄得心花怒放，抖了抖早已残破不堪的铠甲，得意地说道："你这小神仙倒是有几分见识，就这么吃了却也可惜。只是这龙栖塔被九天妖火烤了许久，分明是有人要取你们的仙元，一旦仙元被毁，肉身便也化作劫灰，岂不可惜。你既晓得本帅的来历，也无须伤怀，能进得本帅的五脏庙游历一遭，哈哈，也不枉你们为仙一场。"

龙音忽然福至心灵，拱手道："晚辈等不幸被困塔中，与前辈相遇也是一场缘分，不若，咱们来做一笔交易……"

"哦？"肉元帅饶有兴致地瞧着龙音，"你们几个就剩了半条命的小神仙，竟还敢与本帅谈什么交易？"

龙音郑重点头，上前两步，示意肉元帅附耳过来，低声道："我这位师弟，乃是东海龙宫的传人。元帅在此处困了十余万年，难道竟不想出去瞧瞧如今的天下？"

肉元帅面容一凛，眯起一双铜铃般的眼睛，狐疑地将龙泉打量一番，沉默良久，忽然仰天长笑，引起一阵飞沙走石，四方恶灵尽皆匍匐在地。

龙音一动不动，只静静地瞧着他，连淡青袍角都未曾扬起半分。

肉元帅笑够了，敛容厉声道："第七层中九天妖火更盛，你们几个

怕是承受不住,跟在本帅身后便是。"

龙音心知他这便算是答允了,心中一喜,终于长长出了口气。俗话说强龙不压地头蛇,老祖宗真是诚不欺我。此番他们傍上的地头蛇,可谓天下地头蛇中的极品,胜算自是高出不少。

有肉元帅同行,最大的好处便是不用再屠杀永远杀不完的恶灵,大家不免身心愉悦,轻松了许多。待踏入最后一方八卦阵,进入龙栖塔顶层,众人只觉炙热难当,慕薇更是眼前一黑,险些晕了过去,被龙音扶住。

慕薇舔了舔干裂的嘴唇,叹了口气。龙音轻轻握住她的手,紧了一紧。二人在冲天火浪中靠得极近,衣衫飞舞,如两只浴火而生的蝴蝶。

龙音柔声安慰道:"肉元帅熟悉地形,定能找出生路所在。"

慕薇勉力一笑,道:"放心吧,我死不了。你曾说过要带我重去胭脂山下画一幅小像,我这人记性极好,从不允许人欠我什么东西。"

肉元帅久居塔中,不受九天妖火所制,先行去寻出路,五人便在八卦阵边合力结出仙障,借着火烤了几枚地瓜充饥,休养生息。

桃歌静静靠在蛊猛膝头,面色苍白如纸,昏迷中仍是眉头紧锁,想必在承受极大的痛楚。蛊猛一直用仙元护住她心脉,只觉她脉象渐弱,突生一种无力回天之感,痴痴道:"孤这一生,委实欠你的太多。你为了孤甘愿流落人间做个凡人,可孤坐拥天下,竟连救你一次的本事也无,孤真是没用。可叹天地之大,却恐怕再也容不下你我的故事。"

龙音神色亦是一黯,俯身探了探桃歌的脉搏,凝重道:"桃姑娘命格已破,正在归位,元神最是脆弱,断断受不得这火烤,再如此下去,

恐怕要灰飞烟灭了。"

慕薇急道:"咱们巧遇肉元帅,眼看便可破塔而出,若桃姑娘此时……岂不太可惜?龙音,难道当真没有别的法子。"

龙音眸子中映出燃了满天满地的火焰,咬牙道:"如今只能合你我四人之力,勉力护住桃姑娘仙元,只是咱们法力亦所剩有限,如此一来,更当凶险非常。"他目光自慕薇、龙泉、蛊猛的脸上一一掠过,接着道,"若稍有闪失,便都得化作劫灰,永世不得超生。"

蛊猛猛然抬头,眼中含着彻骨的痛,道:"若是她去了,孤即便活着,也与行尸走肉无异。只是,不知你们可愿助孤……?"

慕薇缓缓来到蛊猛身边,盘膝坐下,十指纤纤结出如月夜青花般的法印,叹息道:"终归你是我哥哥。可此番我却是为桃姑娘,你并不用承我的情。"

龙泉挠了挠头,挺起胸脯高声道:"小桃子平日里与我甚是投缘,我自是要救她!"

蛊猛终于抬眼瞧着龙音,清俊的眉宇间情绪莫测。

这二人一是昆仑山中翩翩佳公子,一张逍遥琴浪迹三界;一是大乾坤宫登基新魔君,一把自在筝征战八方。一场天界与魔界的地盘之争将他们推向风口浪尖,《桃花庵歌》何去何从令二人势同水火。如今,逍遥琴与自在筝皆被困入塔内,生死边缘,过往的一切恩恩怨怨仿佛都如潮水退去,只留下心底最初的光辉与善良。

如果没有这一切,或许他们会成为把酒言欢的至交好友。

可惜如果往往只是如果,对龙泉来说还不如一个火龙果,委实是种十分没用的果。

龙音并不言语,只撩起淡青长袍,在慕薇身边坐下,捏出法印将

仅余的仙泽凝在指尖,道声:"开始吧。"

蛮猛微垂了眼睫,点点头,四人各据一角在桃歌身边围出一方小小天地,四道莹莹如月的仙泽汇聚成一股,涓涓流入桃歌印堂。一时之间,天是那么静,地也是那么静,九天妖火灼灼无声,只听见几人心跳的声音。

桃歌苍白脸庞很快便晕出些许血色,四人相视一笑,全力施为,只求拖得一刻是一刻,定要将桃歌活着带出龙栖塔。

不知过了多久,便是龙泉搁在火上烤的那数枚地瓜,仿佛也经历了几世的枯荣。肉元帅高大的身影终于在火幕中出现,龙音远远望着那枚残破的玄铁面具,不禁觉得分外顺眼。由此可见人的审美观也是随着心情的变化而变化的。

四人收了法诀,节奏统一地将目光锁定在肉元帅身上,却见他面具下露出的半张脸殊无喜色,不禁心头一沉。

龙音正待开口,肉元帅却一抬手将慕薇拦腰掳了过去,阴森地说道:"这塔里周遭我再熟悉不过,掘地三尺亦没什么生路可寻。怪只怪你们几个命不好,莫怪本帅手下无情。"

几人心头一窒,莫非龙祖的传说终归只是个传说,龙栖塔便是他们应劫之地?

慕薇为救桃歌耗尽了功力,已是强弩之末,如今落在肉元帅手中,连抵死挣扎亦是无力。

龙音、龙泉与蛮猛皆是目眦欲裂,却亦无计可施。慕薇此时却出奇地平静,只定定望着龙音,双眸中映出脉脉水色,仿若含了千千万万年的执着,淡如春色的唇微微一动。

龙音隔着九天妖火荼靡烈焰,拼命想读出她最后的一句话,却终

是不能。

一直晓得她对他来说如此不同，直到将要失去的一刻，龙音方才明白，这个倔强而又敏感的姑娘，已将一朵蔷薇深深镌刻入他的血脉。若说桃歌施"破魂"之术离去之时，他经历的痛楚撕心裂肺，此时却已痛到没心没肺。

若是慕薇不在了，四海八荒五行三界，于他，又有何意义？

龙音拼尽全力，也只能迈出浅浅的一步，遥遥向慕薇伸出右手，苍白指尖微微颤抖，仿佛想抓住些什么。

烈火将他绣着并蒂莲的淡青袍袖灼出墨色斑点，他和她之间的距离却只拉近了一点点。可只是这仅有的一点，也能支撑他用全部的生命继续向前，只要离那抹艳丽的红再近些，哪怕分分寸寸都是好的。他一生从未如此狼狈，且作为一个艺术家，却为了一个姑娘如此狼狈，委实有些失了体面。不过这些已并不重要，重要的只是那个姑娘。

肉元帅已露出獠牙，眼看便要将慕薇囫囵吞了，龙栖塔却微微一震，连带着满天火幕暗了一下。肉元帅手上一顿，却只见一条银色巨龙冲天而起，所过之处挟风裹雨，扬起泱泱水幕，漫天火焰触之即灭，只余下青烟袅袅。

此时九天妖火已将将燃足二十四个时辰，如何肯轻易退缩，火苗挣扎着向四处延伸，竟似要借势重燃。但那银龙翻翻滚滚，在青烟中时隐时现，忽地一声怒啸，竟在塔中孕出一场狂风暴雨，电闪雷鸣间九天妖火无所遁形，片刻之间，塔内只余一片茫茫水泽。

塔身又是轰隆一震，银龙化作一道白光落地，一身小肥肉颤颤巍巍，竟是龙泉现出了真身。

龙音又惊又喜,半晌方道:"你胖成这样,化作龙倒是瞧不出来。"

龙泉得意道:"早知道我化出原身如此威猛,咱们便也不用受这许多鸟罪。看来这塔里配有自动识别系统,应该和将军府门口那面镜子是一个原理,只是恐怕年久失修,我若化作人身它便认不出我了。方才我见慕薇受制,情急之中现了真身,瞬间便不受任何限制,还将九天妖火灭了干净,哈哈,我爷爷的爷爷真是太英明神武!"

话音未落,塔身又是一番巨震,肉元帅忽地放了慕薇,仰天长笑,高声道:"当真是天不绝我,天不绝我!龙栖塔锁了本帅十余万年,终是让我等到真龙入塔,如今肉元帅又将重见人世,快哉!快哉!"

龙音将慕薇紧紧搂进怀中,修长指尖微颤,轻轻划过她额间芙蓉花钿,哑声道:"幸好,幸好你没事。"

慕薇轻合了眼睑,嗔道:"你欠我的尚未还清,我若有事,岂不是便宜了你。"

几人死里逃生,皆是欣喜非常。蚩猛常年不变的冰山脸上亦露出微笑,只是那笑却在一瞬间僵在脸上,墨色眸子中流露出难以置信的神色。他小心翼翼地低头去看桃歌,终于对上一双清澈如水的眼睛。

桃花坞里桃花庵,桃花庵里桃花仙。桃花仙人种桃树,又摘桃花换酒钱。

零零星星的火光将绝色容颜映成秋海棠一样的淡金色。

桃歌醒了。

第七章

【武】

第七章 【武】

幸福来得如此突然，蛊猛不禁揉了揉眼睛，尚嫌不够，索性闭上一会儿复又睁开。桃歌"扑哧"一笑，道："你可是被火烤坏了脑袋，竟认不出我了？"

蛊猛面上微微一红，却仍是强作镇定道："你醒过来了？唔，这倒真是好得很。"

龙泉兴奋地冲过来，扯住桃歌月白衣袖，道："小桃子，你又变回神仙了？你可还认得我？"

桃歌笑道："你方才威风八面的情状我全都瞧见啦，只可惜我动弹不得，否则定要抚琴一曲为你助威！"她目光流转，落在龙音与慕薇身上，向众人盈盈一笑，道，"我自进塔后便慢慢恢复了神识，方才诸位用仙泽护住我心脉，恰好催动我元神归位，终于醒了过来。大恩不言谢，桃歌铭感五内。"

塔身突然剧烈一震，并且伴随余震无数。龙栖塔内四方恶灵常年生活在此，从未遇到如此迅猛而又恶劣的天气变化，并且还伴随着一场轰轰烈烈的地震，纷纷四处逃窜，卷起怨气冲霄。

肉元帅举目四望，若有所思道："龙栖塔果真是个有气节的宝物，

此番有人将要破塔而出，塔身便已开始自毁，届时困在塔中的万千恶灵便也难逃一劫。唔，不消一炷香的时辰，咱们便可出得塔去了。"

慕薇叹息道："此处的恶灵皆被禁锢了十余万年，难入轮回，如今便要随塔而葬，当真可怜。不知咱们可有法子救他们。"

桃歌轻笑道："普天之下，便只咱们几人救得。"

龙音已祭出逍遥琴，寥寥一抚琴弦，道："《桃花庵歌》可涤净怨气，助此处怨灵超度。只是我法力未恢复，恐怕力有未逮。"

蚩猛自桃歌醒来后一直面红耳赤，处于亚健康状态，此时终于复原，道："孤此生只会杀人，却从未救过人。今日便破例一次，助你一臂之力。"

龙泉拍拍屁股，变出三只小板凳，捡了数枚烤得刚好的地瓜分给慕薇与桃歌，三人排排坐下，静等这足以灭世亦足以救世的神妙一曲。

蚩猛因自在筝被萧球所控，只得与龙音共抚一把逍遥琴。

塔内旷野无边，蒙着一层朦胧雨雾，远处天边尚有零星火焰，仿若夏末最后的几簇扶桑花。二人皆是绝世风流的容貌，墨色衣衫与淡青袍袖鼓起了风，分分合合间四只骨节分明的手掌在琴弦间辗转跳跃，奏出华美无匹的音符。

《桃花庵歌》奏起，宛如三十三天落了一场花雨，天香满路，缓缓织出一道金色光幕，静谧温润如西天佛光，塔内惊慌失措的恶灵一旦触及这光芒，便被涤净了怨气，化为朵朵七瓣白莲，投入六道轮回。一时之间，原本死气沉沉的旷野之中生出朵朵白莲，远远铺向天边。

龙泉捧着地瓜，一边赏花，一边由衷叹道："从前天上有百花盛会，

可惜自桃姬去后，便再无盛大的花事，少了无数的热闹，却没想到在我家老祖宗留下的塔里，还能免费欣赏这样一场白莲花展。"

龙音与蛊猛相视一笑，目光中皆是赞许之意。由此可见文人相轻这句话说得并不全对，或者具体到艺术家的范畴，龙音和蛊猛彼此对对方的琴艺还是比较肯定的。不过二人立场不同，即便再惺惺相惜，也不可能成为朋友，这就如同龙泉永远不可能减肥成功一般，属于命运的安排。

龙栖塔震动越加频繁，终于在乐声袅袅中分崩离析。好在塔中恶灵已超度得差不多，剩下一些运气不好的也没办法再抢救。五人与肉元帅一同破塔而出，却发觉还是熟悉的场景，还是熟悉的味道——枫树渐红，碧水萦回，竟是久违的大乾坤宫。

萧球手中执了把蒲扇，想必便是方才用来扇风点火的设备，此时他目瞪口呆地望着众人，满脸肥肉颤抖不已，道："不可能，这不可能！龙栖塔是上古神物，怎么会，怎么会……"

龙泉抛了抛手中地瓜，得意道："借你一个脑袋你也想不到，龙栖塔是我爷爷的爷爷的地盘，如何会为难于我。"正待捋起袖子收拾萧球，却忘了身边还有一个狂热的肥肉爱好者。

肉元帅久未见阳光，更是很久未吃肥肉，此时见了圆滚滚的萧球，便瞬间开启觅食状态，庞大的身躯闪电般表演了一段精彩的饿虎扑食，张口就咬在萧球的肚皮上。

桃歌与慕薇都闭上眼睛不忍直视，毕竟这种进餐方式口味略重了些——可谁知煮熟的胖子也会飞，萧球还没来得及还手，便只见一道青光闪过，将二人分到两边——来人竟是翠仙翁。

翠仙翁仍是小童的身量，手中提了柄竹叶剑，横在肉元帅颈间，

却是厉声对萧球道："本座寻了你许久，没想到你却是在此。你从前在桃姬座下，便觊觎她的无边法力，没想到这么多年还不能悔改，又做下种种恶行。"

萧球竟似十分惧怕翠仙翁，哆嗦着缩成一团，一双小眼睛盯着他手中的竹叶剑，尽是怨毒神色。

翠仙翁向龙音等人微微颔首，算是打过了招呼，目光在桃歌身上流连许久，方叹息道："本座在福山寿海等着桃姬醒来，却远远瞧见此处火光滔天，竟燃的是九天妖火。我掐指一算，方晓得你们有难，且是被这只孽畜所害！他在下凡前本是桃姬心爱的一头宠物，我在百花宫打杂时见他野性难驯，曾教训过他几次。桃姬去后，他流落凡间成了一霸，后又因机缘巧合吞了佛祖的一颗舍利，方得了正果入了魔界，投入大乾坤宫。"

龙音扯了扯慕薇的袖子，悄声笑道："桃姬娘娘养宠物的风格倒是与你有异曲同工之妙。"龙泉却受限于贫瘠的想象力，实在难以将萧球和宠物两个字联系起来，不禁十分苦恼。

桃歌向翠仙翁盈盈一拜，道："从前晚辈多有得罪，还请前辈莫要怪罪。萧球虽作恶多端，但好歹没酿出什么祸端，且他从前又是桃姬心爱之物，不如今日便放他一马。"

翠仙翁白眉微蹙，道："你施破魂之术分了一半的莲心给桃姬，当算得上于本座有恩，如何可说'得罪'二字。本座此番赶来，便是为的收服这畜生。他本是桃姬所有，如何处置只有等她醒来再做决断。今后本座便令他在福山寿海中守护桃姬仙体，永生不得离开半步。"

话毕，抛出一团青光闪闪的法诀，萧球肥硕的身子在青芒中挣扎一番，竟化作了一只粉嫩圆润的赤毛小胖猪，犹自愤怒地龇了龇牙，

想护住身下的自在筝,但除了"可爱"再没有别的词汇可以形容。

龙泉目瞪口呆地绕着小胖猪转了三圈,啧啧叹道:"这胖子原来生得这副模样,难怪能在百花宫搅得风生水起。"

翠仙翁将挣扎的小胖猪收入袖中,又将自在筝抛给了蚩猛,顺势撤了竹叶剑,向肉元帅道:"你从前犯下滔天大错,被伏羲逐出门下,可在这塔中的十余万年,便也算是赎了罪过。这位龙音上神,是如今伏羲一脉的传人,从此以后你便跟随在他身边服侍,终有修成正果的一日。"

肉元帅吞了口口水,心中颇有些不甘,却又慑于翠仙翁声威,只得老老实实向龙音行了归服的礼数,垂首而立,不再言语。

一切处置停当,大家纷纷赞叹姜还是老的辣,神仙还是老的强。翠仙翁颇有深意地瞧了瞧蚩猛,向龙音道:"三日之后便是斗琴盛典,碧落泉畔近些日子着实热闹得很,还好本座有先见之明,提前月余便预订了客栈。唔,只是现下咱们队伍庞大了些,约莫得挤上一挤。如今桃歌已回归仙班,大家也算了却了心愿,不若一同去碧落泉畔好生休整一番,本座等着瞧自在筝与逍遥琴一决高下。"

龙音晓得翠仙翁这是怕蚩猛再玩出什么花样,表面上看起来是邀他同行,透过现象看本质,实际是伴随型看守,算是个比较阴险的套儿。并且人家好歹是一国之君,如此简行,毕竟于理不符,容易令人联想到经济萧条、国库空虚之类的社会新闻。

蚩猛却好似毫不在意,摆出要美人不要江山的风流态度,冷峻脸庞难得露出浅笑。他握住桃歌的手,道:"与美人同游,孤幸甚至哉。"

龙音心中隐隐担忧,方才在龙栖塔中,时刻面临生死抉择,蚩猛不得不同众人生死与共。可如今危机已除,以蚩猛的性子,若要他轻

易放弃称霸三界的功业,就好比强迫鸭子生出枚鸡蛋,是绝无可能,何况这鸭子还是公的。可他此时淡然如斯,若不是脑袋被门夹了,便是心中另藏了厉害的谋划。

大乾坤宫绕着团团紫气,巍巍殿宇蛰伏在晨曦之中,仿若一场静默的海市蜃楼。一行人各怀心事,沿着青石铺就的阶梯缓步踏出宫门,腾云向碧落泉而去。

碧落泉寂寞了一万年的岁月,如今却是热闹得有点儿过分,大大小小的酒庄客栈都挂起了客满的牌子,很多来得晚的倒霉蛋只能睡在树上,好在此处绿化覆盖率一向较高,树还是比较多的。

此番斗琴盛典不同往日,双方都换了选手,终于多了些悬念,因此大家不免热情高涨,逐渐形成了"挺龙派"和"挺猛派"两大派系。碧落泉畔随处可见各种规格赛制的赌局,仙、魔两界各方人士首次如此齐心协力投入一场角逐,着实蔚为壮观。

龙泉来到碧落泉做的头一桩大事,便是找了个赌坊,从身上翻出各色宝贝,一股脑押在了赌龙音胜的一边,并且恶狠狠地蹦起来,扯住龙音领口威胁道:"几位师兄也托我下了注,大师兄说了,你若敢叫大伙儿赔本,今后便不用再回昆仑了。"

威胁完毕,又卸了束发的锦带,从头发里捡出一枚光芒流转的碧玉,拍在赌桌上。开赌局的八字胡老板闯荡江湖多年,是个识货之人,哆嗦道:"这碧玉非是凡品,公子你……"

龙泉瞪眼道:"我当然晓得这东西值钱!"

龙音苦笑道:"师父他老人家出手果真大方,连引魂玉都交给你了。"

桃歌偷眼去瞧蛊猛,却见他毫无不悦之色,只淡然一笑,向龙音拱手道:"龙音上神琴艺超然,孤仰慕久矣。孤从未将胜败之事放在

心上,只求能与上神切磋琴技,便余愿足矣。"

一番话说得如此谦卑,并且频繁使用书面用语,便是脸皮厚如龙泉,也有些不好意思。桃歌心中暗暗欣喜,觉得蛊猛终于回头是岸,常言道浪子回头金不换,如今痞子回头更是值钱。慕薇却若有所思地瞧着他哥哥,淡淡叹了口气。

远山落落,暮云四合,远处有不知名的花树和着晚风婆娑。

翠仙翁将一行人领到一间又偏僻又低调的客栈,还算客气地弄醒了趴在柜台上打瞌睡的店小二,道:"预约号九九四九,住店。"

店小二摸出个千疮百孔、估计很快就要下放成厕纸的账簿,装模作样翻了一翻,抬眼道:"客官是团购的吧,咱们店斗琴盛典期间不接待团购的客人,况且现下已经客满了……"

大家七嘴八舌与小二攀谈许久,妄图通过联络感情得到房间,没想到这倒霉的小二是个二愣子,并不识抬举。翠仙翁觉得大大失了面子,抬手将龙泉拎出来吓唬人,却没想到收到奇效。店小二摄于龙泉的鞭子,缩在柜台后哆哆嗦嗦扔出一串钥匙,便再也不敢将自己暴露在龙泉凶狠的目光下。

这客栈规模委实寒碜,桃歌与慕薇挑了最好的一间,余下龙音、龙泉一间,翠仙翁独自一间,便刚好分完,蛊猛只得与肉元帅共同享用一间柴房。

晚膳时分,客栈里烛火摇曳,门前挂起一对大红灯笼。房客们纷纷出来填饱肚子,自然免不得天南海北地吹上一番牛。大家挤在一桌竖起耳朵听了会儿八卦,纷纷觉得十分过瘾,不虚此行。

蛊猛吃相极是优雅,有着宫廷里长年训练出来的严谨,只浅浅动了几筷子,便拉了桃歌去后花园谈人生。龙泉则央着龙音去逛夜市,

毕竟将一趟公差出到了尾声,本着人道主义精神,好歹得给师兄弟们捎带些纪念品回去。肉元帅自然被拉去了当跟班,负责结账和充当运输工具。翠仙翁独自拎了壶酒,不知飘上了何处的房顶,对月小酌。慕薇难得清静一回,翻捡了几本话本子,慢悠悠踱回了房间。

枫木房门甫一推开,便闻得一阵浓郁的墨香。慕薇一惊,却见窗前一个白衣人掌了盏桐油灯,正映着烛光挥毫泼墨。那人见慕薇推门,便将手中狼毫在青花笔架上一搁,展颜笑道:"闻名不如见面,慕姑娘当真是国色,唔,请坐。"

这人不笑本已极是清俊潇洒,笑起来更增风流倜傥的气度,绝对是神仙中亦难得一见的美男。可明明是他闯了姑娘的闺房,却气定神闲地将自己当成了主人,简直不讲道理。

慕薇眨了眨眼,挑了桌前一方团凳从容坐下,笑容半是真心半是假意:"慕薇何其有幸,得见昆仑山龙哲上神仙姿,当是几世修来的福泽。不知上神千里迢迢跑来碧落泉畔练字,可是有何指教?"

原来这白衣美男便是传说中的伏羲之子,龙音的师父,战神龙哲。慕薇何等聪慧,略一揣测便知长成这样一副容貌,并且能将不讲道理发挥得如此理直气壮的,唯有昆仑山上的这一位上神罢了。

龙哲赞许道:"姑娘好眼力,龙音这小子的眼光确然是好的。"说完眸子黯了黯,"时间不多,姑娘是明白人,我便不拘着那些礼数,开门见山罢了。我已许久未出昆仑,此番来到碧落泉,一则是为了观战三日后的斗琴盛典,二则却是为了姑娘的——身世。"

慕薇心中忽地一抖,生出些许不安之色。有些事情若不知道时,便时时刻刻想要知道,待到真的将要知道,却又开始不想知道。现实点儿,比如三界杯蹴鞠比赛的前三甲名单,抽象点儿,就比如思慕之

人的心意。

真相来得太过突然,慕薇一时有些措手不及,随手拔下头上的凤尾簪,想将桐油灯盏拨得亮些,却一不留神将簪子落在了地上。

龙哲俯身拾起凤尾簪,在手中把玩一翻,顺便打了个简单的腹稿,向慕薇道:"数月前,龙泉曾在家书中写道,在桃花村外遇到一位与龙音容貌相似的姑娘,我心中便起了疑虑。你知道的,龙音的原身本是逍遥琴,这玩意儿四海八荒之中便只得一件,又如何能有人与他这般相似。因此我便想起,父神曾向我提起过,逍遥琴本是他一位故人之物,因父神负了她,她便将这琴拆去了一根琴弦,任它流落三界之中。"顿了顿,又道,"那琴弦不知如何辗转到了父神手中,父神不忍故人心爱之物被毁,便为这琴弦度了万年修为,令她得了仙根,化成个襁褓中的神女。但因种种缘由,天岳殿并不适合养着这位小姑娘,父神便忍痛将她托与了可信之人……"

一阵晚风拂过,吹开半掩的窗,银月清辉落了满屋。

慕薇心念急转,咬着嘴唇,微合起长长的眼睑,半晌方道:"上神所指之人,可是九黎族族长的亲妹妹,我的娘亲?我、我便是逍遥琴缺了的那根琴弦?"

世上本无莫名奇妙长得如此相似的两个人,还要都长得这么好看,更是小概率事件。难怪他与她容貌相似,使的武器皆是七弦古琴,就连根骨心性都像极了。慕薇忆起翠岳山下的老大夫曾言她元神中隐约有仙气,原来竟是从前伏羲种下的仙根。

龙哲口中的故人,想必便是桃姬。只是伏羲却不知道,逍遥琴缺了弦乃是翠仙翁所为。桃姬对伏羲情重至斯,又如何舍得让他们的定情信物有半分残缺?

此时想来，缘分这玩意儿真是顽皮得很，龙音走遍四海八荒，寻这根琴弦寻了不知多少个年头，却不知竟是远在天边，近在眼前。

龙哲将凤尾簪还与慕薇手中，叹道："若仅是如此，我其实不必山高水远走这么一遭。你与龙音相遇相知，实在是造化弄人，天意如此。可是老天这家伙常常做些不厚道的事……"

慕薇缓缓起身，走向窗前，望着天边一轮圆月，深深吸了口气，道："上神所言，可是与此次斗琴盛典有关？龙音与我哥哥如今皆已能奏《桃花庵歌》，胜负之数难测，可是若逍遥琴尚是完璧……慕薇自是愿龙音胜出。"

龙哲眸光一浓，黯然道："这便是我为难之处。我思虑许久，觉得还是需得让你知晓——逍遥琴乃是神物，若有一日，你化为琴弦成全了龙音，便永世皆困于琴上，再难为仙。慕薇其人，从此便只是一段过往。"

慕薇倏地回头，愣怔片刻，绯红的唇间被咬出寡淡白印，仿若冬日一朵冷梅萋萋。这番话自龙哲口中说出来，自是千真万确、毋庸置疑，再无转圜的余地。可见现实总是残酷，命运总是多舛，印证在美貌的姑娘身上，更是如此。

龙哲无奈叹息，道："若只关乎碧落泉的归属问题，亦没什么所谓，只是你哥哥蛊猛野心勃勃，怕要的不止是这一道碧落泉。此事我却不便出手，一则损了天界的气度颜面，令人说我龙哲以大欺小，天界诸神不过尔尔；二则，解铃还须系铃人，龙音与蛊猛的这段恩怨，终须他自己去化解——搞艺术讲究个心性，若心性乱了，便不再是艺术，顶多是个术，连艺都称不上。龙音天资甚高，若败于此战，着实可惜……"

慕薇定定瞧着龙哲，许久方酝酿出一丝勉强的笑意，道："上神的

意思，慕薇明白了。"

龙哲摇摇头，捏起貔貅镇纸压着的一幅熟宣，细细折了起来，道："你不会明白。我只是告诉姑娘实情，绝不敢要求姑娘如何。我虽做神仙的年月久些，却也有参不透的局、看不破的事。这一场灾劫可否得过，还看你与龙音的造化了。"抬手将折成方胜的熟宣递与慕薇，又道，"我与你写了一方锦囊，不到万不得已，切莫打开。我能做的，只有这些了。"

白衣落落，转瞬间龙哲已腾云飘向窗外，语声渐远："去做你想做的事吧，趁年华正好，趁晚风不燥，趁他还在，趁天地未老……"

慕薇怔怔望着手中方胜，指尖萦绕低回的墨香。灯盏中红烛燃到了头，最后一点烛光中，慕薇执起桌前一只玉壶，高高提起，一口一口饮下琥珀色的残酒。

不知过了多久，门扉轻响，慕薇尚未及起身，龙泉便大包小包滚了进来，咋咋呼呼抱怨道："你要送姑娘东西，自己扛来便是，何必折腾我一遭。"

龙音笑吟吟敲了敲门，施施然踱至慕薇身边，身后跟着同样大包小包并且垂头丧气的肉元帅，道："碧落泉这地方虽小，玩意儿倒是多得很，我也不晓得女孩子喜欢些什么，随便挑了些，你与桃姑娘一人一份。"

龙泉不忿地嘟囔道："你这随便一挑，把我存了两万八千年的压岁钱都给消费光了！"

龙音用扇子敲了龙泉一记，眯起眼睛戏谑道："你掷骰子、赌大小、斗鸡、斗蛐蛐儿样样输于我，可还是不服？"回身又从袖子里摸出一支雕成蔷薇花样的玉钗，倾身向慕薇道，"你头上这支凤尾簪华丽有余，

灵气不足，我瞧着不大配得上你。唔，昨日我闲来无事，随手雕了支钗，你看看可还合意？"

慕薇望着龙音，宝蓝色滚了银边的锦袍衬得他面若冠玉，与自己一般的桃花眼角，凉薄的唇，只是眉宇间多了几分英气。他与她，从前曾经是一体，却因为十余万年前那一段轰轰烈烈的三角恋情，分做了两端。

蔷薇玉钗在烛火下流转着浅碧微光，仿若翠岳山中最青的一抹竹色。

慕薇并未接玉钗，却一抬手扯住龙音衣襟，微一用力将他拉得极近，近到她几乎能看清他眼底的每一丝情绪，半真半假地笑道："你说过会与我去胭脂山下画一幅小像，今夜我的兴致倒是极好。"

龙音略一迟疑，握住慕薇的手，不知如何已变成了将她圈在怀中的姿势，道："夜凉风寒，此去胭脂山尚有些路途，靠在我身上总是暖和些。"话毕，已踩了云朵向雀都而去，留下龙泉与肉元帅久久保持着呆若木鸡的表情。

破晓时分的胭脂山略显冷清，零星的几个摊位前仍有画师缩着脖子笼着手，坚守着岗位，约莫是因为人群大都聚集到了碧落泉畔看热闹，导致区域经济暂时性萧条。

龙音、慕薇踩着云飘了一阵儿，忽然瞧见一个熟悉的身影，脑袋被胡子包围，嘴里叼了根狗尾巴草，竟是桃花村平湖之畔的那位画师，正毫无形象地窝在画摊前打瞌睡。

竟然这样都能遇到熟人，真不知是天下太小还是缘分太深。倏忽间二人皆有种恍若隔世的感觉。

龙音按下云头，慕薇提着裙角走上前，抬起绣了牡丹的大红绣鞋，

轻轻踢了踢那大胡子画师的屁股,勉强将他弄醒,道:"喂,你可还记得我们?"

画师从睡梦中惊醒,揉了揉眼睛,瞧见是慕薇,立刻警觉地打量她身后,道:"姑娘与公子此番没带什么宠物吧?"

慕薇晓得他是害怕红烧肉,笑道:"就我们二人。"

龙音打趣道:"你生意做得挺大呀,倒是在哪儿都有分店。"

画师挠挠胡子,不好意思地说道:"哪里哪里,混口饭吃罢了。姑娘与公子是老主顾了,既然大家这么有缘,今日在下便再为二位画一幅小像,如何?"

夜色朦胧,晨曦微露。慕薇静静靠在龙音肩头,摆出最美好的样子,发间簪了支碧玉蔷薇钗。

这样的良辰美景,不知还能有多少时日。留在画中,或许是唯一留存的方式。

龙音望着画师,表情一本正经,却悄声道:"当初在桃花村里,你女扮男装四处闯祸,可是给我招了不少的麻烦,我至今尚未得到什么补偿,唔,心里总是有些不痛快。"

慕薇忍住笑,又向龙音靠得近了些,道:"原来龙音上神倒是个记仇的。说吧,你是想让我如何补偿?"

龙音揽住慕薇肩膀的手紧了紧,仍是望着画师的方向,道:"我听闻魔界的规矩言道,若两人画了小像,便拟定了终身。你我一不小心已画了两幅小像了,论情节恐怕属于比较严重的。我师父龙哲思想极是保守,你可得对我负责,否则我定要挨不少板子,"顿了顿,又道,"这便算你补偿我的心理损失好了。你看这仙途漫漫,甚是无聊,你若愿对我负责,我每日里击节抚琴,你当可弄月起舞,岂不是妙哉?"

慕薇轻轻合上眼帘,喃喃道:"击节抚琴,弄月起舞,岂不妙哉?"

二人默然良久,大胡子画师却忽然抬头训斥道:"你们两个配合一点儿可好,动不动就脸红,却教我如何调配颜色!"

龙音肩头轻颤,仿佛是在笑;慕薇心中却是一阵难过。如此简单美好的日子,恐怕只是憧憬罢了。

忽而山中一阵咆哮之声破空而出,大地一阵瑟缩地颤动。大胡子画师手一抖,将一滴墨落在了纸上,懊恼地瞧了瞧天色,道:"今日怎么提前了,唔,却污了我这幅画卷。"

龙音好奇地问道:"这是什么动静,怎么隐隐蕴有杀气?"

大胡子画师摇头道:"不晓得是什么来头,近一个月来每日破晓前皆要折腾一番,怕不是胭脂山中闯进了什么凶兽——不过也没听说有人员伤亡,就是震碎了方圆百里不少的鸟蛋鸭蛋鸡蛋什么的,最近飞来飞去的鸟儿都少了一半。"

慕薇侧耳仔细听了听,神色凝重,倏地起身,腾起一片云朵便向山中飞去。龙音无奈,紧随其后而去,远远向一头雾水的大胡子画师道:"今日有要事缠身,先行一步,劳烦将画卷保管妥帖,他日在下定来取回。"

胭脂山中草木葱茏,本是雀都城外一方宝地,因风景幽雅、闲人免进,颇得恋爱中男女的青睐。龙音随慕薇进了山,却只觉一片沉沉死气,竟与困于龙栖塔中的情景一般无二。幸而最近大部分年轻人将约会的地点迁移到了碧落泉畔,若在此处约会估计离一拍两散也只有一步之遥。

慕薇在山中漫无目的地飘了一阵,终于在一株古松前停了下来,树影斑驳中,转头瞧着龙音时,眼中却似是含了泪光。

龙音心中一急,翻来覆去想了一遍,也未琢磨出是哪里开罪了她,良久方叹道:"你可是嫌我方才说话太过唐突?"

慕薇轻轻拭了拭眼角,晨曦将她火红衣裙披了层金色光晕,几乎晃了龙音的眼睛。只是片刻间,她浓丽如画的眉目却由伤怀转为了冷漠,望着不知名的地方,语声平淡地说:"确是太过唐突。慕薇在魔界一人之下万人之上,我的夫君,也需是王侯之命、将相之才。我敬上神为友,只是上神,恐怕想多了。"

龙音静静立在古松下,愣怔了片刻,抬手欲拽住她衣袖,火红锦缎却自指尖滑落。

此时慕薇已背过身去,仰头望着天边,认真地说道:"就连龙泉,都承了个四海水域储君的位分,上神又有什么资格,向慕薇说什么弄月起舞……"顿了顿,又道,"你欠我的业已还清,我还有要事在身,先行别过了……"

龙音打断她道:"此番蚩猛究竟布了什么了不得的局,需得你一人用命去扛?"

慕薇肩头一震,及腰的乌发幽香如兰,语声微颤道:"上神此言,却是何意?"

龙音无奈摇头,道:"你当真以为我不懂你,三言两语便可激得走我?你总是这样,无论遇到什么都只一个人面对,可你如此行事,却将我置于何地?我若不能护你周全,自会以命相抵,如何肯让你犯险?"

慕薇蓦然回首,杏子般的眼蕴了泪,却忍着未曾落下,哽着嗓子道:"这次不一样,真的不一样。"

龙音抬手想拭去慕薇眼角泪珠,指尖却顿在了她圆润的耳珠边,叹息道:"没什么不一样,只是你不信我罢了。"

慕薇咬了咬嘴唇，下定决心般深深吸了口气，道："我原先只想与你画一幅小像，了却心愿，无论日后如何，都再无遗憾。我虽知晓哥哥的野心，却没想到他竟已如此不择手段……他日日与我们在一处，又利用桃姑娘做幌子，我几乎以为他已放下了，因此方抱了一丝侥幸。许是命里注定如此，叫我今日来到胭脂山下，听见了这百鬼夜哭之声。"

龙音眸光一黯，道："你是说，方才山中隆隆之声，竟是魔界百鬼夜哭？"

一群寒鸦盘旋而过，松林簌簌，慕薇垂首道："你可还记得魔界三十二城的五万囚徒？哥哥必是用了九黎先祖传下的血咒，用自己的心头血做祭，将这五万囚徒炼成了半魔半鬼的妖怪，圈在胭脂山中。这些妖怪跳出三界之外，不在五行之中，只听从血咒主人的召唤，即便西天佛祖亲临，恐怕也难奈何。每日破晓时分，是天地间阴气最盛之时，这些妖怪身上的血咒发作，便会痛不欲生，号哭不止，稍弱些的便会死去，而活下来的，每度过一个黎明，便更增一分力量……"

龙音薄唇微微抿起，道："方才那画师曾道，这声音已持续了月余……"

慕薇白玉般的手指无意识地抚上面前古松，喃喃道："不错，便在桃歌施'破魂'之术以前……'破魂'虽可改变人的心性，却也破不了九黎先祖千万年传下的血咒。如今碧落泉畔聚集的皆是仙、魔二界的贵客，若哥哥启动血咒，后果不堪设想。我是世间唯一与哥哥有血缘关系的人，或许用我的血酬祭这些妖怪，还有一丝生机。"

龙音握住她微凉指尖，轻轻按在自己胸口，垂首叹道："所以你便对我说了那些话？你抛下了我，想一个人去放倒你哥哥及那群妖

怪,甚至不惜牺牲性命?你可是当真不知,你若战死,我亦只有随你而去?"

慕薇忍了许久的泪终于落了下来,哽咽道:"这是我九黎的家事,你又何苦如此?"

龙音抽出腰间十六骨的桃木折扇,故作轻佻地挑起慕薇的下巴,望着她杏子般的眼睛,苦笑道:"认识你这么久,倒是头一回瞧见你哭。唔,女孩子就该这样。"语声转柔,又道,"切莫再动那些抛下我的念头,无论有什么灾劫,龙音与你一起去扛。"

已近初冬,天蓝如洗。阳光明媚却并没什么暖意。二人心事重重,腾云回往碧落泉。

三日的时光,说短不短,说长不长。斗琴盛典的这一日,碧落泉畔飘下了三百年来第一场大雪。雪中隐约有香气莫名,老神仙们皆捋着胡子教导小神仙,这便是传说中的天降祥瑞。

拾三千石阶而上,是一方视野奇佳的高台,唤作邀月台。因斗琴盛典毕竟万年方得一遇,导致邀月台使用率极低,平日里便被一些美术爱好者占据,成为写生园地,将白玉地砖染成斑驳色彩。

恶劣的天气并未影响围观群众的热情,邀月台下此刻纷纷扰扰集聚了各路人马,三六九等形形色色,皆是为能亲眼目睹这一场旷世之斗。除了卖花生瓜子八宝粥的,生意最火爆的便是赌局,此外还有各路媒体热烈讨论今日二人的着装会否引领三界内新的穿衣潮流。

纷纷扬扬的大雪铺了一地,无边雪色令邀月台无端显出些肃穆。龙音与蚩猛在百丈的高台上各据了一角,身前只一方朴素琴架,再无他物。二人今日皆着了玄色衣衫,如玉树芝兰,两幅滚着浮云金边的墨色斗篷在风雪中抖开,远远望去,便似两片捉摸不透的浓云。

桃歌与龙泉沾了翠仙翁的光，混进了贵宾席，席间珍馐无数，龙泉却一反常态吃相极是斯文。桃歌不禁关心地问道："你可是身体不适，一只烧鸡竟然用两三口才吃完？"

龙泉竖起肥嘟嘟的食指，鬼鬼祟祟地答道："你可曾闻到一股若有若无、忽远忽近的神仙味儿？"

桃歌皱眉道："此处的神仙没有一万也有八千，你想闻不到神仙味儿恐怕都有些难度。"

龙泉连连摇头道："我师父身上的神仙味儿比较特别，他虽未现身，我却知晓他便潜伏在人群中，我若吃相不雅，丢了昆仑的人，他定会从天而降打我的屁股。"

翠仙翁"哼"了一声，抬手在鼻子前扇了扇，诚恳地胡说道："龙哲那小子与他爹一般，身上一股酸味儿，不晓得的还以为是卖酸菜的。"

龙泉忽然想起龙哲是翠仙翁情敌的儿子，按理说师父的面子自己理当争一争，可惜吃了人家烧鸡正有些嘴短，只得作罢。毕竟天大地大，吃饭最大。

今日主事的礼官轮到的是近期负面传闻颇多的太上老君。

青山群隐，落雪如云。太上老君抬眼瞧了瞧天色，又低头望了望观众，感觉再不开始恐怕就有人睡着了，便一挥手开启了四方鼓乐之声，举起一斛烈酒，朗声废话道："今日碧落泉畔群贤毕至，少长咸集，幸甚至哉……"

龙泉叼着鸡腿问桃歌："这白胡子老头儿在说什么呢？"

桃歌远远望着高台上玄衣锦袍的龙音与蚩猛，悄声道："大抵是友谊第一、比赛第二的意思吧，没什么要紧。"

太上老君估计许久未曾在如此重要的场合发言，一时兴致难耐，

没拿捏好分寸,滔滔不绝说了许久,倒是令台下本就昏昏欲睡的看客睡过去了一半,剩下的一半也在睡与不睡的边缘苦苦挣扎。

日上中天,慕薇方姗姗来迟,在桃歌身旁落了座,脸上妆容绝美,神色却是冷淡疏离,脸色苍白得近乎透明,竟与漫天雪色无二。

来得早不如赶得巧,太上老君终于过完了瘾,干咳两声,将斛中烈酒缓缓洒在邀月台前,算是以酒祭天,宣布斗琴开始。观众们终于得以振奋起精神,盯着邀月台上二人,将瓜子壳吐得满天飞舞,煞是好看。

龙音轻轻一震宫弦,抖落了逍遥琴上覆着的薄薄一层雪珠,奏出一串礼敬对方的音符。蚩猛微微一笑,亦用自在筝回礼。

台下的观众急了,只因瓜子将尽、茶水将凉,四处纷纷传出"龙音休要客气,狠狠揍他丫的""君上无需手下留情,速战速决"的呐喊声。可见大家艺术鉴赏水平参差不齐,硬生生将文艺范儿的斗琴喊成了痞子范儿的斗殴。

好在二人皆不是客气的主儿,礼数做足了,琴音骤起,顷刻便令看客乃至天地皆静了下来。

纷扬大雪未休,琴音如诉裹在风雪之中,纯净如古佛青灯前一盏白莲,缠绵似万丈红尘中一段爱恋。龙音与蚩猛在斗琴盛典之上破天荒奏了同一支曲子——《桃花庵歌》,虽是同一曲,意境却截然不同。

蚩猛十指扣弦,袍袖飞扬,竟尚有余力与龙音说笑道:"上神觉得,今日一战胜负之数如何？"

龙音转瞬间已变换了十七种指法,眼风扫过邀月台下一抹艳红,琴声瑟瑟中悠然应道:"君上琴技与龙音在伯仲之间,只是龙音琴中有情,君上却是无情。"

蚩猛点漆似的眸子一紧，偏头望了望一袭白衣的桃歌，道："上神所言甚是。只是今日有情恐怕要负于无情。"顿了顿，又道，"上神一张逍遥琴，确是世间难得，可惜啊可惜……"

龙音道声："哦？"

蚩猛笑道："你与孤一正一邪，一仙一魔，世人总道邪不胜正，孤却偏偏不信。你生来便得无上仙根，通灵资质，孤却是靠一张琴，一双手，踏遍累累白骨走到今日。你难道相信，孤会将成败交于天命？"说话间，指尖琴音忽地大变，将《桃花庵歌》奏成一段铿锵旋律，隐隐竟有千军万马杀伐之声。

此刻飘雪的天空竟积起了墨色浓云，黑漆漆的云在风中呼啸挣扎，裹挟着电闪雷鸣。远方雀都城的上空蓦然蹿出万丈紫光，令风云变色，那紫光竟隐约是一群妖魔的煞气所聚，快得不可思议，分明是冲着碧落泉畔而来。

翠仙翁白眉飘飘，一杯清酒举至唇边却久久未动，只因龙音琴声中的磅礴生机竟受了蚩猛弦上杀意的影响，有些飘摇。且依据他闯荡四海八荒几十万年的经验，蚩猛竟是用了魔界的禁术，召唤出了半魔半妖永生不死的血魔。

血魔与施术者血脉相通，杀伤力极高，几乎可称无敌，只是容易惑乱心神，令施术者走火入魔，万劫不复。上古史册中记载这种邪术，统共只被用过两次。

一次是当时的魔君被某个厉害妖怪抢了心爱的小妾，因打不过那妖怪，终于一怒为红颜，召唤出血魔，可算是打了场胜仗。可惜当时杀红了眼，完全刹不住车，一不小心将小妾也弄死了，落得个伤心下场。

再一次，却是个倒霉的神仙爱上一个倒霉的凡人，触犯了天条，

遭到天庭执法队的追杀,一路饱受精神折磨,终于忍不住施了这么个邪术。具体情节且略过不表,只晓得在弄死了许多天兵天将后,这神仙亦走火入魔堕入地狱,至今仍未清醒,只是日复一日拉着磨转圈,唤着心中那凡人的名字。

从数据上来看,这个法术失败率百分之百,伤情率亦是百分之百,并不如何靠谱。可具体分析一下,前两次皆是因情而起的事端,蚩猛却没有这么个动机,大略结局也会有所不同。

那紫光来势汹汹,令邀月台边众人大惊失色。大家都是来看文艺表演的,虽有几个还算善战的神仙,但却都未曾带着兵器,若是真的打起来,恐怕要吃大亏。

龙音未曾想到蚩猛竟如此直接便唤出血魔,此时斗琴盛典之上群仙集聚,竟成了他瓮中捉鳖的一处绝佳境地。碧落泉畔皆是在九重天上司了要职的神仙,若是一股脑儿被血魔杀了干净,三界必陷入极大的恐慌。思及此处,龙音指尖渗出薄汗,在琴弦上滑了一滑,错漏了几个音节。

蚩猛却是志得意满,清俊的眉眼间邪气大盛,冷笑道:"上神觉得,孤这一局棋,却是如何?"

龙音知晓此时若稍有示弱,蚩猛更会变本加厉,镇定道:"君上如此,可知又负了桃姑娘?"

蚩猛神色中显出一丝慌乱,遥望台下纷乱众人,竟正对上桃歌的目光。只见她白衣飒飒立在雪中,长发被风吹起掩住了唇色,墨色的眸子里含了不解和失望,握着鎏金酒杯的手微颤,指节因用力而发白。

龙音知晓桃歌便是蚩猛的软肋,继续道:"君上欠桃姑娘数条性命,

却又几次三番欺骗于她。数日来君上利用桃姑娘掩人耳目,她又怎会不知?我晓得君上对桃姑娘并非无情,可今日君上若一意孤行,恐怕来日与她再无回旋余地。"

蚩猛眸中迷茫一闪而过,又恢复了年轻君王惯有的冷厉,傲然道:"我若得了天下,亦有一半是她的。她总会晓得我的苦心。"

龙音知晓蚩猛心意已决,再难挽回,眼见紫光迫近,心中反倒一片澄明。《桃花庵歌》若真有救世之能,亦须逍遥琴以心祭曲,方可发挥出无上法力。无论结局如何,他皆需尽力一搏,方不负天下苍生,不负桃姬与伏羲,不负邀月台下那一抹浓丽的艳红。

琴场与战场一线之隔,他一场都输不起。

紫光迫近,光影中已可见万千妖魔撕扯着、咆哮着,所过之处燃起浓烈焚风,将漫天飘雪化作一场滂沱大雨。这些妖魔血色的瞳仁闪着妖异的光,智商普遍低下,并分不清仙界与魔界的不同,只有一个信念,便是将一切活的变成死的。

一时之间,邀月台下竟成修罗战场,杀伐之声响彻云霄。龙音在高台之上,只觉鼻端血腥气浓烈,眼中可见翠仙翁、慕薇与龙泉携了各路神仙,与魔界众人共同围出个阵法,拼死与翻滚呼啸的妖魔纠缠。师父龙哲也现身在阵中,龙音心中略定,毕竟师父活了这么多年,在打架这么一回事上还从未吃过亏。

蚩猛仿佛看透他心思,指尖铮铮两声,冷冷道:"这些妖魔本是我魔界子民所化,今日若战死在此,便化作飞灰,永世不得超生。你那个心软的师父,恐怕并不舍得下重手。"

龙音心中一凛,咬牙缓缓道:"卑鄙。"

蚩猛抿唇一笑,道:"我一直想瞧瞧天界第一美男子动怒的样子,

如今终于得偿所愿。"顿了顿,又道,"待孤将这支曲子奏毕,诸仙便已死伤八成,届时孤出兵九重天,恐怕便要破了你那战神师父不败之绩。"

紫色的雨在碧落泉畔,汇成一道道血色的小河。浓云滚滚压顶,电闪雷鸣。二人琴音未休,袅袅穿透云层,在浓浓的血腥气间弥漫开来,一昂扬,一悲壮,仿若一曲奏与天地的挽歌。

龙音悲愤莫名,只恨桃姬耗尽毕生心力所作的救世之曲,如今却被蛊猛用来屠戮生灵。忽地他心中电光一闪,细看台下战场,硝烟滚滚中,紫色的妖魔进退之间竟和着音律。他们本是受了血祭方成妖魔,并无心智,只是无条件听从蛊猛的号令,而蛊猛控制这些傀儡的引线,便是自在筝上奏的一曲《桃花庵歌》。

龙音勉力凝住心神,专心奏起自己的曲子,琴声陡盛,竟将蛊猛筝音盖过几分。指尖渗出鲜血,落在逍遥琴上仿若红梅点点。

蛊猛沉声道:"不愧是行家,竟瞧得出我曲中玄机。你与孤相识一场,我敬你有几分才华,便与你指一条明路。今日斗琴,你若胜得了孤,孤用《桃花庵歌》布下的这么一个阵,便可不攻自破。"眸子中神色一厉,仰天长笑数声,又戏谑道,"即使告诉你又如何,孤浸淫《桃花庵歌》数百年,早已炉火纯青,你的逍遥琴又缺了根文弦,根本不足为惧。"

"谁说逍遥琴不足为惧?"语声清冷,在兵刀暴雨与琴音混杂的半空中,却清晰如在耳旁。慕薇红色的身影仿若冰天雪地里一团不灭的火苗,令龙音顿觉温暖。

蛊猛长眉微蹙,道:"薇儿,你自与此人相识,便一直与我作对,可是当真以为我不敢动你?"

慕薇叹息道:"你为了自己的野心,连心上思慕的姑娘都可以说放

就放，何况我？我不过是你身边的一把刀，自知有多少分量。只是我唤你一声哥哥，便还想替姨母及九黎族劝你一句，放下屠刀，回头是岸。你如此多造杀孽，总会报回你自己身上。"

一道落雷在慕薇眼前炸响，蚩猛双目圆睁，怒道："休要提起孤的母亲！从前孤受尽欺凌，连至亲亦保护不了，如今我做这些，便是要让天下给我母亲一个交代！"

慕薇沉默许久，从怀中取出一枚小小的方胜，一层一层揭开，只是洒金的熟宣上却一个字也无。

龙哲早料到会有今日，给她一个锦囊，恐怕只为让她安心罢了。最后的决定，谁都没有资格替她做——除了她自己。

龙音指尖渗出的血珠越聚越多，几乎染红了半张逍遥琴。他瞧着慕薇，发觉她竟是一袭盛装，领口红色的貂绒衬得她肤色白净如玉，美艳不可方物。

慕薇已经放弃说服蚩猛，本来也就是意思一下而已。若是每个反派角色都能被轻易说服，大家就直接弃武从文练习谈判学了。

龙音冲慕薇一笑，故作轻松道："我等这一战已等了许久，你不用担心我……"

慕薇道："不消盏茶时分，你师父与翠仙翁便抵挡不住，你用仙元催动逍遥琴对抗哥哥的曲子，也是九死一生。"

龙音默然，道："什么都瞒不过你。"

慕薇走到龙音身前，低头瞧着他眼睛，长长的头发被风吹了起来，与他的纠缠在一起，轻声道："告诉你一个秘密。"

龙音抬头望进她浓黑的眼睛，只听慕薇道："你可知为何你与我相貌相像？"

龙音茫然摇头，慕薇接着道："我的前世，便是逍遥琴上缺了的那根文弦。这么一桩秘辛，本是你师父告诉我的，想必不会有什么差池。只是我若化作琴弦，便须在琴中蛰伏万年，万年之后，方可恢复人身。"

龙音十分震惊，在这个时候听到这么劲爆的消息，要想不震惊实在是不可能。

慕薇却淡定如常，额间的花钿泛着细碎微光，接着道："我不在的时候，替我照顾臭豆腐和红烧肉。将军府上，亦须你代为打理一番。至于哥哥他……他是九黎王族唯一的血脉，请你莫要多为难于他，便算是我还了九黎阖族的恩情吧。"

龙音本想握住她的手，无奈双手抚琴，并不能如愿，只能深深望着她，道："你若不愿，无须勉强。我虽不能胜他，却也不至落败……"

慕薇将一根似是白玉雕成的手指搭在龙音唇间，带着半真半假的笑意，轻轻摇了摇头。她为他编了一个半真半假的谎言，只希望一万年的时光，足够让他忘记今日的一切。

龙音晓得，她已做了决定。

一万年是吗？翠仙翁等得桃姬十万年，一万年又算什么？他等她，莫说是一万年，便是千千万万年，却又如何？

紫雨飘摇，琴音缠绵。慕薇晓得时间无多，摘下发间翠色蔷薇钗，置于龙音身旁，转身又望了望这苍茫天地及邀月台下血色战场，深深吸了一口气，与这一切诀别。

做神仙太难，不如归去。虽有万般不舍，不如归去。

风雨中慕薇红色衣裙绽开如一朵娇艳绝伦的蔷薇，化作点点金光汇入龙音面前逍遥琴中。龙音抚琴的指尖一润，却不知是天上落的

雨,还是眼中流的泪。原本色泽晦暗的文弦顷刻间仿佛活了过来,发出幽微却执着的光芒。

逍遥琴,在经历了十余万年的残缺后,终于圆满如初。

蚩猛神色一变,不明白究竟发生了什么。他虽笃定慕薇并不是九黎族中之人,却亦难以想到,她便是龙音苦苦寻觅的那根文弦。片刻之间,龙音琴弦间《桃花庵歌》的力量忽然增强了数倍,磅礴欲出的生机中竟蕴了禅意,好似西天的佛祖亲临,所过之处涤净一切怨恨嗔痴,步步生莲。

泛着紫光的妖魔竟受这琴音的影响,动作纷纷迟缓下来,不断被神仙们收服。龙哲心善,并未要他们性命,只是用法术拘着,待送去冥界好令他们转世超生。

蚩猛急火攻心,扬起自在筝奏出一段急雨般的和弦,催促妖魔体内的魔性,嘶吼道:"这不可能!这不可能!魔界的血咒从未曾败过,杀!杀!都给我杀!"

邀月台下妖魔受了蛊惑,仍是嗜血狂暴,但在龙音琴音的震慑下,始终无法如初时一般凶猛暴虐。龙哲与翠仙翁领着各路神仙,渐渐挽回颓势,越来越多的妖魔被法术拘起,飘在半空,仿若碧落泉畔开出的一盏盏紫色的幽昙花。

蚩猛仍不甘心,将自在筝拨得绵绵密密,却"哇"的一声喷出一口鲜血,显然是受了内伤。

龙音心无旁骛,专心奏着这旷世的一曲,只是眼中却不知不觉流下泪来,蜿蜒至线条柔和的下颏,落在微红的琴弦间。逍遥琴与《桃花庵歌》,本就是一段绝唱,自伏羲仙去、桃姬沉睡,再未现于世间,如今在这百丈高台之上,龙音携了慕薇给予他的力量,奏出这至善至美的

一曲，只为救回仙界与魔界无数条性命。

翠仙翁白眉飘飘，打斗中与龙哲擦肩而过，含笑道："你教的好徒弟。"

龙哲抬手收拾了两只妖魔，戏谑道："是不是没想到咱们卖酸菜的还会弹琴？"

翠仙翁叹道："只是可惜了慕薇。你便是将天下间的酸菜都搬来，怕是也换不回她了。"

龙哲默然无语，执剑杀入战阵，将一声叹息隐在刀光剑影中。

许多年后，小字辈的神仙们在史书上见到的这一战，却只是寥寥几笔带过。说的是当年的魔君蚩猛与天界的才子龙音斗琴，斗着斗着二人打了起来，并最终形成一场群殴。龙音凭借出众的相貌，俘获蚩猛之妹慕薇的芳心，在关键的时候临阵倒戈，终令一曲《桃花庵歌》取得了辉煌的胜利。但此后慕薇与魔君双双失踪，顺带失踪的还有《桃花庵歌》中化出的女仙桃歌，云云。

昆仑山中却流传着另一个未删减版。此版本源自上仙龙泉，因血腥暴力成分偏多，略过这些未成年神仙不宜的部分，龙泉言道，当年一战简直惊天地泣鬼神，魔界五万服刑人员中了血咒，成了无坚不摧的妖魔，连他师父战神龙哲也难奈何。然此战成败关键并不在龙音，而在两位闭月羞花的女神仙慕薇与桃歌。

慕薇化作了逍遥琴的琴弦，令他的师兄龙音渐挽颓势，可蚩猛却要做拼死一搏，做了个玉石俱焚的打算。此时桃歌以剑横颈，磅礴紫雨中痛斥蚩猛过往，将他骂醒，并最终血溅自在筝，唤起蚩猛内心最后一抹良知，解开了五万魔界子民的血咒，遁入了山水之间。

九千多年后。

昆仑山中，摇光殿外，有十里照水梅林。

如今正是冬日里红梅最艳的时分，龙音独自一人，拎了壶酒，将怀中一幅小像映着日光看了又看。画中男子清俊、女子柔媚，有青山隐隐，碧水环绕。

龙音将逍遥琴斜倚在树下，手中捏了只碧玉蔷薇钗，灌了几口辣得人眼泪直流的情人醉，喃喃道："你说过，一万年后你会回来。"